二月河 大河歷史小說

帝王三部曲

건국군주 강희대제

【일러두기】

· 번역 원본은 1999년 4월 중국 하남문예출판사가 펴낸 제2판 1쇄본을 사용하였습니다.
· 본문에 나오는 인명과 지명 중 만주어를 제외한 모든 한자는 한글발음대로 표기하였으며, 독특한 관직
  명은 이해하기 쉽도록 의역한 부분도 있습니다. 그리고 소설 진행상 불필요한 부분은 축역하였습니다.

(건국군주)강희대제. 2/이월하 지음 ; 한미화 옮김. ─
서울 : 산수야, 2005
304p. ; 22.4cm

판권기관칭: 二月河 大河歷史小說
원서명: 康熙大帝
ISBN 89-8097-102-8 04820 ₩ 8,000
ISBN 89-8097-100-1(세트)

823.7-KDC4
895.1352-DDC21   CIP2005000921

二月河 大河歷史小說

帝王三部曲

建國君主

강희대제

康熙大帝

②

산수야

二月河 大河歷史小說

건국군주 강희대제 ②

초판 1쇄 인쇄 2005년 7월 20일
초판 3쇄 발행 2013년 6월 20일

지은이   이월하
옮긴이   한미화
발행인   권윤삼
발행처   도서출판 산수야

등록번호 제1-1515호
등록일자 1993년 4월 30일
주소   서울시 마포구 망원동 472-19호
우편번호 121-826
전화   02-332-9655
팩스   02-335-0674

값   8,000원

ISBN 89-8097-102-8 04820
ISBN 89-8097-100-1(세트)

산수야의 책은 독자가 만듭니다.
독자 여러분들의 소중한 의견을 기다립니다.

康熙大帝

제1부 탈궁(奪宮) 2권 | 차례

17. 권법의 달인

어삐룽이 나가자 강희는 곧 건청궁으로 향했다. 손전신, 명주, 조봉춘, 노새, 무즈쉬, 넷째 등이 일찌감치 월화문에서 기다리고 있었다. 멀리서 강희가 모습을 드러내자 이들은 약속이나 한 듯 일제히 꿇어앉았다. 손전신이 대표로 나와 희색이 만면해서 큰절을 올리며 말했다.

"마마, 소인 마마께서 따분해하실까 봐 이들을 데려왔나이다."

강희는 명주네를 둘러보며 물었다.

"왜 이렇게 인원 수가 적어?"

"마마께서 분부하신 그대로이옵니다. 우선 몇 명만 불러오고 차차 데려오기로 한 걸로 기억하고 있사옵니다."

그제야 강희는 위동정더러 목적이 드러나지 않게 처음에는 몇 명만 데려오라고 했던 말을 상기했다. 손짓으로 명주네를 불러 일일이 이름과 나이 등을 묻던 강희는 명주에게 유난히 관심을 가지며 물었다.

"명주라, 좋은 이름인데? 이름대로 빛을 발하기 바라네."

황제를 직접 만난다는 흥분과 긴장이 어우러져 얼굴표정이 굳어 있던 명주는 처음부터 털털하게 나오는 강희의 언행에 다소 놀랐다. 그제야 안심이 되는 듯 급히 웃음을 지어보이며 대답했다.

"마마를 위해서라면 마지막 빛 한줄기라도 아낌없이 발산하겠나이다!"

명주의 말에 강희는 만족스레 웃으며 머리를 힘있게 끄덕여 보이곤 넷째한테로 다가가 물었다.

"항렬이 네 번째인가 보지?"

넷째는 위동정이 가르쳐준 대로 대답했다.

"소인의 본명은 따로 있사옵니다. 하지만 어릴 적부터 워낙 겁난 구석이 없이 거칠게 살아온 놈이라 하늘, 땅, 천자를 빼곤 무서워하는 게 없다는 뜻에서 사람들이 넷째라고 부르기 시작한 것 같사옵니다!"

"무서워해야 할 것들은 분명히 알고 있다니 됐네! 어디 착한 사람이 따로 있나?"

넷째에게 그렇게 말한 강희는 얼굴을 돌리더니 또다시 물었다.

"노새가 누군지 가까이 와 보게!"

노새는 황제가 갑자기 자신을 거명하자 황급히 뛰어나가더니 흙 먼지가 일 정도로 풀썩 무릎을 꿇어 쿵쿵 소리가 나게 땅바닥에 머리를 조아렸다. 그 모습을 지켜보던 강희가 웃으면서 물었다.

"자네, 전에는 뭐하던 사람인가?"

"본전이 필요없는 장사를 했사옵니다."

당황한 노새는 위동정이 침이 마르도록 부탁했건만 까마득히 잊어버리고 이같이 대답해 버리고 말았다. 그러나 위동정과 시선이 마주치는 순간 그제야 위동정이 했던 말들이 뇌리를 스쳤다. '아뿔싸! 큰일 났다!'라고 생각한 노새는 앞뒤를 잴 새도 없이 조금이라도 실수를 만회해보려는 생각에서 한마디 더 덧붙였다.

"그러나 그것은 오래 전의 일이옵니다. 최근에는 맹세코 사람을 죽여본 적이 없사옵니다."

묻지도 않은 말에 자문자답하는, 그것도 광기와 야성으로 얼룩진 자신의 과거를 여과없이 쏟아내는 노새의 말에 위동정과 무즈쉬가 진땀을 흘리고 있는 순간 갑자기 강희의 박장대소가 이어졌다.

"과거는 과거로 묻어버릴 수 있는 게 진짜 사내야! 어서 일어나게."

호탕하게 웃으며 노새를 비롯한 여러 사람의 마음을 편안하게 위무해준 강희는 위동정을 바라보며 말했다.

"보아하니 자네, 이 친구들은 평생 선행과는 담을 쌓고 살아온 듯한데, 어떤가?"

'선행과 담을 쌓았다[平生不修善果]'는 말은 〈수호지(水滸誌)〉에서 노지심(魯智深)이 전당강(錢塘江)변에서 남긴, 세인들에 의해 많이 인용되는 말임을 위동정은 알고 있었다. 사실 노지심의 말을 정확하게 인용하자면 '선행과 담을 쌓고 아는 게 살인방화뿐이다'였다. 강희는 일부러 '아는 게 살인방화[只知殺人放火]'라는 아랫구절을 빼먹은 것이다. 강희의 마음을 헤아린 위동정은 웃으며 입을 열었다.

"명주만 빼고 다들 그렇다고 봐도 과언이 아닐 듯 하옵니다. 하지만 지금부터 마마를 뫼시기로 한 이상 그런 기질을 좋은 쪽으로 발휘하여 마마를 잘 지켜줄 것을 약속드리나이다."

"좋았어!"

강희가 만족스레 웃으며 말했다.

"자네 지금 경사방에 가서 전하게. 오늘부터 한 달에 한 번씩 팔품(八品) 봉급으로 쌀과 은냥을 이들 개개인에게 내려주라고 말일세."

강희가 명주네를 정식으로 받아들인다는 뜻을 전해주고 있을 때 멀리서 장만강과 소마라고가 걸어오고 있는 게 보였다. 강희는 서둘러 한마디 덧붙였다.

"이제부터 여러분들은 당당한 궁중의 일원들이니까 매사에 조심해야 하네. 당분간은 무기류는 휴대할 것 없이 나랑 주먹질 발길질이나 열심히 연습하면 될 것이네. 위군, 이 일은 자네가 알아서 하게."

말을 마친 강희는 곧 양심전으로 향했다.

강희가 멀리 사라지자 위동정은 이들을 모아놓고 정중하게 입을 열었다.

"마마의 분부를 잘 들었겠지? 오늘부터 여러분은 조정의 직무를 맡은 당당한 관리들이오. 손발이 근질거리더라도 무조건 자제해야 하고 일거수일투족에 유난히 신경을 써 주어야 하오. 방금 들어서 알겠지만 마마께서 여러분을 나에게 맡긴 이상 일과 관련된 것에는 형제의 의리 같은 걸 따지지 않겠소. 매정하고 치졸하게 보일지도 모르지만 대세를 위해서는 어쩔 수 없음을 이해하오. 황궁에는 나 위동정의 힘이 닿지 못하는 곳이 많으니 그때가서 날 원망하지 말고 맡은 바 임무에 최선을 다하게!"

굳은 표정으로 엄숙하게 쏟아내는 위동정의 말에 이들은 숙연한 자세로 경청했다. 유독 노새만이 뭐라고 계속 입속말로 중얼거렸으나 위동정은 무시하고 계속해서 덧붙였다.

"매일 진시(辰時, 오전 7~9시)와 신시(申時, 오후 3~5시)에는 각자 일정문(日精門)과 월화문(月華門)에서 당직을 서고 있다가 마마께서 도착하시면 잘 뫼시고, 아니면 제자리에서 대기하고 있게. 좀 딱딱하고 깐깐한 면도 없지 않을 테지만 집에 돌아가면 우리는 모든 허울을 벗어던지고 일상으로 돌아가는 거야."

말을 마친 위동정은 이들을 데리고 밖으로 나갔다.

월화문에 당도한 위동정은 마침 건청궁에서 나오는 반부얼싼과 정면으로 마주쳤다. 위동정을 발견한 반부얼싼은 걸음을 멈추고 아래위로 훑어보기에 여념이 없었다. 위동정은 급히 한쪽 무릎을 반쯤 굽히고 인사를 올렸다.

"반 어르신, 소인의 인사 받으세요."

그제야 반부얼싼은 살집 좋은 얼굴에 웃음기를 머금으며 위동정을 일으켜 세웠다.

"위군, 우리 사이에 이럴 필요까지는 없지 않은가? 괜히 서먹서먹하게시리. 근데 어쩐 일인가?"

무즈쉬네를 부단히 곁눈질하며 촉각을 세우는 듯한 반부얼싼의 태도를 간파한 위동정이 웃으며 말했다.

"아, 얘네들은 오늘 선발된 몸종들입니다. 마마께서 심심해 하실까봐 무예에 소질이 있는 애들을 데려와 봤습니다."

위동정과 명주네를 실눈으로 저울질하던 반부얼싼은 이내 겉으론 아무렇지도 않은 듯 호탕하게 웃으며 위동정의 어깨를 툭툭 치며 칭찬을 했다.

"잘했어. 암, 잘하고 말고! 보아하니 기품들이 뛰어난 사람들 같은데 영웅호걸감이네!"

위동정도 크게 웃으며 말했다.

"과찬이십니다. 무모한 짓이나 일삼으라면 선수겠지만 애네들 이 꼬라지 해가지고 어느 세월에 영웅호걸이 되겠습니까?"

입에 침을 발라가며 속에 없는 말을 한참하고 난 두 사람은 마주보며 크게 웃었다.

그 일이 있은 다음날, 반부얼싼은 곧바로 학수당으로 오배를 찾아갔다. 오배가 어삐룽과 군량 문제를 토론하고 있자 반부얼싼은 밖에 서 있었다. 한참 후에 어삐룽이 돌아가자 그제야 오배의 서재에 들어간 반부얼싼은 자리에 앉자마자 오배에게 물었다.

"오 어른, 위동정이 데리고 온 그애들은 뭐하는 애들이오?"

오배는 알 듯 말 듯한 쓴웃음을 지으며 말했다.

"황제가 무예연습을 할 때 들러리 서는 애들이야. 신경쓸 거 없소."

반부얼싼은 오배의 이같은 불분명한 말에 갈피를 잡을 수 없다는 듯 다급히 물었다.

"무슨 꿍꿍이가 있는 게 아닐까요?"

오배는 천천히 머리를 들어 시선을 창문 밖에 고정시키며 차가운 표정으로 말을 내뱉었다.

"기껏해야 우리 두 사람 모가지를 비틀겠다는 게 아니겠어?"

"그렇다면……."

반부얼싼이 미간을 찌푸리며 물었다.

"어르신께선 그걸 아시고서도 어찌 이토록 무사안일하실 수가 있소?"

"그는 어쨌든 황제요."

오배는 두 눈을 반쯤 감고 몸을 의자 등받이에 서서히 기대며 찬웃음을 지었다.

"내가 너무 손발을 꽁꽁 묶어두는 것도 너무 명분이 서지 않아. 그런 점에서 황제 체면도 약간은 배려해준다는 차원일 뿐이오."

말을 마친 오배는 껄껄 너털웃음을 터트리며 말을 이었다.

"하지만 그 자식도 어지간히 웃기는 놈이야. 그깟 조무래기들을 불러들여다가 감히 날 어떻게 해볼려고? 조만간에 단단히 손 좀 봐줘야겠어."

말을 마친 오배는 옆에 놓인 찻잔을 으스러지게 잡았다. 잠깐 뒤 스스로 손을 푼 오배는 갑자기 크게 웃으며 찻잔을 반부얼싼 앞으로 밀었다. 찻잔을 들어 살펴보던 반부얼싼은 순간 기절초풍하듯 놀랐다. 구리로 만들어진 찻잔에는 어느새 다섯 개의 손가락 자국이 뚜렷하게 나 있었던 것이다!

한동안 무거운 침묵이 흘렀다. 반부얼싼은 구리 찻잔을 탁자에 올려놓으며 조심스레 입을 열었다.

"어르신께서 선수를 치시겠다니 다행이오. 모든 일은 감이 잡히고 안잡히고가 관건이오. 그 자들의 속셈을 불 보듯 뻔히 알고 계시는 만큼 각별히 조심해야겠소."

"물론이지."

오배가 머리를 끄덕이며 말했다.

"당신 말이 일리가 있소! 그렇지 않아도 이미 목리마더러 융종문(隆宗門)을 지키게 하고, 나모에게 경운문(景運門)을 맡겼소. 건청궁에도 열 명도 더 되는 우리 애들을 풀어 놓았소. 어디 그 뿐이오? 창평(昌平), 거용관(居庸關), 문두칭(門頭溝), 풍대(豊臺), 통주(通

州), 순의(順義) 등지의 수비군(守備軍)도 모두 우리 애들로 바꿨소. 자네가 보기엔 어떤가?"

"수비군을 바꾸는 것 가지고는 모자랄 것 같지 않소?"

"그렇긴 하지만 지금으로선 이게 최선이오."

오배가 말했다.

"한꺼번에 너무 요란하게 뒤집어버리면 병부(兵部)에서 눈치 못 챌 리가 있겠소? 병부가 알면 조정 내의 대다수가 안다는 얘긴데, 그렇게 되면 너무 위험하오."

"오 어른!"

반부얼싼이 그제야 의문이 풀렸다는 듯 홀가분한 목소리로 오배를 부르며 말했다.

"지금이 진시(辰時)니 그들이 아마 무예연습을 하는 중일 거요. 심심한데 한번 바람이나 쏘일 겸 가보는 게 어떻겠소?"

반부얼싼의 이같은 제안에 오배는 자리에서 용수철 퉁기듯 일어나 앉으며 기분좋게 대답했다.

"그러지. 얼마나 대단한 무예들인지 오랜만에 눈요기나 좀 해보는 것도 나쁘진 않을 테지!"

이윽고 그들은 자금성에 도착하였다. 융종문으로 들어서자 어삐룽이 건청문에서 안을 두리번거리며 살피는 게 보였다. 오배가 웃으면서 반부얼싼에게 말했다.

"저 어르신은 또 뭣 때문에 저렇게 안절부절 못하지?"

"셋째를 호랑이 굴에 내버려둔 채로 떠나려니 걸려서 그러는 게 아니겠소?"

반부얼싼이 이같이 대답했다.

두 사람이 주거니 받거니 이야기를 나누며 건청문으로 들어서자

14   제1부 탈궁(奪宮)

안면이 있는 문지기가 비굴하게 웃으며 굽신거렸다. 바로 이때 월화문 쪽에서 한바탕 치고 박고 웃고 떠드는 소리가 심심찮게 들려왔다.

"저리로 가 봅시다."

반부얼싼이 오배를 월화문 쪽으로 잡아끌었다.

그곳에서는 넷째와 조봉춘이 한 덩어리가 되어 뒹굴고 있었고, 강희가 옆에서 흥미진진하게 구경하고 있었다. 이 둘은 무예라고 할 것도 없이 무작정 밀치고 다리 걸어 쓰러뜨리거나 눕히고 하는 게 고작이었다. 동네 조무래기들의 무리싸움과도 같은, 그야말로 난리통이 따로 없었다. 문밖에서 엿보던 오배와 반부얼싼은 어이없는 실소를 금치 못하며 경멸조로 거의 이구동성으로 말했다.

"온 김에 들어가 봅시다."

말을 마친 두 사람은 성큼 안으로 들어섰다. 그럼에도 전혀 인기척을 느끼지 못하는 강희의 뒤에서 웃으며 말했다.

"마마께서 오늘 기분이 괜찮아 보이시네요!"

그제야 오배와 반부얼싼이 도착해 있는 것을 본 강희는 흥미진진한 표정으로 위동정을 보며 말했다.

"진짜 선수가 오셨네! 오 어른, 괜찮다면 내려가서 저 애들과 심심풀이 시합이나 해보는 게 어떤가?"

오배는 흔쾌히 머리를 끄덕여 보이더니 모자를 벗고 제복을 그대로 입은 채 넷째 등을 향해 두 손을 마주 잡고 높이 들어 흔들어 보이며 말했다.

"여러분의 흥을 깨지 않는가 모르겠소. 그렇더라도 이 늙은이 잘 좀 봐 주게나."

말을 마친 오배는 다리를 벌려 천천히 무릎을 폈다 꺾었다를 반복하면서 기세몰이를 했다. 위동정도 노새네를 향해 겁먹을 것 없다는 듯 손을 저어보이며 물었다.

"누가 오배 어른과 한번 겨뤄 볼래!"

언제나 충동적이고 치밀하지 못한 노새가 이번에도 먼저 뛰쳐나갔다. 그는 마치 투우마냥 으르렁거리며 열 손가락을 갈구리 모양을 한 채로 사정없이 오배에게로 덤벼들었다. 그러나 기습공세로 오배를 밀어뜨려보려던 생각은 오산이었음을 노새는 곧 뼈저리게 느꼈다. 두 손바닥이 가 닿은 오배의 가슴팍은 마치 육중한 바윗돌처럼 촉감부터가 달랐기 때문이다. 뿐만 아니라 용수철처럼 튕겨올리는 탄력 또한 만만치가 않았다. 이게 사람 몸이냐고 잠깐 얼이 나가 있는 사이 오배는 종이 구겨서 내던지듯 순식간에 노새를 한치 밖으로 내던졌다. 엉덩방아를 심하게 찧고 체면이 땅바닥에 떨어졌지만 악에 받힌 노새는 이를 악물고 다시 일어나 오배를 노려보았다.

위동정은 꼼짝도 않고 강희의 옆을 지키고 있었다. 강희가 왼쪽으로 가면 왼쪽으로 따라가고 오른쪽으로 움직이면 일정한 간격을 두면서 놓치지 않으려고 노력하는 흔적이 역력했다. 반부얼싼은 그러는 위동정을 눈여겨보며 생각했다.

'이 자식 눈치 하나는 끝내주는데! 셋째의 신변이 위태로운 줄을 아는 걸 보니.'

노새의 엉덩이가 연신 수난을 당하자 무즈쉬, 넷째, 조봉춘 등이 시선을 교환하더니 이번에는 함께 덤벼들었다. 그러나 오배는 껄껄 웃으며 이들을 마치 지렁이 보듯 하면서 여유작작 시까지 읊기 시작했다.

성동격서(聲東擊西)의 귀재에게 괜한 객기 부리지 말거라.

거대한 돌풍이 불어닥친들 눈 한번 깜짝 할 것 같으냐.

이렇게 읊으면서 손을 저으며 얄궂은 표정으로 덤비라는 시늉을 했다. 그럼에도 처음에는 누구 하나 감히 나서지 못했다.

단세포인 노새가 방금 엉덩방아를 찧은 것이 분해서 도저히 못 참겠다는 듯 다시 덤벼들었다. 순간 오배가 180도 공중회전을 하였다. 그러자 그의 치렁치렁한 머리채가 바람을 일으키며 독사마냥 이들 사이를 꿈틀거리며 휘젓고 나녔다. 어쩌다 운좋게 그 머리채를 홱 움켜잡은 노새는 승리를 거머쥐기라도 한 듯 흥분하며 소리질렀다.

"오 어른, 꼼짝 말……."

그러나 그의 말이 채 끝나기도 전에 오배가 힘껏 머리를 가로젓자 노새는 마치 소꼬리에 붙었던 파리처럼 사정없이 한켠에 내리꽂혀지고 말았다. 어깨가 먼저 땅에 닿았으니 망정이지 대형 사고가 날 뻔 했다. 노새의 깡다구도 대단했다. 씩씩거리며 다시 일어나 앉은 노새는 오배에게 욕설을 퍼붓기 시작했다.

"어디서 굴러온 똥돼지인지 힘도 좋다. 어디 한번 누가 이기나 끝까지 해보자!"

말을 마친 노새는 육신의 아픔도 잊은 채 또다시 비틀비틀거리며 일어나 눈에 쌍불을 켜며 오배를 향해 덤벼들었다.

무식하고 무례한 자식과 더 이상 창피하게 싸우고 싶지 않았던 오배는 긴 소맷자락을 휘둘러댔다. 소맷자락이 일으키는 바람에 노새는 또다시 마른 지푸라기처럼 몇 발짝 뒤로 밀리면서 넘어지고 말았다. 이번엔 아예 폐인을 만들어버릴 양으로 다가가는 오배를 눈치 빠른 무즈쉬가 급히 막아서며 말렸다.

"어르신, 저희가 멋모르고 까불었습니다!"

그제야 오배는 건방지게 웃으며 강희에게로 다가가 입을 열었다.

"불경(不敬)을 저질러 황송하옵니다."

주먹을 휘두르지도 않고 여러 번이나 노새를 넘어뜨리는 오배의 재주에 강희는 어지간히 놀라서 물었다.

"취권(醉拳)도 아니고 태극권(太極拳)도 아니고 자네가 사용한 권법(拳法)이 뭐요? 정말 대단하던데."

오배는 두 손을 맞잡아 공손히 인사를 건네며 웃으면서 말했다.

"소인 어삐룽 어른을 바래다줘야 하오니 어쩔 수 없이 그만 자리를 떠야겠나이다."

말을 마친 오배는 강희의 반응 따위는 무시한 채 찬바람을 일으키며 반부얼싼을 데리고 자리를 떠버렸다. 여러 사람 앞에서 보기 좋게 무시당했다는 느낌이 든 강희는 얼굴을 붉히며 억지로 웃음을 지어보였다.

"갈 사람은 가고 우리끼리라도 재밌게 놀아보세!"

"흥! 안 알려준다고 누가 모를까?"

위동정이 코방귀를 끼며 말했다.

"방금 오배가 펼친 권법이 바로 '첨의십팔타(沾衣十八打)'라는 권법이 틀림없나이다. 상대가 자신의 옷에 닿는 순간에 손을 써버린다고 해서 붙여진 이름인데 오랜기간 동안의 연마(鍊磨)가 없으면 불가능한 내공(內功)으로서 사람을 골병들게 할 수는 있어도 치명적이지 못하다는 약점을 갖고 있는 줄로 알고 있나이다."

다행히 위동정이 이 권법에 대해 어느 정도 알고 있다는 것에 다소 위안을 느낀 강희는 흐뭇한 표정으로 입을 열었다.

"자네, 이런 것도 알고 있었나?"

위동정이 쑥스럽게 웃으며 대답했다.

"알고 있다고 할 것도 없이 귀동냥을 좀 했을 따름이옵니다. 오배의 실력에 비하면 새 발의 피라고 해도 과언이 아니오나 그렇다고 오배의 실력도 썩 괜찮은 건 아니라고 보여지나이다. 사용표가 그러는데 태의원(太醫院)에 호궁산(胡宮山)이라는 사람이 있는데, 이 권법의 달인이라고 하나이다."

오배에게 한바탕 당했다는 꺼림직함을 어쩔 수 없어 내내 기분이 상쾌하지 않던 일행은 강희의 명령대로 각자 헤어져 숙소에 돌아오고 말았다.

황제 앞에서 밑천을 드러내보인 위동정 일행은 자존심이 구겨져서 내던져진 느낌에서 벗어날 수가 없었다. 다들 입을 꾹 다물고 멍하니 앉아있던 중 노새가 불평불만을 털어놓기 시작했다.

"정말 재수 옴붙었어. 어디서 굴러온 개뼈다귀인지 거만하기를 이를 데가 없네. 황제도 안중에 없는 무례한 자식 같으니라구!"

그의 말에 무즈쉬가 한숨을 쉬며 말했다.

"인정할 건 해야 해. 우리가 현재는 그 자의 발뒤꿈치에도 못 따라가는 게 엄연한 사실이야."

분통을 못 이긴 이들이 한마디씩 주고 받는 사이, 사용표가 문을 열고 들어섰다. 연장자가 들어오자 이들은 약속이나 한 듯 자리에서 일어나 인사를 올렸다. 위동정이 먼저 입을 열었다.

"오늘 정말 쥐구멍에라도 들어가고 싶은 심정입니다."

거두절미한 위동정의 이같은 자조적인 말에 사용표가 자초지종을 물었다. 위동정에게서 오배에게 당했던 일을 소상히 듣고 난 사용표가 입을 열었다.

"음! '첨의십팔타'라면 별 거 아닌 것 같으면서도 절대 방심해서는 안되는 권법이지."

그러자 명주가 말을 이었다.

"위형이 태의원 호아무개가 이 권법의 달인이라고 말씀하지 않았어요? 그 사람을 데려다 한수 배워보는 게 어떨까요?"

명주의 말에 위동정이 힐끔 째려보며 말했다.

"말이 쉽지! 어느 세월에 그걸 익혀?"

오배에게서 당한 분함을 못 이겨 서로 볼멘소리를 하고 있을 때 하인이 급히 달려오며 아뢰었다.

"장만강 어른이 당도했나이다!"

허겁지겁 어쩔 줄을 모르는 하인의 모습에 위동정이 웃으며 말했다.

"그 양반 호랑이라도 데리고 오나? 뭘 그리 쩔쩔매는가? 어서 들이지 않고 뭘해!"

하인이 서성이며 한마디 덧붙였다.

"어명을 전하러 왔나이다!"

어명이라는 말에 위동정은 튕기듯 자리에서 일어서며 황급히 명령했다.

"어서 중문(中門)을 열고 향안(香案)을 준비하거라!"

말을 마친 위동정은 급히 장만강을 밖으로 맞으러 나갔다.

허둥지둥 방에 들어와 나름대로 격식을 차리고 서서 장만강은 어명을 읽어내려가기 시작했다.

"내가 일시 소홀하여 고뿔에 걸렸으니 위동정은 속히 태의원 호아무개를 입궁시키도록 하라!"

엎드린 채 어명을 전해들은 위동정은 한참 후에야 약간 어정쩡한 어투로 말했다.

"소인, 어명 받들겠나이다!"

어명을 전한 다음 두 사람은 각자 손님과 주인석에 자리했다. 그제야 장만강이 궁금한 듯 물었다.

"방금 어명을 받는 태도가 약간 이상해 보이던데 무슨 일이 있는 게요?"

위동정이 웃으면서 대답했다.

"마마께서 태의를 부르시는 건 자주 있는 일이지만 굳이 괜한 의심을 불러 일으키며 내가 다녀올 필요가 있겠냐는 거죠."

그러자 장만강도 웃으며 말했다.

"그건 불필요한 걱정이오. 마마께서는 호궁산의 이름도 모르시고 하니까 혹시 다른 사람을 보냈다가 사람을 오인하는 실수가 있을까 염려하여 자네를 보내는 걸세. 물론 나도 동행하게 돼 있으니 걱정마오."

그제야 제정신이 든 위동정이 뒤늦게 차를 대접하려고 하인을 불렀다. 그러자 장만강이 급히 자리에서 일어서며 말했다.

"아니, 차 마실 시간 없어. 우린 어서 가봐야 하니까!"

위동정이 어명을 받을 때 밖에서 엿들었던 무즈쉬는 머리를 갸우뚱하며 석연치 않다는 듯 입을 열었다.

"이상하다? 방금 전까지 멀쩡하시던 마마께서 갑자기 웬 고뿔?"

그러자 넷째가 대수롭지 않게 말을 이었다.

"그럴 수도 있는 거지. 한치 앞도 내다볼 수 없는 게 사람이니까!"

명주가 뭔가 떠오른 듯 웃으며 말했다.

"당신네들이 '첨의십팔타'니 뭐니 해가지고 안달이 나 화병이
난 거 아냐?"

그 당시 오배한테 당하고 강회가 보여줬던 표정으로 보아 충분
히 그럴 소지가 있다고 생각한 이들은 갑자기 뚝 입을 다물고 말
았다. 어색하고 딱딱한 기분을 만회해 보려는 듯 사용표가 입을
열었다.

"호궁산 그 사람, 정말 대단한 사람이야. 예전에 풍대(豊臺)에서
그 실력을 보고 혀를 내두른 적이 있다구. 위군도 아마 그때 나한
테서 호궁산에 대해 들었을 거야!"

명주는 무예에는 문외한이지만 눈치는 둘째가라면 서러워 할 위
인이었다. 그는 한동안 침묵을 지키더니 입을 열었다.

"여러분들이 오늘 패가망신만 안시켰더라도 이런 일은 없었을
거 아냐! 위형이 아까 어명을 선뜻 받아들이지 못한 걸 보면 몰
라?"

그의 말에 다들 기분이 산뜻하지는 않았다. 자기네들이 원인 제
공을 했다고 생각하며 어색하게 눈치나 살피고 있을 때 넷째가 웃
으며 한마디 하고 나섰다.

"방금 머쓱하게 위형한테 한방 얻어먹은 이가 누구더라? 하도
얄궂게 놀아 수염조차 없는 불모지 턱을 하고 있었는데 말이야."

자리에 앉은 이들 중에서 수염을 기르지 않은 사람은 명주뿐이
었다. 명주는 버르장머리없이 승부에서 진 허탈함을 악의없는 조
롱에 담아 자신에게 던지는 넷째를 어이없다는 듯 바라보며 머리
를 저었다.

"좋아, 다 좋은데 문제는 아까 동정 아우가 뭔가 말 못할 속사정
이 있는 것 같았어. 여러분들은 잘 모르겠지만 동정 아우는 털털

한 것 같으면서도 치밀하고 섬세한 구석이 놀랍다구. 우리같은 사람들은 발 뒤축에도 못 미칠 걸!"

그러자 넷째가 여전히 히죽히죽 웃으며 말했다.

"당신 같은 제갈량도 예측불허라는 게 있나? 도대체 위형을 짓누르고 있는 골칫거리가 뭔데?"

사사건건 걸고 넘어지는 넷째의 비아냥에 만성이 돼 버린 명주는 아무렇지도 않은 듯 부채를 펴들고 자리에서 일어서서 무게를 한껏 잡고 말없이 서성거렸다. 노새는 평소에 말끝마다 자신들을 은근히 무시하는 명주가 괘씸해서 한바탕 화를 내려던 참이었으나 꾹꾹 눌러 참고 주저앉아 명주의 사설을 들었다.

"물론 장님 코끼리 만지듯 황제의 뜻에 대해 아무렇게나 왈가왈부하는 것은 바람직하지 않지만 내 생각엔 별볼일없는 우리를 갑자기 불러들인 것은 뻔한 수수께끼야. 분명 뭔가 큰일을 벌이려고 작심하는 것 같은데 뜻대로 안되니까 다급할 수밖에."

"우리가 뭐가 어때서? 듣자듣자니까 거참 기분 더럽게 말하네."

노새가 끝내는 분통을 터뜨렸다.

"당신이 잘났으면 얼마나 잘났어? 치졸하게 알랑방귀나 뀌고 다니라면 모를까!"

"아무튼 나는 걸레쪽처럼 내팽개쳐진 적도 없고 엎어져 흙을 주워먹은 적은 더더구나 없네."

명주는 노새의 거친 말 따위엔 전혀 개의치 않는 듯 웃으며 말을 이었다.

"구질구질하게 입방아만 쩧으며 시간을 죽이는 건 질색이지만 아무튼 난 당신보단 선비요!"

"뭐라구? 개도 안먹는 똥만 싸대는 주제에 감히 날 우습게 봐?

억울하면 한번 덤벼 봐. 자, 자!"

노새는 화를 주체할 수 없는 듯 입술이 파랗게 질려 눈에 불을 켜고 덤벼들 태세를 취했다. 그러자 더는 봐줄 수 없다는 듯 무즈쉬가 노새를 잡아당기며 거친 욕설을 퍼부었다.

"미친놈, 가흥루에 가서 계집을 붙잡고 멋드러지게 한번 놀아볼 재주도 없는 것이 겁대가리 없이 큰소리는! 불만 있으면 말로 해, 말로!"

명주가 안색 하나 흐트러짐 없이 웃으며 사용표를 가리키며 말했다.

"정 손이 근질거리면 한번 당당하게 사 어른과 겨뤄보지 그래. 당신이 이기면 나 명주가 깨끗이 승복하지! 내가 보기엔 위동정의 실력도 만만치는 않아. 당신네들이 다 같이 덤벼도 못 당할 걸."

"그래 좋아! 한번 붙어보자. 근데 만약 우리가 이기면?"

"두 말 할 것 없이 난 당신이 말한 소위 알랑방귀나 뀌고 다니는 치졸한 인간이 되는 거지. 그러나 만약 당신들이 지면 어떻게 할 거야?"

"그렇다면 우리도 깨끗이 결과에 승복하여 사 어른을 스승으로 모시는 거지!"

사용표는 처음엔 젊은이들끼리 괜히 티격태격하며 입씨름을 벌이는 줄 알고 빙그레 웃고만 있다가 나중엔 자신을 끌어들여 치고 박자 급히 손을 저으며 말리고 나섰다.

"두 사람 모두 할 말이 궁하긴 했나 보다. 죄없는 노인네를 끌어들이는 걸 보니!"

명주는 무즈쉬의 옷자락을 당기며 말했다.

"사 어르신은 보시다시피 말장난을 하는 사람이 아니오. 진짜 대장부는 이렇게 입이 무거워야 한다구. 남자가 촐싹대는 것처럼 꼴 불견이 어디 있겠어?"

이렇게 말한 명주는 크게 웃어보이며 말을 이었다.

"호형호제하는 사이에 간혹 토닥거리고 싸울 때도 있는 거지. 방금 있었던 일은 좋게 받아들이자구! 그건 그렇구 당신네들 한번 통쾌하게 사 어른과 무예를 겨뤄볼 생각은 정말 없는가? 나 같으면 그 실력에 겁날 게 없겠는데."

병 주고 약 주고 상처난 데 소금 뿌리는 명주의 이와 같은 말에 단순세포인 무즈쉬네는 통 갈피가 잡히지 않는 눈치였다. 얼핏 들으면 격려 같기도 하고 다시 생각하면 놀리는 것 같기도 한 것이 꼭 오리무중에 빠진 것만 같았다. 말싸움으로는 명주와 상대가 안 된다는 걸 아는 무즈쉬가 한참만에야 약간 쑥스러운 듯 뒤통수를 긁적이며 말했다.

"정 그렇다면 어르신과 겨룬다 할 것도 없이 건방지고 무례하지만 한번 몸이나 풀어봅시다!"

어정쩡하게 말려들어 피할 수 없게 된 사용표는 할 수 없다는 듯 웃으며 말했다.

"늙은이 주제에 젊은이들 앞에서 채신머리없이 나서는 게 난 정말 싫어. 하지만 이 늙은이의 추태를 구경하는 게 소원이라면…… 아무튼 잘 부탁하네, 젊은이!"

말을 다 한 사용표는 곧 자세를 취하더니 몸을 솜털처럼 가볍게 놀리며 말했다.

"기꺼이 응수하겠네!"

노새는 손가락을 붙여 손바닥을 날카로운 비수 모양으로 쫙 펴 보이더니 우렁찬 기합소리와 함께 쏜살같이 사용표의 허리께를 향해 공격해 갔다. 처음부터 유난히 공격적으로 나오는 노새의 태도에 명주를 포함한 이들은 놀라움을 금할 수가 없었다. 아까 황궁에서 오배와 붙었을 때는 맥도 못 추더니 잠깐 사이에 어쩌면 이렇게 달라질 수 있을까 하고 명주는 머리를 갸우뚱했다.

하긴 무술에는 까막눈인 명주가 오배의 권법과 현재 사용표의 권법이 전혀 다르다는 걸 눈치챌 리가 없었다. 게다가 아까는 강희한테 잘 보일려고 엉뚱한 데 신경을 쓰다 보니 긴장해서 기량을 맘껏 발휘하지 못한 노새였지만 사용표와의 대결은 전혀 부담없었던 것이다.

하지만 사용표 또한 만만치가 않았다. 난세를 살면서 이 바닥에서 잔뼈가 굵었다고 해도 과언이 아닌 사용표인지라 젊은이의 충동을 미소로 받아들이며 여유롭게 대처해 나갔다.

사용표의 예리한 눈에는 뒷심이 부족하고 자신감이 결여된 노새의 엉터리 같은 자세에서 허점이 훤히 보였다. 가만 놔뒀다간 슬슬 기어오르려고 할 거라고 생각한 사용표는 두어 번 가볍게 몸을 흔들어 보이더니 잽싸게 솟구쳐 오르며 각도를 맞춰 순식간에 노새의 등허리를 걷어찼다. 순간 노새는 마치 된방망이에 얻어맞기라도 한 듯 휘청거리며 먼발치에 쓰러졌다.

그제야 사용표의 실력을 간파한 무즈쉬와 넷째는 노새가 이길 확률이 전무하다는 판단 아래 급히 끼어들어 공손히 머리를 숙이며 말했다.

"저희가 무례했습니다. 용서하십시오."

사용표는 알았다는 듯이 머리를 끄덕이며 웃어보였다. 그러나 속셈이 따로 있는 세 사람은 거의 순간적으로 서로 교활한 시선을 주고받더니 하늘이 떠나갈 듯한 고함소리와 함께 손가락을 갈구리처럼 꺾은 채 사용표를 덮쳤다. 그들은 금세 손가락으로 사용표를 갈가리 찢어놓을 듯 하더니 갑자기 몸을 날려 오른쪽, 왼쪽, 가운데 세 측면에서 사용표의 가슴팍을 걷어찼다. 이 동작은 세 사람의 즐겨쓰는 공격술이었고, 손발이 착착 들어맞았다. 위력은 가히 치명적이어서 관동사걸(關東四杰) 중의 한 명인 동태세(東太歲)란 사람도 이렇게 그들 발에 채여 죽었던 것이다.

상황파악에 빠른 사용표는 추호의 당황하는 기색도 없이 일부러 가슴을 쭉 펴고 기다리듯 그들의 발길을 받아들였다. 구경군들이 비명을 지르며 난리법석을 떨었지만 오히려 쿵! 하는 육중한 소리와 함께 엉뚱하게도 세 사람이 땅에 널부러져 있었다. 철대문을 연상케 하는 사용표의 몸에서 용수철처럼 튕겨나간 셋은 엉덩이 밑에 세 개의 웅덩이를 만들고 말았다.

아픈 다리를 질질 끌며 오만상을 찌푸린 채 사용표 앞에 죄인처럼 선 세 사람은 스승으로 삼겠노라며 공손히 꿇어 앉았다. 그러나 사용표는 아무렇지도 않은 듯 일일이 일으켜 세우며 자상한 어투로 말했다.

"사내가 못 나긴! 그까짓 걸 가지고 웬 울상이야?"

그러자 한켠에서 숨이 한줌만 해 있던 명주가 웃으며 말했다.

"이게 다 누구 덕인 줄은 알지? 내가 붙여주지 않았더라면 이 같이 훌륭한 스승님을 뫼실 수 없었을 걸!"

세 사람은 처음과는 달리 명주의 말에 그다지 신경을 쓰지 않는 듯 씨익 웃어버렸다.

한참 후에 역시 명주가 입을 열어 물었다.

"사 어른, 처음 뵐 때는 서시장에서 감매 아가씨랑 길거리 무예를 하고 계셨잖아요. 궁금한 게 그날 감매 아가씨가 멋지게 여러

건장한 사내들을 물리치던 쿵후[功夫]를 익히려면 어떻게 해야 돼요?"

그의 물음에 사용표가 웃으며 말했다.

"하루 이틀에 익힐 수 있는 게 아니야. 적의 힘을 빌어 적을 물리치는 것인데 감매도 그저 호신술 정도에 지나지 않는 수준이오. 적들과 접전하기에는 아직은 역부족이지."

여기까지 말한 사용표는 갑자기 얼굴이 굳어지며 속상한 듯 깊은 한숨을 내쉬며 혼자말처럼 중얼거렸다.

"오배네 집에 들어갔다는데 어떻게 지내는지? 후유, 착하게 살아온 죄밖엔 없건만!"

18. 명의와 독약

　장만강이 호궁산을 데리고 앞에서 걸어가고 그 뒤로 위동정이 놓칠세라 따라가고 있었다. 이들은 양심전으로 발걸음을 재촉하고 있는 중이었다. 호궁산의 왜소한 뒷모습을 바라보던 위동정은 머리를 갸우뚱했다.

　'체구가 한줌밖에 안되고 생김새도 두 번 다시 쳐다보고 싶지 않을 정도로 못 생긴 데다가 쭈글쭈글한 세모눈에서는 섬뜩한 빛이 흐르는 저 늙은이가 과연 그렇게 대단한 능력의 소유자란 말인가? 사용표가 엄지 손가락을 내두를 정도면 두 말이 필요없다는 얘긴데…….'

　강희가 호궁산을 만날 거라는 생각은 했었지만 이렇게 빠를 줄은 몰랐다. 좀 자세히 뒷조사를 해볼 여유도 없이 강희가 서둘렀던 것이다. 사용표한테서 이 호궁산이란 사람이 원래는 종남산(終南山)의 도사(道士)였다는 말은 들었어도 왜 도로 속세로 나왔는지, 어떻게 무슨 수로 내무부 황 총관(黃總管)의 신임을 얻어 태의원에 들어오게 됐는지 등등 위동정은 모든 게 궁금하기 그지없었다. 황 총관이라면 평서왕과 보이지 않는 끈으로 연결돼 있는 사이인데……. 이런 저런 생각을 하며 길을 가던 위동정은 명나라를 재건하는 데 일조를 하려고 북경을 찾았다던 사용표의 말을 떠올리며 저도 모르게 숨을 들이마셨다.

장만강이 호궁산을 데리고 왔지만 어명은 위동정에게 내려졌었기 때문에 역시 위동정이 한발 나서서 공손히 인사를 올리며 입을 열었다.

"마마, 태의원 호궁산이 대령했나이다!"

머리에 금색 띠를 두르고 침상에 반쯤 기대어 있던 강희는 희귀할 정도로 못 생긴 늙은이를 힐끔 쳐다보고는 말했다.

"자네가 호궁산이란 사람인가?"

"네, 마마."

호궁산이 머리를 조아리며 대답했다.

"소인 호궁산은 마마의 병세를 치료하라는 어명을 받고 왔나이다."

나지막했으나 힘이 넘치는 목소리였다. 그러자 강희는 머리를 끄덕이며 말했다.

"약간 감기 기운이 있는 것 같으니 따로 진맥할 필요는 없고 약이나 한 제 지어주게."

호궁산은 머리를 들어 강희를 바라보더니 말했다.

"어명을 어기는 죽을 죄를 짓는 한이 있더라도 진맥 없이는 처방을 내릴 수 없나이다, 마마."

강희는 괜히 고집부려 시간을 허비하고 싶지 않은 듯 어쩌는 수 없이 팔을 의자 위에 올려놓았다.

호궁산은 무릎걸음으로 다가와 눈을 감고 조용히 왼쪽 맥부터 보기 시작했다. 이어 오른쪽 맥마저 보고 난 호궁산은 그제야 조심스레 물러가 머리를 조아리며 아뢰었다.

"소인이 보기에 마마는 고뿔이 아니옵니다. 머리가 무겁고 어지럽기 때문에 마치 고뿔인 것 같지만 실은 기가 창통하지 않고 우울한 증세가 약간 있사옵니다."

"그렇다면 처방이나 써 오게."

강희가 웃으면서 이같이 말했다. 그러자 호궁산이 머리를 조아리며 말했다.

"마마의 이런 증세는 약을 드실 필요가 없사옵니다. 소인이 하는 데까지 해보고 안되면 그때 가서 약을 써도 늦지는 않사옵니다."

약을 안 먹고 병이 나을 수 있게 하다니? 강희는 흥미롭다는 듯 자리에서 일어나며 물었다.

"무슨 묘방이 있는지 어서 보여주게!"

"마마께선 움직이지 마시고 가만히 앉아계시기만 하면 되나이다!"

호궁산은 이같이 말하고는 강희와 약간의 거리를 두고 눈을 스르르 감더니 부동자세로 서 있었다. 장만강과 소마라고는 웬 돌팔이가 겁없이 이런 무식한 방법으로 황제의 옥체를 치료해 주겠노라고 나섰는지 몹시 궁금한 듯 믿기지 않는 시선으로 바라보고 있었다. 하지만 위동정은 그가 기(氣)치료를 시도하려 한다는 것을 알고 있었다.

처음엔 강희도 웃음을 금할 길 없었다. 하지만 시간이 흐를수록 청량음료를 마시는 듯한 상쾌한 기운이 머리부터 태양혈(太陽穴),

인당혈(印堂穴)을 거쳐 발끝까지 스며드는 느낌에 사로잡혔다. 마치 아편쟁이가 구름 타고 훨훨 창공을 날아다니는 흥분에 떨 듯 강희는 온몸이 서서히 마비되어가는 감각과 함께 순간 모든 걱정과 고민이 깨끗이 씻겨내려가는 쾌감을 느꼈다. 그러더니 갑자기 피가 거꾸로 흐르는 듯 약간의 어지럼증과 함께 오장육부가 진동을 하는 듯한 느낌이 찾아왔다. 강희는 급히 눈을 감았다.

족히 반시간은 이런 느낌이 지속되었다. 호궁산은 그제야 한숨을 시원하게 내쉬며 엎드려 머리를 조아리며 말했다.

"마마, 용안(龍眼)을 떠 보시옵소서!"

아프다는 핑계로 여러모로 뛰어났다는 이 사람을 만나보려고 했다가 하도 못 생긴 탓에 혐오감을 느꼈던 강희는 호궁산의 진면목을 엿본 순간 마음이 열리는 느낌과 함께 눈을 번쩍 떴다. 순간 놀랍게도 강희는 머리가 그토록 맑을 수가 없었다. 막혔던 기가 뻥 뚫린 시원함이 한가득 안겨왔다. 강희는 머리에 둘렀던 금색 띠를 풀어던지며 만족스레 웃으며 말했다.

"몰라봤네, 자네가 이런 능력까지 있을 줄은!"

"황공하옵니다. 소인이 전에 연마했던 기공(氣功)이 마마께 효도하게 될 줄은 몰랐나이다."

처음엔 이 사람의 진가를 시험해 보려던 강희는 잠깐 동안의 언행에서 이질감이 많이 해소되고 오히려 기대에 부푼 듯 입을 열었다.

"자네 기공에 조예가 깊은가?"

"황공하옵니다. 조예하고는 거리가 요원하고 그냥 좀 알고 있을 따름이옵니다."

호궁산이 급히 대답했다. 그러자 강희가 웃으며 말했다.

"괜찮아, 한번 시범을 보여주게!"

호궁산더러 기공시범을 보이라는 강희의 명령을 들은 위동정은 만일의 사태에 대비해 잽싸게 다가와 강희 옆에 붙어 섰다.

"감히 마마께 보여드릴 수 없는 실력이옵니다!"

엎드려 있다가 자리에서 일어서며 이같이 말한 호궁산은 그러나 동작은 보여주지 않고 웃어보이기만 했다. 의외의 행동에 사람들은 의아스럽다는 듯 서로 얼굴만 번갈아 쳐다보았다. 그러나 어느 순간 이상한 느낌에 땅바닥을 내려다보았다.

순간 강희를 비롯한 사람들은 기절초풍할 정도로 놀랐다. 알고 보니 호궁산은 강희의 명을 받고 땅바닥에서 일어서는 순간 내공(內功)을 발하여 두 손바닥, 두 무릎, 두 발이 닿은 붉은 벽돌이 산산히 부서져있고 땅바닥도 움푹 꺼져 있었던 것이다!

"멋있어!"

강희는 감탄하며 박수를 쳤다. 동시에 크게 웃었다.

"역시 사람은 외모만 보고 섣불리 판단했다간 큰코 다치게 돼 있어. 이런 인물이 아직 빛을 못 봤다니! 강요는 안하겠지만 자네가 원한다면 내가 중용하겠네."

장만강은 기뻐서 어쩔 줄 모르는 강희의 마음을 헤아려 최상급에 달하는 공을 기입하여 황금 20냥을 가져왔다. 그러자 강희가 말했다.

"이런 진짜 사내 대장부를 그까짓 몇 푼의 돈으로 가볍게 취급해서는 안되지."

그러면서 강희는 용안(龍案) 위에 놓여 있던 여의주를 가리키며 말했다.

"이걸 자네한테 선물하겠네!"

호궁산의 뒷모습을 흐뭇하게 바라보던 강희가 위동정에게 말했다.

"저 사람 능력이 이만저만 하지가 않아. 전에 조금은 전해들었어도 이 정도인 줄은 몰랐네!"

위동정은 급히 강희의 기분을 헤아려 웃으며 말했다.

"마마께서 덕을 많이 쌓으신 홍복(洪福)이라고 생각하나이다."

그러나 강희는 위동정의 말은 듣는 둥 마는 둥 먼산을 바라보며 혼자말처럼 중얼거렸다.

"너무 일찍 김칫국을 마시는 건 아닌지 모르겠네?"

"군자는 의리를 먹고 살고 소인배는 재물에 목숨거나니[君子喩以義, 小人則喩以利], 호궁산 같은 사나이가 마마의 뜻을 저버리겠나이까?"

위동정이 말했다. 그러자 강희가 기분좋게 웃으며 말했다.

"자네, 그렇게 멋진 말도 할 줄 아는가?"

이어서 갑자기 강희가 위동정을 부르며 물었다.

"위군, 방금 의리에 대해 말하니 생각나는 게 있는데, 자네가 보기엔 반부얼싼과 오배가 진짜 같은 배를 탄 게 틀림없어 보이는가?"

"네, 마마. 적어도 소인이 보기에는 그런 것 같사옵니다."

"아닐지도 몰라. 반부얼싼이 자기 집에 사병(私兵)들을 몇십 명씩 따로 거느리는 데다 가끔 오배와 따로 노는 걸 보면 어딘가 이상한 구석이 있어."

강희가 그렇게 말하자 위동정이 흠칫 놀라며 물었다.

"마마께서 그걸 어떻게……."

"그건 자네가 알 것 없고."

강희가 말을 계속했다.

"그가 오배 몰래 하는 일이 적지 않은 건 사실이야."

생각지도 않던 화제에 위동정은 놀란 나머지 헝클어진 생각을 바로잡느라 입술을 잘근잘근 씹으며 말이 없었다. 이때 강희가 다시 입을 열었다.

"자네도 생각해 보게. 반부얼싼은 황친이야. 아무리 오배와 죽이 맞아 돌아간대도 자신의 기반을 뒤흔들어 놓을 게 뻔한 오배의 탈궁(奪宮)을 눈감아 줄 수 있겠소?"

"글쎄요……."

위동정은 전혀 뜻밖의 질문이라 머뭇거렸다.

"자네더러 급히 대답하라는 뜻은 아니네."

강희가 뭔가 느낀 듯 계속 말을 이었다.

"내 생각엔 두 사람은 동상이몽을 하는 거야. 반부얼싼은 오배의 속내를 훤히 꿰뚫고 있는 간첩이고, 절호의 기회를 엿보고 있다가 언제라도 오배의 세력을 자신의 휘하에 거머쥐고 오배의 뒤통수뿐만 아니라 앞통수까지 칠 위인이오. 믿기지 않으면 조금만 기다려 보오."

"네, 마마!"

"추석이 한달밖에 안 남았네."

강희가 혼자말처럼 말했다.

"자네 언제 한번 재주껏 반부얼싼을 밖으로 불러내게. 한번 같이 사냥이나 하면서 무슨 꿍꿍이를 일삼는지나 알아보게 말이네."

"그건 안되나이다!"

단호한 목소리와 함께 소마라고가 들어섰다. 순간적으로 당황해서 너무 큰소리로 떠든 자신이 무례했음을 뒤늦게 느낀 소마라고는 연신 웃으면서 잘못을 무마해보려는 듯 입을 열었다.

"부잣집 아들들도 함부로 밖에 나가지 않는다는데 마마께서 그런 위험을 무릅쓸 이유가 무엇이 있겠나이까?"

"그건 기우(杞憂)요."

위동정이 웃으며 말했다.

"완냥은 봉록(俸祿)을 받아먹는 우릴 뭘로 보고 그러오?"

"봉록이 문제가 아니라……."

소마라고도 쉽사리 지려고 하지 않았다.

"무사하면 좋은 일이지만 만일의 경우 무슨 불상사라도 일어나는 날엔 큰일이라구! 마마한테는 사소한 일이란 존재하지 않는 법이야! 태황태후 마마께 먼저 아뢰어야 해!"

"물론!"

그제야 강희가 말을 막고 나섰다.

"무슨 말인지는 알고도 남겠는데, 매일 갇혀 있으니 갑갑해서 도저히 참을 수가 있어야지. 위군이 날을 잡는 대로 사복차림을 하고 한번 휙 돌고오는 것도 나쁠 건 없지."

"다음엔 저도 따라나설 거예요!"

소마라고가 토라진 듯 말했다.

"그럼 그렇게 하는 걸로 하지."

강희가 마무리를 했다.

"난 태황태후께 잠깐 들러봐야겠으니 자넨 그만 가보게."

궁궐 밖으로 나온 위동정은 집으로 돌아가려고 말에 올라탔다. 해가 뉘엿뉘엿 산 너머로 넘어가고 있었지만 한낮의 땡볕에 달궈진 대지는 찌는 듯이 더웠다. 연신 혀를 내두르며 침을 질질 흘리고 있는 말도 나른한 게 기운이 없어 보였다. 눈이 퀭 해서 자신을 쳐다보는 말을 보며 위동정이 중얼거렸다.

"너도 더위 먹기 일보직전이구나. 가만 있자, 난 시원한 막걸리나 마시고 너는 냉수에 계란을 풀어 훌훌 들이마시고 집으로 돌아갈까?"

말을 마친 위동정은 말머리를 돌려 가흥루로 향했다. 명주가 비취 아가씨와 눈이 맞아 돌아가는 덕에 위동정도 자주 들렀던 곳이었다.

경풍재(慶豊齋)를 지난 위동정은 우연히 오배네 집에서 일하는 류화(劉華)와 맞닥뜨렸다. 두 사람은 내무부에서 일할 당시 둘도 없는 친구였다. 위동정이 어전 시위가 된 이후 어쩔 수 없이 자연히 소원해진 상태였다. 비밀에 부쳐야 할 업무들이 많은 위동정과의 신분차이를 한탄하며 일부러 발길을 끊은 류화였다.

언뜻 보기에도 위풍이 당당해 보이는 제복을 차려 입고 허리춤에 보검을 꽂은 채 말 위에 앉아있는 위동정을 발견한 류화는 처음엔 못 본 척 외면해 버렸었다. 그러나 위동정이 넉살좋게 웃으며 말에서 뛰어내려 류화의 팔목을 잡으며 말했다.

"가긴 어딜 가? 오배네 밥을 얻어 먹더니 콧대가 높아져 친구도 못 본 척 할 거야?"

그제야 류화는 어눌하게 웃어보이며 주춤거리더니 말했다.

"적반하장도 유분수지! 누가 할 말을 누가 하고 있는 건지 원! 자네는 당당한 어전 시위이고, 난 뭐야! 옛말에 이르길, 부자가 되면 조강지처를 버리고, 명예를 얻으면 친구를 버린다[富易妻, 貴易友]고 했어. 그러니 내가 이 주제 해가지고 어디 자네를 아는 척이나 할 수 있겠어?"

"말이 되는 소릴 해라, 좀!"

위동정이 웃으며 이같이 면박을 주었다.

"그건 그렇고, 오늘 모처럼 만났는데 우리 가홍루로 올라가서 술이나 마시지!"

술이라면 오금을 못 쓰는 류화를 누구보다 잘 아는 위동정이었다. 술자리에 앉으면 제일 늦게까지 죽치고 있으면서 양동이째로 퍼마시는 명실공히 술꾼이기 때문이었다. 그러는 류화가 웬일인지 오늘은 아주 진지하게 거절하고 나섰다.

"오늘은 하늘이 두 쪽 나도 안돼. 급한 일이 있어서 말이야. 다음에 하자, 응?"

류화의 말에 위동정이 비아냥거렸다.

"대단한데? 오배가 말이야. 이 불한당을 사람 만들었으니! 그 문중이 무섭긴 한가 보네, 알아서 설설 기는 걸 보니!"

"그깟 자식이 무섭긴!"

위동정이 파는 함정에 덜컥 걸려드는 류화였다. 욱하는 성미에 자신이 못 났단 소리에는 절대로 참지 못하는 약점을 위동정이 잘 이용했기 때문이다.

"더러워서 못해 먹겠어. 돈이 궁해서 울며 겨자먹기로 붙어있는 거지 솔직히 그 자식 생각만 해도 지긋지긋하다!"

류화가 걸음을 멈추고 침을 튕겨가며 울분을 토했다.

"나랑 술 한잔 한다고 쫓겨나기야 하겠어, 설마?"

위동정은 조롱 속에 갇힌 새처럼 꼼짝달싹 못하는 류화의 처지를 눈치채고는 이같이 말했다.

"괜찮아, 정말 쫓겨나면 내가 책임질게!"

위동정은 동요하는 류화를 막무가내로 끌어당겼다.

자리를 잡고 앉자 위동정에게 권하는 것도 잊은 채 큰 대접에 술을 따라 연거푸 세 잔을 들이킨 류화는 시뻘겋게 달아오르는 얼굴을 일그러뜨리며 닭다리를 거칠게 물어뜯어 질겅질겅 씹어 먹었다. 그런 다음에야 감개무량한 듯 입을 열었다.

"우리와 같이 내무부에서 일하던 친구들은 지금 다 잘 나가. 나만 빼고! 물론 위군 자네가 최고로 잘 됐지만 말이야. 후유! 이 놈의 팔자는 왜 이리 기구하기만 한지 모르겠구만!"

말을 마친 류화는 또 한 대접을 꿀꺽꿀꺽 냉수마시듯 들이부었다.

"그거야 누굴 탓할 거 없지 않아? 자기도 원했으면서!"

위동정이 술을 따라주며 이같이 말했다.

"내가 염장을 지르는 게 아니라 나랑 같이 있었더라면 지금쯤은 적어도 오품 시위 정도는 됐을 걸?"

"후유! 그게 다 우리집이 찢어지게 가난한 탓이 아니겠어? 말은 마르면 털만 길어지고 사람은 궁핍하면 기가 죽는다는 말이 있잖아. 하도 없이 살다 보니 돈만 밝히게 되는 거 있지? 운도 지지리도 없는 놈! 에이!"

류화는 씹던 껌 내뱉듯 이같이 씨벌렁거리며 땅이 꺼져라 한숨을 내쉬며 말했다.

"돈은 내무부에서 일할 때보다 많이 줘. 근데 자유라곤 손톱만큼도 없으니 생지옥이나 다름없다구. 평일에 한번 술을 마셨다가 정말 황천객이 되는 줄 알았어. 아주 개패듯 하더라니깐!"

위동정은 그에게 술을 따라주며 웃으며 말했다.

"그 정도는 감안해야 하지 않겠어? 잘 나가는 보정대신에다 뼈대있는 가문에 그런 가법(家法)도 없을까?"

몇 날 며칠 술이 고팠던 차라 자기 스스로 따라 벌컥벌컥 들이 마시던 류화는 위동정의 이같은 말에 대뜸 시뻘겋게 충혈된 황소 눈을 무섭게 부라리며 냉소를 터트렸다.

"하하! 삶은 돼지 대가리가 웃는다 웃어. 그 놈의 콩가루 집구석에 가법은 무슨 가법! 마누라한테 꽉 잡혀서 숨도 제대로 못 쉬는 등신이야, 그 자식. 하긴 내가 보기엔 마누라가 백배 낫더라. 마누라만 아니었다면 평생 똥수레나 끌 놈이야!"

이같이 거친 욕설을 퍼붓던 류화는 사실 취한 게 아니었다. 평소의 주량으로 보아 아직 여유가 있었다. 혼자서만 떠들어대는 자신을 의식한 류화가 위동정에게 술을 권하며 말했다.

"마셔, 마셔! 아무리 술 보면 오금 못 쓰는 놈이라고 술독에 꽉 대가리 처박고 죽으라는 거야, 뭐야!"

위동정은 이러는 류화를 믿지 않게 흘겨 보았다. 그리고는 술잔을 들어 보란 듯이 마셔버리고는 얼굴을 찡그리며 다시 술 항아리를 들어 잔을 채우며 말했다.

"에라, 모르겠다, 마시고 죽어보자! 근데 오배는 도학가(道學家) 잖아. 그런 그가 마누라한테 잡혀서 살아? 안 믿긴다."

"하하!"

류화가 술상이 뒤집혀질 정도로 크게 웃으며 말했다.

"도학 좋아하네. 도학에 '道'자도 붙여주기 아까운 놈이야. 열 첩을 거느리고 있으면서도 마누라 등쌀에 일년내내 독수공방만 시키는 바보천치라구. 그래도 마누라 복은 있어. 몇 년 전 목리마가 지방에서 상경한, 집도 절도 없는 어떤 계집애를 붙잡아왔어. 그런데 그 마누라가 얼마나 잘해준다구! 하긴 그 계집애도 보통은 넘겠더라, 말 들어보니까."

사감매가 오배네 집에 하녀로 잡혀 들어갔다는 사실은 익히 알고 있던 위동정이었다. 가슴이 찡하게 아려왔지만 위동정은 일부러 모르쇠를 놓으며 호기심에 찬 듯 물었다.

"보통이 아니라니?"

"처음 잡혀 들어왔을 때 말이야, 가마에서 내리자마자……."

류화는 술대접을 들어 질질 흘리며 입으로 쏟아붓고는 소매로 쓰윽 닦더니 닭다리를 집어들고 말했다.

"가마에서 내리자마자 쏜살같이 오배네 집 후문 쪽으로 뛰어가더래. 너무 뜻밖의 행동이었는지라 그 많은 사람들이 누구도 말리지 못했다더라구."

그 대목에서 잠깐 숨을 고르더니 류화는 잠시 후 계속 말을 이어나갔다.

"걔가 후문에 들어가서 어쨌는 줄 알어? 그 수도 없이 많은 방들을 일일이 기웃거리며 오배 마누라를 한눈에 찾아냈다는 거 아니야! 오배 마누라라고 확신을 하고는 털썩 꿇어앉더니 이마가 깨지도록 조아리면서 울고불고 하면서 자신의 불쌍한 신세를 털어놓더래. 처음엔 대경실색하다가 차차 무슨 영문인지를 알게 된 오배 마누라가 동정어린 시선을 보내오자 그 여자 아이가 말하기를, 자기는 좋아하는 남자가 있으니 뼈빠지게 일하는 건 괜찮아도 첩 노릇만은 죽어도 못하겠노라고 하더래."

류화는 점점 신이 나는지 장단을 치듯 얘기를 늘어놓았다.

"오배 마누라가 얼굴이 검으락푸르락 하고 분을 삭이지 못해 안절부절 못하고 있을 때 양반 뒷발치에도 못 따라갈 오배가 들어왔나 봐. 막 오배가 집으로 들어서는 순간에 그 마누라는 남편의 얼굴에 침을 뱉으며 악을 썼대. '미치고 환장한 것아! 어서 뒈져 아비지옥에 떨어져 뜨거운 물에 인피(人皮)를 데쳐 발라버릴 놈! 그렇게 많은 애들을 짓밟아 놓고서도 아직도 정신 못 차렸어?'라며. 거의 기절할 정도로 입에 거품을 물고 악을 바락바락 써대던 오배 마누라는 이번엔 그 여자애를 보며 말하더래. '보쌈당해 왔지만 내가 있는 한 어느 누구한테 있는 것보다 더 잘해 줄게. 그러니 걱정 말고 날 따라줘. 누구도 너의 털끝 하나라도 다치게 했다간 그 날이 제삿날일 테니깐!'. 연주포를 쏘아대듯 심한 욕설을 퍼붓는 바람에 오배는 볼기짝이라도 얻어맞은 듯 얼굴을 감싸쥐고 넋이 나가 있었다고 그 자리에 있었던 사람들이 쉬쉬하면서도 재밌어 죽을 뻔 했다는 듯이 얘기하더라는 거야. 목리마도 당연히 눈알이 쏙 빠지게 욕을 얻어먹었고"

위동정은 별일 다 본다는 듯 길게 한숨을 내쉬며 류화에게 다그쳐 물었다.

"그 다음엔?"

"그야 나도 모르지. 그 뒤로 그 계집애는 오배 마누라의 시중을 들게 됐을 테고, 오배 놈은 마른침을 질질 흘리는 수밖에 없었을 테지 뭐. 그러니 아무리 생각해도 오배를 두고 체통이니 가법이니 등등을 운운하는 것은 어불성설이 아닌가 싶어. 황제 보기를 동네 코흘리개 취급하며 손에 든 사탕이나 빼앗아 먹으려는 위인이 무슨 가법씩이나!"

배[腹] 속에 유람선을 띄워도 될 만큼 술이 철렁대는 소리가 들릴 법한 류화가 이제 막 혀가 꼬여 횡설수설하자 자리를 뜨려던 위동정은 류화의 마지막 말에 귀가 솔깃해져 다시 주저앉으며 그에게 술을 따라주었다.

"에이, 설마? 명색이 일품중신(一品重臣)인데 설마 그럴 리가?"

위동정이 웃으며 넌지시 운을 떠왔다.

그러나 술에 만취한 류화는 무거울 '重'을 충성할 때 '忠' 자로 잘못 알아듣고는 시뻘겋게 충혈된 두 눈을 게슴츠레 치켜 뜨며 어이가 없다는 듯 웃음을 터뜨렸다.

"충신이라고 했어, 지금? 하하, 충신의 발톱에 낀 흙먼지보다도 못한 놈이 충신이라니! 솔직히 호구지책이 아니라면 난 벌써 그 자에게서 떠나버렸다구……."

서서히 두 눈이 풀리더니 깊은 한숨과 함께 의자에 폭 꼬꾸라진 류화는 어느새 코를 드르렁드르렁 골기 시작했다.

인사불성이 된 류화를 흔들어 깨우던 위동정은 깨워서 데리고 간다는 게 전혀 불가능함을 깨닫고 물 먹은 솜 같은 류화를 일으켜 세워 겨드랑이에 차고 가흥루를 나왔다.

젖 먹던 힘까지 다해 오배네집 골목 앞까지 당도한 위동정은 행여나 하고 다시 한번 류화를 흔들어 보았다. 그러나 위동정이 아무리 꼬집고 비틀고 머리를 쥐어박고 해도 류화는 제정신을 차리지 못했다. 한참 승강이 끝에 겨우 머리를 반쯤 쳐든 류화는 허허거리며 웃으며 혼자말처럼 중얼거렸다.

"나… 괴롭히지 좀 마… 친구 맞어?…… 다음에 만나면… 내가 한잔… 거…하게… 살게!"

위동정은 류화가 이런 말을 할 정도로 정신이 돌아왔다는데 반색하며 급히 물었다.

"다 왔어, 정신차려. 안에 친한 친구라도 있어?"

"그럼…… 인간성 좋겠다, 끄윽! 잘 생겼겠다, 왜 친구가 없겠어? 난 친구가 많아! 만봉이, 명수……."

류화는 전혀 따로 노는 몸뚱아리를 애써 움직이더니 또다시 혼미해진 듯 헛소리를 해댔다.

"다 덤비라고 해! 홍, 자식들, 나하고 주량을 비기겠다구?…… 호적에 먹물도 안 마른 놈들이 누구 앞에서 주름 잡어?"

류화를 깨워 맑은 정신으로 들여보내기엔 역부족임을 깨달은 위동정은 홀로 오배네 대문앞까지 와서 물었다.

"만봉이, 명수 두 분 계시오?"

그러자 어떤 마름이 위동정을 아래위로 훑어보며 물었다.

"어르신, 그 두 사람을 왜 찾으시나이까?"

"모르는 사람이지만 그 사람들의 친구가 대신 전해달라고 해서 그러오."

그러자 그 마름이 웃으며 말했다.

"소인이 만봉이라고 하는데 말씀해보세요."

그제야 위동정이 그 사람의 귓가에 대고 뭐라고 소곤거렸다. 그러자 만봉이라는 마름이 발을 동동 구르며 말했다.

"제 버릇 남 못 준다더니, 기어코 일을 저지르고 마는군!"

말은 그렇게 하면서도 그는 곧 위동정을 따라나와 류화를 등에 들쳐 업고 웃으며 말했다.

"대단히 감사합니다, 어르신. 다른 사람에게 잘못 걸려들었다간 경을 칠 뻔 했습니다. 옆문으로 살그머니 들어가 빈 방을 찾아 재우는 수밖에……"

말을 마친 그는 위동정에게 공손히 인사를 건네고 자리를 떴다.

류화를 만나면서 위동정은 많은 생각을 하게 됐다. 특히 사감매에 대한 생각으로 머리가 복잡했다. 어릴 적부터 유난히 총기가 있고 영악했던 그녀였지만 위기대처 능력이 이토록 강할 줄은 몰랐던 것이다. 호랑이한테 잡혀가도 정신만 차리면 살아남는다는 옛말을 떠올리게 하는 감매였다.

오늘 류화가 말한 대목은 사용표도 모르고 있을 게 뻔했다. 하지만 몇 해 동안 편지 한 통 없는 감매가 서운했고 사는 모습이 못내 궁금해졌다. 혹 사용표가 처음 상경할 때 품었던 복명(復明) 의지를 감매도 여지껏 간직하고 있으면 어떡하지? 위동정은 또다시 새로운 불안에 가슴을 졸였다.

세월은 흐르는 물처럼 빠르게 흘러 어느덧 낙엽이 휘날리는 가을이 성큼 눈앞으로 다가왔다. 강희는 여느 때와 다름없이 정기적으로 소리소문없이 소어투의 집에 가서 오차우의 〈자치통감(資治通鑑)〉 강의를 경청하는 외에 위동정네와 함께 활쏘기를 포함한 여러 가지 무예를 익히면서 하루하루를 바쁘게 보냈다. 심지어는 메뚜기와 잠자리를 잡으러 다니기도 하면서 정사(政事)에는 전혀 무관심한 것처럼 행동했다. 그런 강희의 나날이 영락없는 철부지 아이를 방불케 하는지라 갈피를 잡을 수 없는 대신들이 의아스럽게 생각하는 게 있다면 바로 특별수업을 받지도 않았으면서도 가끔씩 고매한 대학자들의 지극히 높은 어록(語錄)이 무색할 말들을 한다는 것이다.

한편 오배는 여전히 겉으론 강희에게 깍듯이 천자대접을 해주는 척하며 뒤통수 칠 준비에 여념이 없었다. 가끔씩 별로 요긴하지도 않은 일들을 산더미처럼 모아두었다가 기회를 봐서 들고 들어와 강희에게 혼선을 유도하는 비열한 짓도 일삼았다. 하지만 그럴 때마다 강희는 시국에는 전혀 무관심하다는 듯한 심드렁한 태도로 일관했다. 오배는 치밀하기 이를 데 없는 강희의 속셈을 전혀 간파하지 못한 채 음흉한 미소를 지으며 강희의 뒤통수를 노려보기 일쑤였다.

오배에게는 수 년 동안 하루도 거르지 않은 습관이 있었다. 계절을 불문하고 오전 정무(政務)만 끝나면 점심 때를 기해 꼭 한시간씩은 낮잠을 자는 것이다. 그 다음엔 뒤뜰에 나가 땀이 흥건할 정도로 한바탕 몸을 풀고 서재에 들어가는 것이었다.

이 날도 막 서재로 들어와 책을 집어 들었을 때 반부얼싼이 희색이 만면하여 들어와 공손히 인사를 올리며 말했다.

"어르신, 축하드립니다!"

오배는 의아한 표정으로 자리를 내주며 물었다.

"축하라니?"

반부얼싼은 껄껄 웃으며 안주머니에서 누런 종이로 겹겹이 싼 종이 꾸러미를 꺼내더니 한 겹 한 겹 벗기며 말했다.

"큰 일을 무사하게 치르려면 아무래도 이게 필요하지 않나 싶어서……"

"뭔데? 가슴이 확 트이고 힘이 무진장 솟구치게 하는 보약이라도 돼?"

오배가 궁금하다는 듯 웃으며 말을 이었다.

"난 또 뭐라구. 약 필요하면 나한테 말하지 그랬어. 없는 거 빼곤 다 구해다 줄 텐데!"

오배는 이같이 말하며 호기심에 그 종이 꾸러미를 만지작거렸다. 그러자 반부얼싼이 뜨거운 물에 데기라도 한 듯 화들짝 놀라며 말렸다.

"안 돼요, 만지면!"

놀라긴 오배도 마찬가지였다. 그는 눈을 화등잔처럼 치뜨고 물었다.

"왜? 뭔데 만지지도 못하게 하는 거야?"

반부얼싼은 조심스레 약을 다시 보자기에 싸서 상 위에 올려놓았다. 그리고는 경계하는 눈빛으로 좌우를 훑어보고도 성에 차지 않는지 목을 쭉 빼들고 창밖을 내다보았다. 아무도 없는 것을 확인하고 나서야 그는 두 눈을 껌벅이더니 오배의 귓가에 입을 대고 웃으며 말했다.

"힘이 무진장 솟구치다 못해 정신이 혼미해져 승천(昇天)까지 할 수 있는 탈명단(奪命丹)이오! 장점은 복용 후 이레가 지나야 서서히 약효를 발해 여드레 째 되는 날에는 발작함과 동시에 죽는다는 거요. 어때요? 술에 타면 무색무취라 제격인 것 같지 않소? 내 생각엔 보약이 따로 없소!"

그제야 오배는 정신이 번쩍 든 듯 반부얼싼의 말귀를 알아들었다. 사실은 오래 전에 한번 이런 방법을 두고 상의한 적은 있었지만 별 진척이 없고 반부얼싼도 이렇다 할 구체적인 방안을 내놓지 않아 오배는 사실상 별다른 기대를 안 했던 터였다. 그런데 약을 구해와 그 방안을 제시하니 뒤로 넘어갈 듯 놀랄 수밖에 없었다. 한가지 일을 맡기면 끈질기게 물고 늘어지는 반부얼싼의 성격에 다시 한번 놀라움을 금치 못하며 오배가 한참 후에 느릿느릿 입을 열었다.

"어디서 난 거요?"

"고서(古書)에 나와 있는 처방대로 만들어 왔소."

반부얼싼은 두 눈을 가늘게 뜨고 오배를 쳐다보며 말했다.

"이 약은 일명 백조상(百鳥霜)이라는 극약인데, 원래 도가(道家)에서 사냥용으로 쓰던 것으로 알고 있소. 산에 올라가서 백 종류의 새똥을 긁어모아 흐르는 물에 헹구어내어 아홉 번 찌고 아홉 번 햇볕에 말려서 만든 아주 치명적인 독약이라 하오. 그러니 한

알이면 천하의 노지심일지라도 한방에 갈 수밖에 없다오!"

반부얼쌴의 얼굴에서는 득의양양한 기색이 흘러 넘쳤다.

그러나 오배는 주체할 수 없이 뛰는 가슴을 진정시키기에 여념이 없었다. 당황한 기색을 보여서는 안된다고 생각한 오배는 간신히 쿵쿵 소리가 날 정도로 높은 가슴을 움켜잡으며 담담한 척하고 물었다.

"이것은 우선 여기다 놓고 가게. 내게 더 절묘한 방법이 있으니 꼭 이 약이 필요할지는 몰라도."

와락 달려들며 흥분에 떨 줄 알았던 오배가 지나치게 담담한 표정을 비추자 반부얼쌴은 못내 풀이 죽는 눈치였다. 그는 굳어진 얼굴로 약봉지를 여미면서 물었다.

"무슨 묘안인지 좀 들려줄 순 없소?"

그러자 오배가 웃으며 말했다.

"셋째가 매일 소어투 집에서 공부하는 게 틀림없소. 내가 알아냈소. 어때? 절호의 기회라고 생각되지 않소?"

"그야 물론. 하지만 아무런 대책도 없이 다닐 리가 없을 것 같소. 그 위동정 말이요, 무예가 하루가 다르게 느는 것 같더라구. 게다가 잠시도 셋째의 곁을 떠나주지 않으니 몰래 뒤통수를 친다는 건 불가능하고 그렇다고 대놓고 대신의 집을 수색하는 것도 충분한 명분이 없고는 그림의 떡일 테고!"

두 사람이 의견일치를 보느라 승강이질 하고 있을 때 감매가 쟁반에 찻잔을 받쳐들고 들어왔다.

감매는 태사의(太師椅)에 앉아 담배를 피우고 있는 두 사람에게 가벼운 몸놀림으로 찻잔을 내려놓으며 내친 김에 탁자 위에 놓여 있는 정체불명의 종이봉지를 쟁반에 담았다. 그러자 오배가 다급히 말했다.

"소추, 그건 잠깐 여기다 둬라."

감매는 곧 "네!" 하고 대답하고 자리를 떴다.

반부얼싼은 잠자리 날개 같이 하늘거리며 멀어져가는 감매의 뒷모습을 오래도록 바라보면서 혼자말처럼 중얼거렸다.

"그 아가씨 몸매 한번 끝내주는데. 걷는 것도 사뿐사뿐 소리조차 나지 않네 그려."

반부얼싼의 말에 오배가 갑자기 뭔가 생각난 듯 입을 열었다.

"결코 호락호락한 애는 아냐. 단순한 호신술 이상의 무예실력도 있다구!"

오배는 이같이 말하며 감매를 여러 번 집적댔다가 보기 좋게 거절당했던 기억을 떠올렸다. 반부얼싼은 멍하니 앉아있는 오배를 툭 치며 물었다.

"무슨 생각을 하시오?"

그러자 오배가 화들짝 놀라며 대답했다.

"미끄러지는 듯한 발걸음이 왠지 부담스럽네!"

역시 두 사람은 뭔가 통하는 데가 있었다. 오배의 이런 걱정에 반부얼싼도 결코 자유롭지는 못했던 것이다. 늘 거리낌없이 드나드는 감매가 맘에 걸렸던 반부얼싼인지라 좌우를 흘깃거리며 오배에게 귓속말로 소곤거렸다.

"이 가문이 보통 가문이 아니므로 아랫것들 단속을 철저히 하셨을 거라고 확신합니다만……"

반부얼싼이 말끝을 흐렸다. 오배는 소상히 들어볼 용의가 있다는 듯 의미심장하게 반부얼싼을 일별하며 말했다.

"말해보게."

반부얼싼은 자리를 고쳐 앉으며 잠깐 뜸을 들이더니 입을 열었다.

"심증은 있지만 물증이 없는 일이라 조심스럽구만. 지난번 우리가 뒤채에서 밀의(密議)한 일 말이오. 쥐도 새도 모른다고 장담했는데 어떻게 밖에까지 새나갔느냐는 말이오."

거두절미한 반부얼싼의 이같은 말에 오배가 대경실색하며 되물었다.

"그게 무슨 말씀이오?"

그러자 반부얼싼은 지난번 오배네 집 밖에서 두 하녀가 주고 받던 애기를 줄거리만 대충 들려주었다.

한동안 무섭게 일그러진 얼굴을 하고 입술을 잘근잘근 씹으며 생각에 잠겼던 오배가 드디어 입을 열었다.

"이 일은 내가 알아서 처리할 테니 걱정할 거 없소. 별일 없을 테니까."

이어 두 사람은 아무 일도 없었던 듯 화제를 돌려 진짜 중대한 일을 논의하기 시작했다. 강희를 제거하려는 본격적인 움직임이었다.

오배는 다소 억지스럽더라도 명분을 만들어 빠른 시일 안에 소어투의 집을 습격하여 깔끔하게 처치해 버리고는 죄명을 소어투에게 덮어씌우자는 반부얼싼의 제의를 받아들이기로 했다. 그거야말로 꿩 먹고 알 먹고, 도랑 치고 가재 잡는 격이라고 두 사람은 의기투합하고 어깨를 들썩이며 흥분에 떨었다.

"끝내 주는 작품이 나올 게 틀림 없어!"

오배가 껄껄 너털웃음을 웃으며 이같이 말했다.

애초에 반부얼싼을 자신의 휘하에 끌어들이고 갖은 방법으로 자기 배에 태운 것을 천만다행이라고 생각한 오배는 다시 한번 반부얼싼의 출중한 계략에 혀를 내둘렀다. 하지만 대사를 앞두고 너무 반부얼싼에게 끌려다닌다는 느낌을 줄까 저어한 오배는 결코 드러내놓고 반부얼싼을 치하하지는 않았다. 그는 일부러 한술 더 뜨며 말했다.

"만일의 경우를 대비해서라도 신중해야 하오. 날을 잘 잡아 한방에 날려야지 우물쭈물하다가 헛물만 켜게 되는 날에는 꼴이 우스워진다구. 우리 둘의 생사도 장담할 수 없을 테고. 내 생각엔 안전을 우선적으로 고려한다면 위동정 그 자식을 먼저 없애버리는 게 최선인데 말이야!"

서로 보태고 빼고 하면서 갈수록 치밀해지는 계략에 대만족을 하며 반부얼싼은 머리가 떨어져라 고개를 끄덕거렸다.

19. 백운관(白雲觀)

그 날도 강희는 위동정과 반부얼싼을 동행하고 서편문(西便門)을 빠져 나와 말을 달렸다. 멀리 백운관(白雲觀)이 보이자 반부얼싼이 먼저 웃으며 침묵을 깼다.

"마마, 휴일도 아닌 평일인데다 이 신새벽에 우리 세 사람이 늑대가 출몰할 것 같은 이런 황야에서 말 달리고 있으니 속 모르는 사람들은 마적(馬賊)으로 오해하겠나이다!"

반부얼싼의 말에 강희가 말고삐를 잡아당기며 급히 말을 세웠다. 그런 다음 스산하고 으시시한 황야를 두리번거리며 웃음을 머금은 채 말했다.

"사실 말도둑과 천자의 차이는 종이 한 장 차이라고 할 수도 있지. 신 앞에서 인간은 누구나 평등하니까. 왕도(王道)를 지키면 천자(天子)가 되는 거고, 모든 걸 저버리고 도둑굴에 들어가면 마적도 되고 사람 도둑도 되는 게 아닌가!"

제법 어른스러운 강희의 이같은 말에 반부얼쌴은 놀란 나머지 잠깐 당황한 표정을 짓다가 급기야 너털웃음을 터트리며 말했다.

"마마께서 두뇌가 영민하시고 학문이 하루가 다르게 깊어지셔서 한림원 학사들마저 엄지를 내두른다더니 과연 듣던 대로이나이다."

이럴 때 일수록 위동정은 어깨가 무겁고 긴장을 늦출 수가 없었다. 이 두 사람의 은근한 신경전에는 전혀 무관심한 듯 수시로 주위를 경계하며 강희의 뒤를 바싹 따라다녔다. 미리 짜놓은 각본대로 저 멀리서 삿갓을 푹 눌러쓴 노새와 넷째 등이 장작개비를 줍는 농사꾼 차림으로 엎드려 뭔가를 열심히 줍고 있는 게 보였다. 위동정은 다소 안심이 되는듯 숨을 크게 내쉬고 웃으며 강희에게 말했다.

"마마, 저기가 바로 백운관이옵니다."

위동정이 가리키는 방향을 향해 바라보니 과연 바로 앞에 울창한 나무숲 사이로 드러난 산문(山門)이 보였다. 강희는 순간 말 위에서 미끄러지듯 내리며 큰소리로 말했다.

"우리가 말 탄 채로 들어가면 진짜 말도둑 같이 보일 수도 있으니 불필요한 오해를 불러일으킬 것 없이 예의를 갖춰 말에서 내려 걸어서 들어가자구."

바로 이때 백운관 심부름꾼 차림으로 변신하여 미리 가 있던 시위(侍衛)들이 마중을 나왔다. 세 사람은 그 중 한 사람에게 말고삐를 넘겨주고는 성큼성큼 산문 안으로 들어갔다.

백운관은 서편문에서 3, 4리쯤 떨어진 곳에 자리하고 있었다. 도교(道敎) 전진종파(全眞宗派)의 교조(敎祖)인 김원(金元)을 추모하는 사당이었으나, 오랜 세월을 거치며 지금의 백운관으로 명명한 것이다. 도교에서 말하는 황학(黃鶴)을 타고 흰구름 속으로 승천한다는 뜻을 내포하고 있었다.

청군이 북경성에 막 입성했을 때 서편문 일대에서는 한 차례의 큰 화재가 발생하여 수천 가구가 넘는 민가(民家)가 불길에 휩싸였다. 당시 그 불길은 백운관에도 번져 수 백 칸이나 되는 전당(殿堂)과 묘사(廟舍)들도 잿더미가 되어 버렸다. 백운관은 그로 인해 그 옛날의 운치는 찾아볼 수도 없을 정도로 황량하고 적막한 곳이 되고 말았다. 강산이 몇 번이나 뒤바뀌었어도 아직도 매캐한 연기가 피어오를 것 같았다. 시커먼 기왓장들과 가재도구들의 잔재가 여기저기 을씨년스레 널려 있는가 하면 주위에는 키를 넘는 갈대가 숲을 이루고 있었다. 적막강산이 따로 없을 정도로 스산하기 그지 없었다. 거의 전소(全燒)하다시피한 건물 가운데 달랑 남아있는 참배전(參拜殿)과 동랑(東廊) 아래에 우뚝 서 있는 흙으로 만들어진 불상은 그래서 더욱 신비로운 빛을 발하는 것 같았다. 다른 건 다 타버렸지만 유독 이 불상과 참배전만이 건재하다는 사실에 사람들은 신에 대한 경외심을 더욱 절감했고 따라서 이 곳도 신성스러운 곳이 되었던 것이다.

반부얼싼은 어디 앉을 곳조차 변변치 않은 이 곳을 두리번거리며 속으로 궁시렁거렸다.

'북경성 안에 유명한 절이 많기도 한데 하필이면 인적 드문 백운관을 찾을 게 뭐람? 아무튼 괴물이야.'

어제 위동정이 어명을 전하러 왔을 때 반부얼싼은 강희의 속내를 어느 정도 읽었었다. 반부얼싼 역시 이 소년 천자가 도대체 무슨 속셈인지 엿볼 수 있는 절호의 기회를 놓칠세라 흔쾌히 따라나섰던 것이다.

절을 찾은 게 아니라 서로 마음은 참외밭에 있는 두 사람이었다. 조금 떨어진 곳에서 강희가 금으로 칠이 입혀진 가마솥 앞에 숙연한 자세로 서 있는 것을 본 반부얼싼은 급히 다가가서 웃으며 말했다.

"백운관에서 백미(白眉)라면 이 가마솥에 쓰여 있는 글이 아닌가 하옵니다. '하늘을 공경하고 백성을 사랑함으로 나라를 다스리고, 자비롭고 검소하고 맑고 깨끗함으로 심신을 다스리라[敬天愛民以治國, 慈儉淸靜以修身]'. 이는 전명(前明) 정덕황제(正德皇帝)가 남긴 글인데, 기품이 철철 흐르는 것 같지 않아요?"

반부얼싼이 부지런히 강희의 눈치를 살피며 이같이 물었다. 그러나 강희는 반부얼싼의 말에는 애초부터 신경을 쓰지 않았다는 듯 대답은커녕 쳐다보지도 않았다. 여전히 높이가 육척(六尺)은 족히 넘는 가마솥을 매만지며 흥미진진하게 자세히 바라볼 뿐이었다.

강희는 몇 개 나라를 거쳐 흥망성쇠를 거듭하며 다사다난한 인간사의 증인이 되었을 가마솥을 매만지며 남다른 감회를 느꼈다. 그러나 자신의 마음을 들켜버리기라도 한 듯 강희는 가라앉은 마음을 급히 추스르며 가마솥을 매만지며 웃음을 지어 보였다.

"오배 어른이 같이 왔더라면 좋았을 걸. 다른 사람은 몰라도 그 어른이라면 이 가마솥을 거뜬히 어깨에 둘러맬 수 있을 거야. 자네 생각은 어떤가? 내 말대로 오배 어른이 이 가마솥을 들어 옮길 수 있다고 생각하나?"

말을 마친 강희는 넌지시 반부얼싼을 쳐다보았다.

너무 노골적인 강희의 한마디였다. 왜냐하면 그 속에는 숨은 뜻이 있었던 것이다. 하(夏)나라의 우왕(禹王)은 천하를 아홉 개의

주(州)로 나누고, 금(金)을 거두어 들여서 아홉 개의 가마솥을 만들었다. 그 각각의 가마솥에는 9개 주의 이름과 글귀를 새겨 놓았는데, 아홉 개의 가마솥을 가지는 자가 곧 천하의 주인이 된다고 했다. 그러므로 오배가 가마솥을 들어 옮길 수 있느냐는 말은 곧 반란을 의미하는 것이었다.

이러한 내용을 박식한 반부얼짠이 모를 리가 없었다. 강희의 이런 물음에 결코 태연할 수 없었던 반부얼짠은 당황함을 숨기지 못한 채 어물거리다가 겨우 어색한 웃음을 지어내며 말했다.

"족히 이천 근(斤)은 될 것 같은데, 오 어른이 이걸 들어올린다는 건 좀 무리가 아닐까 하나이다."

"나무아미타불!"

그때 뒤에서 쉰 살 가량 되는 늙은 도사(道士)가 태극전(太極殿) 동쪽에서 느릿느릿 팔자걸음을 하고 나오며 합장을 하고 말했다.

"멋진 거사(居士)님들 같은데 부디 복많이 받으십시오! 이렇게 이른 시간에 불공 드리러 나오신 걸 보니 신심이 이를 데 없는 모양이군요. 뒷방은 그나마 깔끔하게 정리돼 있으니 어서 들어와 차라도 한잔 하시오!"

늙은 도사의 이같은 자상함에 두 사람이 곧 답례를 하려던 참에 위동정이 나서면서 말했다.

"도사님, 감사합니다만 저희들은 여기 좀더 있다가 그쪽으로 둘러보려고 합니다!"

그 말에 도사는 머쓱한 표정이 되어 헛기침을 하더니 돌아갔다.

"우리에게 보시(布施)를 청하는 거예요."

위동정이 도사의 뒷모습을 바라보며 웃으며 말했다.

"인적이 드문 이런 피폐한 절에서는 큰 명절 때나 불전(佛錢)을 좀 받을까 평소에는 거의 참배객을 찾아볼 수가 없으니 절 살림이 궁핍할 게 뻔하죠. 그런데 시주깨나 할 것 같은 사람들이 우르르 몰려드니 쉬이 떠나보내려고 하겠어요?"

그러자 강희가 옷을 툭툭 털며 미소를 머금으며 말했다.

"오늘따라 하필 돈을 안 가져왔네 그려!"

강희의 말에 반부얼싼이 급히 소매자락에서 은전 50냥을 꺼내며 말했다.

"소인은 마마와 감히 비할 바도 못 되니 스스로 돈을 챙겨다닐 수밖에 없사옵니다."

반부얼싼이 꺼낸 돈의 액수를 보고는 위동정이 또 가로막고 나섰다.

"근데 액수가 너무 커서 안되겠군요. 은전 한 냥이면 쌀을 일등품으로 일백삼십 근이나 살 수 있어요. 그러니 너무 많이 주면 오히려 의심을 받기 십상이에요."

말을 마친 위동정은 그 50냥짜리 은전을 손바닥에 놓고 힘껏 박수치듯 쳐버렸다. 그러자 순식간에 은전이 두 조각 났다. 위동정은 은전의 큰 부분을 던지듯 반부얼싼에게 넘겨주고 작은 것을 손에 들고 무게를 가늠해 보며 말했다.

"그래도 스무 냥은 더 될 것 같은데, 이 정도라도 충분히 부자 행세를 할 수 있을 것 같네요."

처음부터 지켜보던 반부얼싼은 가슴이 덜컥 내려앉을 것 같은 경악을 금할 수가 없었다. 그러나 이내 마음을 다잡은 반부얼싼이 간신히 웃어보이며 말했다.

"보아하니 대단한 실력인데, 한집 식구끼리 혈투를 벌일 것도 아니고 이 자리에서 누구 기 죽일 일 있나?"

강희가 오늘 반부얼싼을 불러낸 것은 굳이 따지자면 자신의 집안 형뻘 되는 이 사람이 도대체 어떤 위인인가를 시험해보고 싶었던 것이다. 오배와 의기투합해 집안도둑 행세를 일삼는 반부얼싼임을 모르는 바는 아니지만 그래도 어느 정도 돌이킬 여지가 있었으면 하고 내심 바랐었다. 과거는 거친 황야의 바람에 훌훌 털어 날려보내고 지금부터라도 조금만 회개의 뜻을 비춘다면 손을 잡고 싶었던 것이다.

하지만 이런 강희의 지극히 인간적인 배려를 아는지 모르는지 반부얼싼의 언행은 여전히 동아줄처럼 꼬여 있었다. 일부러 엉뚱한 대답이나 하고 툭 하면 빈정대기나 하며 전혀 화해의 손짓을 보내려고 하지 않았다. 은근히 화가 나고 불쾌해진 강희는 굳어진 얼굴로 말했다.

"여긴 이제 별로 볼 게 없는 것 같은데 우리 저 밑에 내려가 당나라 승려가 서천(西天)에 불경을 얻으러 갔을 때의 모습을 재현해 놓은 불상이나 보러 가세."

진작부터 강희의 속내를 꿰뚫고 있었던 듯 반부얼싼이 강희의 뒤통수를 잽싸게 노려보며 코가 떨어져 나가라 코방귀를 뀌었다. 불난 집에 부채질이라도 할 것처럼 뭐라고 입을 열려는 순간 어린 도사가 쟁반에 김이 모락모락 나는 차 석 잔을 따라 조심스레 받쳐들고 왔다. 그러자 반부얼싼이 웃으며 말했다.

"호신(虎臣), 자네 정말 귀신이네. 과연 자네 말대로일세. 어서 은냥이나 줘서 보내도록 하게!"

이같이 명령조로 말한 이내 강희를 따라나섰다.

한편 위동정은 미리 준비해 뒀던 은전을 쟁반에 올려놓으며 웃으며 말했다.

"됐소. 차는 마신 걸로 할 테니 약소하지만 불전이나 가지고 가오!"

그런 다음 위동정은 곧 강희 앞으로 달려가려고 뒤를 돌아보았다. 순간, 저 멀리서 오차우가 두루마기 자락을 잡고 조심스레 돌계단을 오르고 있는 게 눈에 띄었다. 또한 소마라고가 불안한 듯 주위를 두리번거리며 뒤따르고 있는 게 보였다.

순간적으로 위동정은 눈앞이 캄캄해졌다. 그는 강희와 반부얼싼이 불상에 대해 이런 저런 의견을 주고 받는 사이 살그머니 자리를 피해 오차우네를 향해 발길을 옮겼다.

거의 동시에 위동정을 발견한 소마라고도 오차우 몰래 위동정 쪽으로 접근해 왔다.

"간 떨어질 뻔 했네. 어찌된 일이오, 여긴!"

인적이 없는 으슥한 곳으로 간 다음에 위동정이 놀란 나머지 소마라고에게 이같은 볼멘소리를 해댔다.

"무슨 이런 경우가 다 있소? 이 두 사람이 만나는 날엔 그야말로 상상조차 할 수 없는 일이 발생한다구! 오배 그 자식 지금 혈안이 되어 오 선생님을 찾고 있는 줄 모르오?"

"나도 속수무책인 건 마찬가지야!"

소마라고가 억울하다는 듯 입을 쫑긋하며 말했다.

"소어투 어른댁의 사람들이 전부 이쪽으로 경비를 서러 나왔단 말이야. 집안이 텅텅 비어 심심하다며 따라나오는 걸 난들 어떻게 막을 수가 있겠어? 나무라지만 말고 어서 대책을 세워 봐!"

위동정이 이맛살을 찌푸리고 심각하게 고민하더니 입을 열었다.

"이미 벌어진 일, 그냥 밀고 나가는 수밖에 없소. 쭈뼛쭈뼛하면 오히려 더 의심하게 되니까 아예 만나는 게 나아."

그러자 소마라고가 말했다.

"문제는 이 바보 서생이 반가운 김에 '용공자' 하고 큰 소리로 부르는 날엔 모든 게 들통 나지 않을까?"

"까짓 거 들통 나 봤자지 뭐. 다른 걱정은 하지 말고 침착하게 내가 하는 대로만 따라주면 돼."

말을 마친 위동정은 급히 강희 쪽으로 발걸음을 재촉했다. 무슨 얘기를 나누었는지 강희와 반부얼싼이 크게 웃고 있었다. 서로 한 발자국만 떨어져 있어도 눈길은 서로가 놓지 않는 위동정과 강희였다. 위동정이 걸어오는 방향을 곁눈질하여 쳐다보던 강희는 먼 발치에서 아무 것도 모른 채 걸어오는 오차우와 소마라고를 발견하곤 순간 당황하며 위동정에게 의미심장한 시선을 부지런히 보냈다.

그러나 위동정은 아무렇지도 않은 듯 알 듯 말 듯한 미소로 화답하며 아예 몸을 돌려 오차우네가 가까워지기를 기다렸다가 일부러 큰 소리로 말했다.

"이게 누군가! 넓고도 좁은 세상이네 그려. 여기서 주형(朱兄)을 다 만나다니!"

어안이 벙벙해진 오차우가 눈을 화등잔만하게 뜨고 위동정에게 뭔가 말하려는 순간 위동정이 잽싸게 오차우의 옷자락을 잡아당겨 강희에게로 가까이 하더니 먼저 입을 열었다.

"주형, 내가 소개할께. 이 두 분은 모두 오배 어른댁에서 일하시는데 이 분은 가자재(賈子才), 저 분은 용명(龍鳴)이라고 하오. 우리 셋은 절친한 사이로 오늘 간만에 짬을 내서 만나 얘기를 나누고 있던 중인데, 마침 잘 됐소. 이러고 보니 오늘 좋은 사람은 다 만났네, 하하."

소마라고는 아무리 임기응변에 강한 위동정이라지만 발음조차 어려운 엉뚱한 이름을 지어내자 터져나오는 웃음을 억지로 참느라 발끝으로 애꿎은 땅바닥만 후벼댔다.

평소엔 아무리 어눌하고 눈치 무딘 오차우지만 위동정의 눈빛과 여러 가지 느낌으로 미루어 어느 정도 상황파악은 할 수 있었다. 그러던 오차우는 아예 한술 더 떠 소마라고의 등을 살짝 밀며 나무라듯 말했다.

"완냥, 어서 인사 안 올리고 뭐해?"

그러자 소마라고가 사뿐사뿐 다가서서 미소를 머금고 가볍게 허리 굽혀 인사를 했다.

다행히 반부얼싼은 특별히 이상한 느낌을 받지 않은 눈치였다. 위동정이 엉겁결에 지어낸 이름이 약간 동네 얼간이 같은 느낌이 들었지만 그런대로 괜찮았다고 생각했다. 그는 완냥이라 불리우는 이 시녀가 왠지 눈에 익은 듯 유심히 살펴보았다. 하지만 강희를 직접 만난 횟수가 열 손가락으로 꼽을 수 있을 만큼 적었던 터라 이 완냥이 그 소마라고일 것이라는 생각은 전혀 하지 못했다. 그는 아무렇지도 않은 듯 히죽 웃으며 말했다.

"아무튼 반갑네. 괜찮다면 우리 같이 산책이나 하는 게 어떻겠소?"

"이렇게 만난 것도 인연인데 그러죠 뭐."

흔쾌히 대답한 오차우는 그러나 의문투성이로 가슴이 답답해졌다. 애써 의연한 척했지만 속으로는 긴장을 늦추지 못했던 강희는 한 차례 살인적인 광풍이 비켜가자 그제야 서서히 안도의 숨을 내쉬며 웃는 얼굴로 오차우를 바라보았다.

위동정은 오차우가 실수로라도 '용공자'를 아는 척이라도 할까 봐 걱정이 태산 같았다. 어떻게든 술자리를 만들어 반부얼싼을 만취시키는 게 상책이라고 생각한 위동정이 오차우의 옷자락을 잡으며 말했다.

"우리 모처럼 만났는데 이러고 있을 게 아니라 어디 가서 다리쉼도 할 겸 회포나 풀어보자구. 오랜만에 목도 축일 겸 술도 한잔 곁들이면서 말이야."

그러자 강희가 웃으면서 말했다.

"좋아. 오늘은 호신의 명령에 따릅시다, 우리!"

강희의 말이 끝나기 바쁘게 시위들이 눈치 빠르게 즉석에서 술상을 차렸다.

어느새 해는 중천에 떠올라 따가운 햇살이 정수리를 비추고 있었다. 추풍이 서서히 흙먼지를 일으키더니 한 무리의 먹장구름이 떼를 지어 어디론가 갈 길을 재촉하고 있는 가운데 낡은 정자 안에서는 품은 생각이 다르고 의지와 취미가 제각각인 사람들이 우연히 만나 필연적인 운명을 엮어가고 있었다. 술 한잔씩 들이키고 어색한 분위기를 모면하려는 듯 이들은 한결같이 연못 안에서 노니는 물고기들을 바라보며 생각에 잠겨 있었다.

때를 같이 하여 오동통하게 살이 오른 커다란 잉어 한 마리가 힘차게 수면 위로 솟구쳐 오르더니 원을 그리며 다시 '풍덩' 물속으로 사라져 버렸다. 잉어가 튕겨올린 물이 얼굴에 묻은 강희가 옷소매로 닦으며 시흥(詩興)이 북받친 듯 조용히 읊조렸다.

구름 위로 치솟아 오를 듯한 힘찬 저 몸짓,

그러자 오차우가 박수를 보내며 뒤를 이었다.

가을 하늘을 가를 듯 용맹하구나.

"감히 실례해 볼까 하나이다"라는 말과 함께 위동정도 한마디
끼어들었다.

하늘의 조화(造化)를 대변하는 저 기상,

이번에는 반부얼싼이 기다렸다는 듯 이어 나갔다.

이 몸짓은 오직 금룡(金龍)을 향한 줄기찬 움직임일 뿐.

다른 사람이 읊을 때는 가만히 듣고만 있던 강희가 반부얼싼의
마지막 한마디에 손바닥이 얼얼할 정도로 박수를 보내며 연신 엄
지를 내둘렀다. 그러자 오차우가 두 사람의 말에 찬물을 끼얹기라
도 하듯 말했다.
"그냥 심심풀이 시(詩)라고 듣고 넘기기엔 어쩐지 너무 천박한
느낌이 드네요. 툭하면 천자를 금룡에 비하여 군주에 아첨하고 비
굴하게 빌붙어 다니는 기생충들이 자주 우려먹는 수법인 것 같아
서 말이오. 여기가 뭐 금전(金殿)인가? 금룡을 논하게?"
거침없는 오차우의 이같은 말에 안달이 난 소마라고가 걱정어린
눈매로 강희를 힐끔 쳐다보았다. 그러나 강희의 표정은 평온하기
이를 데 없었다.
오히려 그 덕분에 반부얼싼의 의심이 깔끔히 해소되었다. 은근
히 오차우의 내력에 신경을 쓰고 뭔가 모르게 석연치 않았던 반
부얼싼은 속으로 이렇게 생각했다.

'아무튼 너무 민감한 것도 병이야. 만약 이 주아무개라는 자가 상대가 황제인 줄을 알고 있다면 언감생심 이런 무례를 범할 순 없지 않은가'

여기까지 생각이 미친 반부얼싼은 웃으면서 말했다.

"주 선생 말씀도 천만지당하다고 생각되오. 하지만 명색이 서생 탈을 썼다는 사람은 말끝마다 군주를 찬미하는 말을 아끼지 않는 것도 미덕이라 생각하오."

"틀린 말은 아니오. 하지만 세상 문인들이 전부 다 대놓고 금룡이니 뭐니 하는 것만 써 낸다면 식상해서 어디 책 읽는 재미가 나겠소? 천자는 말 그대로 하늘이니만큼 그 밑에서 사는 모든 중생들은 전부 천자를 찬미해야 마땅하오. 그러니 꼭 금룡만을 고집할 이유가 없잖소?"

말할 때나 입 다물고 있을 때나 어딘가 모르게 기품이 넘쳐 흐르는 오차우에게 어지간히 기가 죽은 반부얼싼은 결코 입담으로 승부를 걸 수 없음을 직감하고 웃으며 머리를 가볍게 끄덕여 보였다. 그러나 오차우는 반부얼싼의 기분 따위는 전혀 개의치 않는 듯 술 한 모금을 쭈욱 들이키더니 난간에 기대어 즉흥시를 읊기 시작했다.

산 중턱에 올라 멀어져 가는 당신을 배웅하면서도
슬픈 줄 몰랐네.
나라 위해 청춘을 불사르러 떠나는 당신이기에
자랑스럽기만 했다오.
오늘 여기 백운관 낡은 정자에 앉아 있노라니
낙엽 떨어지는 소리가 쓸쓸하네.

두견새 우는 봄날은 몇 번이나 찾아왔건만

당신 그리는 난 찬비 맞으며 낚싯대를 드리운다오.

숨죽이고 귀기울여 듣고 있던 강희가 먼저 반응을 보였다.

"오늘 백운관에 오길 정말 잘했어! 이렇게 좋은 시를 어디 가서 들어본단 말인가?"

다들 머리를 끄덕이며 공감을 표하는 가운데 유독 소마라고만은 눈물이 글썽한 얼굴을 들어 말없이 먼산만 바라보고 있었다.

위동정은 오차우를 뚫어져라 쳐다보는 반부얼싼의 표정이 예사롭지가 않아 급히 웃으면서 말했다.

"주형은 술 한잔 주기가 겁난다니까! 때와 장소를 가리지 않고 나 같은 무식한 사람은 알아듣지도 못할 시나 읊고 다녀 분위기를 망치고 다니니 말이오."

그러자 강희가 껄껄 웃으며 말을 이었다.

"오늘 보니 우리 위군도 농담을 곧잘 하네. 내 꽁무니만 쫓아 다니는 줄 알았는데 말이야. 그럼 자네 생각엔 남은 시간을 어떻게 보내는 게 좋을 것 같나?"

"제 생각엔 기분을 띄우는 데는 우스갯소리만한 게 없을 것 같습니다. 웃기지 못하는 사람에겐 벌주(罰酒)를 마시게 하고 말입니다."

위동정이 웃으면서 이같이 말했다.

"그게 좋겠네!"

반부얼싼도 덩달아 흥이 난 듯 엉덩이를 들썩이며 이같이 말했다.

"내가 먼저 우스운 얘기 하나 말해 볼게. 어떤 수재(秀才)가 죽어

염라대왕을 만나러 갔는데 염라대왕이 방귀를 뀌더라나. 그래서 그 수재가 〈방귀송(頌)〉을 즉석에서 지어냈다오. '대왕님의 볼기짝은 향기를 수천 리 밖에 풍기는 세상에 둘도 없는 뛰어난 악기요, 그 독특한 향은 두고두고 취하고 싶은 여인의 향기로다!' 순간 너무나 기쁜 염라대왕이 그에게 십이 년 동안 인간세상에서 살게끔 특혜를 베풀어 주었다오. 십이 년 후에 다시 염라대왕을 만난 수재는 안하무인격으로 삼라전(森羅殿)으로 들어가 떡 자리를 잡고 앉았다오. 그러자 염라대왕이 물었지. 너는 누구냐고. 그러자 그 귀신 왈(曰) '전 십이 년 전 방귀송을 불러 환생했다가 돌아온 그 서생이옵니다!'"

반부얼싼의 이야기가 끝나자 오차우가 크게 웃으며 말했다.

"잘 모르긴 하지만 가자재 선생, 대단한 실력가인 것 같소. 한마디로 세상의 아첨쟁이들을 힐난하는 효과를 거두었으니 말이오!"

강희도 처음엔 웃음을 참을 수가 없었지만 곰곰이 생각해 보니 반부얼싼이 자신을 의식하고 일부러 이같은 이야기를 한 것 같아 은근히 불쾌해졌다.

'건방진 자식!'

속으로 그렇게 욕설을 퍼부은 강희는 그러나 겉으로는 아무렇지도 않은 표정으로 위동정에게 말했다.

"호신, 자네 차례야!"

위동정은 한참동안 머리를 싸매고 골똘히 생각하는 듯하더니 이윽고 입을 열었다.

"다들 방귀에 약한 것 같은데 저도 그걸로 하겠습니다. 명나라 때 진전(陳全)이라는, 풍류를 즐기는 먹물깨나 먹은 서생이 있었는데 하루는 밖에 나가 놀다가 엉겁결에 황제의 사냥터로 잘못 들어

갔다가 태감한테 잡히고 말았대요. 워낙 유명한 사람이라 태감이
진전을 알아보고 이렇게 말했대요. '자네는 말 잘하고 놀기 좋아
하는 수재로 유명한데 어디 한번 날 웃겨 봐. 그러면 즉각 풀어줄
게.'. 그러자 진전이 '피(방귀 뀐 소리)!' 하고 말했대요. 어안이 벙
벙한 태감이 무슨 뜻이냐고 물어오자 진전이 말하기를, '내보내든
말든 알아서 하슈' 그랬대요."

　사람들은 또다시 배꼽을 잡고 웃었다. 그러자 이번에는 오차우
도 질세라 끼어들어 말했다.

　"창기(娼妓) 출신인 어떤 부잣집 여자가 있었는데, 모친상을 당
하자 사람을 불러 위패를 부탁했대. 부잣집 체통에 어울리게 쓰되,
그렇다고 거짓말을 해서도 안된다고 쐐기를 박았지. 그녀의 요구
가 무리하다는 듯 천 냥을 준대도 선뜻 사람이 나서질 않다가 어
떤 생계가 막막한 서생이 오더니 다짜고짜 붓을 휘날리더래요. 뭐
라고 썼는지 궁금하다구? '欽奉內閣大學士, 兩廣總督, 加吏 部尙書
銜. 領侍衛內大臣太子小保王輔相家僕隔之劉媽媽靈位'"

　결국 황궁의 하급관리인 왕보상이라는 사람의 노비와 이웃인 류
어멈의 영정이라는 뜻이었다. 겨우 웃음을 그쳤던 사람들이 또다
시 드러누울 듯 웃음보를 터트렸다. 이번에는 소마라고마저 웃음
을 참지 못하고 소리를 지르고 말았다.

　이들의 이야기는 지칠 줄 모르고 계속되었다. 눈물을 뺄 만큼 빼
고 아랫배가 아플 정도로 웃고 나자 그 다음부터는 별로 웃기지가
않았다. 덕분에 별로 재미없는 얘기를 한 반부얼싼과 강희가 한잔
씩 벌주를 마셨다.

　분위기가 슬슬 무르익어가자 처음엔 '별 거지 같은 놈을 만나
나만 피곤해지네.' 하며 오차우를 얄밉게 봤던 반부얼싼이 위동정

을 보며 적극적으로 물었다.

"호신, 또 재미나는 거 없어?"

그러자 위동정이 웃으며 말했다.

"전 비록 가방 끈은 짧아도 웃음 보따리는 두둑하답니다. 어느 고을에 장님을 겨우 면한 시력이 많이 나쁜 사람이 살고 있었는데, 설날에 길을 가다가 누군가 터뜨리다 만 폭죽을 주워들고 뭔지 몰라 머리를 갸우뚱하다가 집에 돌아가 촛불에 비춰 보았대요. 그러자 갑자기 '펑!' 하는 요란한 소리와 함께 폭죽이 손에서 터지고 말았죠. 그 소리를 들을 수 없었던 어떤 귀머거리가 물었대요. 당신이 방금 들고 있던 게 뭔데 갑자기 산산조각나는 거요?'"

이번에는 웃기기 보다는 많은 것을 생각하게 하는 이야기였다. 위동정의 말이 끝나자 오차우가 기다렸다는 듯 자리에서 일어서며 말했다.

"호신, 역시 재주꾼이야! 그런데 어쩌지? 오늘은 다른 일도 있고 해서 그만 가봐야겠는 걸. 봉사가 폭죽을 터뜨리고 귀머거리가 구경하듯 우리도 오늘 남은 시간은 따로 놀아봅시다!"

말을 마친 오차우는 곧 "완냥!" 하고 소마라고를 불러 둘이서 떠나버렸다.

20. 점괘

　오차우를 앞세우고 백운관을 빠져나온 소마라고는 그제야 안도의 숨을 몰래 내쉴 수 있었다. 반부얼싼에게 들통 날까 가슴 졸이던 아슬아슬한 고비는 넘겼으나 이 어눌한 서생의 질문에 답하기가 그리 수월치는 않을 것 같았다.

　오차우가 뭔가를 골똘히 생각하며 말없이 걷고 있자 소마라고가 먼저 입을 열어 물었다.

　"시장하시죠? 급한 일도 없는데 우리 여기서 쉬어갈 만한 곳을 찾아 허기나 채우고 가요. 내 팔다리도 주인을 잘못 만나 톡톡히 곤욕을 치른 것 같은데 말이에요!"

　"그러죠"

　오차우가 흔쾌히 대답했다.

　"그런데 아무리 생각해 봐도 오늘 일이 우연 같지는 않단 말이야. 용공자와 위군이랑 같이 나온 사람은 어딘가 모르게 어색한 게 친구가 아니라 마치 용공자의 시중드는 아랫것 같은 느낌이 들었어. 그리고 자네랑 용공자랑 서로 아는 척을 하지 않는 것도 이상하고."

오차우가 이렇게 물어올 것을 예견이라도 하듯 소마라고가 손으로 입을 막고 웃으며 말했다.

"그는 오배네 단골인데 타고 나길 그렇게 났어요. 아무리 가꾸어도 천상 비굴한 아랫것의 전형이에요. 서로 모르는 척 할 수밖에 없었던 것은 그 사람이 위군의 친척 형인데, 인간이 약간 모자란가 봐요. 괜히 오배집에 들락거리며 입을 잘못 놀리는 날엔 득될 게 없으니깐요."

오차우는 역시 서생이었다. 누가 뭐라고 하면 곧이곧대로 믿고 웬만하면 이의를 제기하지 않는 오차우는 웃으면서 말했다.

"그래도 너무했던 거 같애. 밖에서 우연히 만나 얼마나 반가웠는데 그걸 참느라 죽을 뻔 했단 말이오."

두 사람은 웃으며 도란도란 이야기를 나누며 걸었다. 깨진 기왓장더미를 에둘러가니 주변의 황폐함과는 약간 어울리지 않는 멋스럽게 토담으로 둘러싸인 술집이 나타났다. 덩굴이 사방으로 뻗어 돌담을 장식했고 세월의 무상함을 느끼게 하는 굵고 커다란 고목들이 곳곳에 시원한 그늘을 만들고 있는 작지만 아담한 술집이었다.

"책 읽고 술 마시기엔 이런 장소가 적격이지."

오차우가 기분이 좋은 듯 웃으며 이같이 말했다.

"두 분, 식사 하시려면 어서 들어오십시오. 맛이 기가 막힌 양고기 전골도 있고 둘이 먹다 둘다 죽어도 모를 북경 원조 칼국수도 있어요."

완냥과의 대화에 몰두해 있느라 가게 주인에게 신경을 쓰지 못한 오차우는 갑자기 들려오는 귀에 익은 목소리에 흠칫 놀라며 뒤를 돌아보았다. 많이 본 듯한 얼굴인 것 같아 다시 한번 시선을 주던 오차우는 깜짝 놀랐다. 낙우점 주인이었던 하계주가 틀림없었기 때문이었다. 오랫동안 못 본 사이에 배가 나오고 윤기가 촬촬 흐르는 그를 놀랍고 반가운 시선으로 바라보며 오차우가 반갑고 놀라워서 물었다.

"계주, 자네 맞지? 여긴 어떻게 왔어?"

"어? 둘째 도련님!"

하계주도 오차우를 미처 못 알아봤던 터라 깜짝 놀라며 오차우와 소마라고를 번갈아 바라보며 히죽 웃어보이며 말했다.

"갈수록 태산이라고 소인은 보시다시피 요 모양 요 꼴로 사는 재주밖엔 없나 봐요. 도련님께서는 이런 의상을 입고 계시니 관청의 일품 관리인 줄 알았지 뭐예요. 어서 인사 받으세요!"

하계주는 곧 무릎을 꿇어 인사를 올렸다.

소마라고는 일찍이 위동정한테서 이 하계주라는 사람에 대해 어느 정도 들은 바가 있었던지라 의아쩍은 시선으로 유심히 살펴보며 시선을 '산고(山沽)'라는 간판으로 옮겨가더니 곧 오차우를 따라 안방으로 들어갔다.

"도련님이 떠나시고 얼마 안 지나 저의 낙우점도 문을 닫는 수밖에 없었어요. 쥐구멍에도 볕들 날이 있다고 도련님께서 기도해 주신 덕분에 위 어른이 여기다 이렇게 살 곳을 마련해 주지 않았겠어요? 고맙기도 하지……."

하계주가 오차우와 소마라고의 뒤를 따라 종종걸음으로 들어오며 쉴새없이 입을 놀렸다.

"소인은 정말 도련님을 만나 환생했다고 해도 과언이 아니에요. 도련님 친구분들이 아니었다면 이번에도 하마터면⋯⋯."

막 뭔가를 말하려던 하계주는 다른 손님이 들어오자 입을 뚝 다물고 말았다. 그리고는 오차우와 소마라고를 자리에 안내하고 주방으로 사라졌다.

한편 내실로 들어온 소마라고는 방금 들어와 바깥채에 앉아 있는 손님이 어디선가 본 듯한 얼굴인데 갑자기 떠오르지 않아서 머리를 갸웃거리고 있었다. 하계주가 음식을 만들어오는 동안 그리 짧지 않은 시간 동안 내내 생각에 골몰해 있던 소마라고가 그제야 갑자기 뇌리를 치는 그 무엇을 느낀 듯 말했다.

"항간에 무지무지 못 생긴 자객(刺客)이 있다는 소문이 자자하던데 그 사람인 것 같아. 근데 여긴 뭘하러 왔지?"

혼자말처럼 중얼거리며 긴장으로 떨리는 가슴을 부여잡은 소마라고는 강희 일행이 이미 저 멀리 떠나갔으리라는 생각에 한편으론 마음 한구석이 저으기 안심이 되는 듯 후유! 하고 한숨을 가볍게 내쉬었다.

소마라고가 이런 심경의 변화를 겪고 있는 동안 오차우는 전혀 눈치채지 못한 듯 마음이 콩밭에 가 있었다. 그의 시선을 따라가 보니 저쪽 벽면에 손님들이 남기고 간 글귀며 인사말 따위가 지저분하게 적혀 있었다. 어딜 가나 서생티를 다분히 풍기고 다니는 오차우인지라 두 눈을 반짝이며 여기저기 부지런히 뭔가를 찾아 헤매는 모양새가 예사롭지가 않았다. 대부분은 백운관을 돌아보고 즉흥적으로 남긴 백운에 대한 칭송구였고, 가끔 인과응보(因果應報)와 화두(話頭)에 대한 글들도 보였다. 세상사에 찌든 사람들이 툭 하면 우려먹는 식상한 말들인지라 별로 재미가 없었지만 그 가운데서 유독 한 줄의 글귀가 눈에 톡 쏘듯 안겨왔다. 오차우가 먼저 읽어본 듯 시무룩한 표정을 하고 탁자 위에 손가락으로 뭔가를 두서없이 끄적거린 다음 생각에 잠겨 있었다. 궁금해진 소마라고가 다가가 보니 이런 구절이었다.

임인년 삼월, 미모의 여인과의 낭만적인 해후에 감격하며.

순간 소마라고는 얼굴이 화끈 달아오르며 저도 모르게 입을 삐죽거렸다.

"정말 문인의 탈을 쓴 사람들은 이해할 수가 없는 짓을 많이도 하지. 아무 거리낌없이 이런 추잡스런 글을 떡 남겨 놓다니."

그러자 오차우가 웃으며 말했다.

"〈삼국지〉를 거꾸로 외울 정도로 많이 읽었다면서요? 이게 뭐가 어때서 그러오? 좀 있다가 내가 몇 마디 이어볼게."

두 사람이 이런 얘기를 주고 받고 있을 때 하계주가 김이 모락모락 나는 닭 한 마리를 쟁반에 받쳐들고 들어왔다. 푹 삶은 닭다리를 잡고 숙련된 동작으로 가볍게 흔들자 먹음직스런 닭고기가 쟁반 위로 무너지듯 순식간에 분해되었다. 닭고기 냄새가 코를 자극할 법도 하지만 여전히 벽보에 관심을 두고 있는 두 사람을 보며 하계주가 웃으며 입을 열었다.

"이 가게의 옛 주인이 그러는데, 삼월에 어마어마한 귀인이 여길 다녀갔대나 봐요."

"팔기인(八旗人)이었대요?"

소마라고가 다그쳐 물었다.

"아니, 한인(漢人)이었더래요."

하계주가 웃으며 계속 말을 이었다.

"어떤 여자와 같이 왔었는데 양귀비 뺨치는 미인이었대요!"

하계주의 말을 듣는 둥 마는 둥 오차우가 붓을 찾자 하계주는 곧 주렴을 제치고 지필묵을 가지러 밖으로 나갔다. 하계주가 주렴을 제치는 순간 소마라고는 그 자객이 자리에서 일어나 밖으로 나가는 것을 보았다.

오차우는 그녀가 멍하니 앉아 뭔가 심각하게 생각하는 모습을 미소 띤 얼굴로 지켜보면서 물었다.

"완냥, 무슨 생각을 하오?"

소마라고가 아무것도 아니라는 듯 쑥스럽게 웃어보이며 말했다.

"그 정도 미인이라면 진원원(陳圓圓)이 아닐까요? 그렇다면 그 남자는 오삼계일 테고."

소마라고의 말에 오차우도 그제야 이마를 툭 치며 벽보의 필체를 유심히 살피더니 자신있는 어투로 말했다.

"맞아, 틀림없이 오삼계의 필체야. 전에 그 사람이 부친에게 편지를 보냈었는데, 필체가 하도 멋져서 내가 눈여겨 봐 뒀었어. 지금 보니 이 필체의 주인공은 오삼계가 틀림없소! 완냥, 정말 대단한 눈썰미요. 어떻게 거기까지 생각이 미칠 수 있었소?"

"도련님!"

그때 하계주가 기분좋게 웃으며 붓이며 묵, 벼루를 가지고 들어왔다. 오차우가 기다렸다는 듯 붓을 잡더니 웃으며 하계주에게 말했다.

"괜히 자네의 가게만 엉망으로 만드는 게 아닌지 모르겠네."

그러자 하계주가 문제될 게 없다는 듯 사람좋게 웃어보이며 말했다.

"저의 가게면 도련님 가게나 마찬가진데 무슨 그런 서운한 말씀을 하세요. 소인은 모든 걸 다 팔아서라도 도련님의 필체를 소장하고 싶어요. 낯 설고 물 선 타고장이라 몰라서 그렇지 양자강(揚子江)만 넘어서면 도련님을 모르는 사람이 어디 있나요?"

오차우가 소마라고에게 말했다.

"이 사람이 춘추필법(春秋筆法)을 사용한 만큼 나도 춘추필법으로 이어가야 되겠소."

말을 마친 오차우는 곧 소맷자락을 걷어부치고 써내려가기 시작했다.

여름 가뭄이 장구하고 가을 서리가 지속되어,

겨울 눈비가 예사롭지 않으니 여인네와 더불어 죽어가게 되지 않겠나?

이 같은 글을 남기고 자리에 앉은 오차우가 손바닥을 비비며 말했다.

"도덕과 인간성이 땅바닥인 인간이 주제 파악조차 못한다면 제명에 못 갈 게 뻔하지 않겠소?"

그러자 소마라고가 웃으며 말했다.

"일리가 있는 말씀이에요. 그런데 이 글을 남긴 사람들은 어느 방향으로 갔을까요?"

오차우가 머뭇거리는 동안 하계주가 소마라고를 호기심에 찬 눈매로 일별하며 말했다.

"전에 있던 주인한테서 다른 건 못 들었어요."

하계주가 조심스레 대답했다.

자신이 못 미더워 이 남자가 입을 열지 않는다고 생각한 소마라고는 순간 기분이 언짢아진 듯 찬바람이 쌩쌩 도는 말투로 말했다.

　"저한테 이러시면 안돼죠! 이 분은 당신의 옛 주인이고, 위군…… 그 위 어른도 안면이 있는 사람인데, 도대체 누굴 못 미더워 이러는 건가요?"

　순간 당황한 하계주가 평생 숨죽여 살아온 아랫것답게 허리를 굽신거리며 비굴한 웃음을 지어보이며 말했다.

　"그건 오해예요. 소인이 간덩이가 부어도 유분수지, 어찌 도련님을 속일 수가 있겠나요? 아가씨가 자리에 없고 도련님만 계셨더라도 저의 대답은 똑같았을 겁니다. 소인은 정말 모릅니다."

　그러자 오차우가 웃으며 한마디 거들고 나섰다.

　"완냥, 오삼계니 육삼계니 그따위 것들이 우리와 무슨 상관이 있소. 얼른 먹고 갑시다."

　소마라고도 그제야 지나치게 흥분한 자신이 민망스러운 듯 웃으며 하계주에게 말했다.

　"농담이었으니 마음에 두지 말고 일 보세요."

　한편 위동정과 반부얼싼은 강희를 무사히 궁안으로 들여보내고 대기중이던 장만강과 낭심에게 나머지 일을 단단히 부탁하고는 밖으로 나왔다.

　천안문(天安門)을 나서자마자 반부얼싼이 웃으며 말했다.

　"아직 해가 지려면 멀었는데, 우리 어디 조용한 데 가서 술이나 한잔 할까? 내가 거하게 한잔 살 테니!"

　위동정도 기다렸다는 듯이 흔쾌히 응했다. 이어 두 사람은 제복을 벗어 수행원에게 넘겨주고는 말도 타지 않고 걸어서 서고루(西鼓樓) 쪽으로 갔다.

차와 음식을 파는 서고루는 선무문(宣武門) 밖의 번화가에 자리잡고 있었다. 가게 정문으로 들어서자 첫눈에 안겨오는 금으로 도금된 '청풍고루(淸風鼓樓)'라는 편액이 이 가게의 내력이 범상치 않음을 시사해 주고 있었다. 명나라 정덕황제가 즉위시 친필로 써주어 대문 양쪽에 걸어놓은 글씨의 내용은 대충 이런 것이었다.

산등성이 적설 위에 우아한 매화꽃의 향기
바람 타고 솔솔 식객의 코를 간지럽히누나.

정덕황제다운 어필(御筆)이었다. 다른 건 제쳐두고라도 정덕황제의 이 글귀로 가게는 음식맛과는 무관하게 백년동안 문전성시를 이루어왔다. 금릉(金陵), 소주(蘇州), 항주(杭州) 등지에도 분점(分店)이 있을 정도로 성업중인 유서 깊은 가게였다.

반부얼싼이 웃으며 말했다.

"이 정덕황제가 지나치게 자유분방한 게 흠이었는데, 필체는 덕분에 힘있고 멋지네."

위동정도 웃으며 말했다.

"사실 정덕황제도 알고 보면 우매하고 무능하기만 했던 건 아니었어요. 사람을 잘못 두어 소인배와 간신들에 의해 야금야금 먹히지만 않았더라도 그나마 괜찮게 정치를 했을 사람인데 말이에요."

"맞는 말이오."

반부얼싼도 머리를 끄덕이며 공감을 표했다. 찻집을 곁들인 음식점이라곤 하지만 대부분은 요리들로 가득했다. 종류를 헤아릴 수 없을 정도로 많은 요리들이 전시되어 있는 진열대 앞으로 일꾼들이 땀을 철철 흘리며 분주히 뛰어다니다시피 하고 있었다. 아래층은 서로 말소리도 들리지 않을 정도로 시끌벅적해서 대화가 이루어지지 않을 정도였다. 그래서 두 사람은 조용한 위층으로 올라갔다.

거기엔 역시 이집의 단골인 호궁산이 창가에 자리를 잡고 앉아 혼자서 차를 마시고 있었다. 싯누렇게 뜬 얼굴이며 묘하게 세모꼴로 찢어진 두 눈하며 제멋대로 뻗은 눈썹은 그야말로 우스꽝스러움 그 자체였다.

위동정은 자신을 발견하지 못한 채 창밖에 시선을 고정시키고 있는 호궁산을 향해 먼저 웃으며 말했다.

"호 선생, 그림 끝내주는데!"

그제야 위동정을 알아본 호궁산이 황급히 자리에서 반쯤 일어서며 웃으며 말했다.

"위 어른, 오래간만입니다. 건강하시구요?"

이같이 말하며 호궁산은 곧 큰절을 올리려는 자세를 취했다. 그러자 위동정이 급히 말리며 말했다.

"내가 어찌 이런 예우를 감당할 수 있겠소? 그냥 편하게 대하면 되오!"

호궁산은 이번에는 반부얼싼을 보며 말했다.

"외람되지만 이 어르신은 어디서 뵈었던 분 같아요."

그러자 반부얼싼도 머리를 갸웃하며 생각하더니 말했다.

"아마 내무부 황 총관의 집에서 한번 만났던 것 같소"

"그렇네요. 맞아요, 맞아. 반 어르신 맞으시죠? 용서하십시오. 얼른 어르신을 못 알아뵌 소인을요. 그때 황 총관님이 중풍끼가 있으셔서 제가 왕진을 갔을 때였지요."

세 사람이 부산하게 인사를 주고 받는 사이에 더운 물에 적신 수건을 받쳐 들고 서 있던 심부름꾼이 잽싸게 끼어들며 말했다.

"이걸로 얼굴을 닦으시구요, 어르신들 이쪽으로 앉으세요."

반부얼싼은 기분좋게 위동정과 호궁산을 양쪽에 앉히고 말했다.

"오늘 호신과 원없이 마셔보려고 했었는데 잘 됐네. 우리 같이 한번 진창 마시고 뻗어보자구."

그러자 호궁산이 웃으며 말했다.

"소인은 이미 알딸딸하게 한잔 한 뒤라서 먼저 널부러질 것 같은데요."

위동정이 사람 좋게 웃으며 말했다.

"가진 게 돈밖에 없는 반 어른이 여관도 잡아주고 다 알아서 해주시겠지. 어쩌다 한 번인데 설마 모른 척이야 하겠소?"

위동정은 이같이 말하며 넌지시 반부얼싼을 쳐다보았다. 모든 걸 다 수용한다는 듯 웃고 있는 반부얼싼을 바라보며 위동정은 몰래 호박씨를 까고 앉았을 반부얼싼의 속내를 훤히 꿰뚫고 있었다. 만취한 틈을 타 뭔가 꼬투리를 잡으려는 속셈을 알고 따라나선 위동정이었고, 반부얼싼 역시 위동정이 호궁산을 불러 강희의 병을 진단했다는 사실을 알고 있기에 호궁산의 내력에 대해 더욱 궁금해졌던 것이다. 두 사람은 호궁산을 사이에 두고 은근히 줄다리기를 하는 격이었다.

자신에게 더없이 호의적인 두 사람을 세모눈으로 노려보며 호궁산은 속으로 비웃었다.

'눈에 쌍심지를 켜고 으르렁대던 두 호랑이가 오늘 웬일일까? 약 잘못 먹고 돌아버리기라도 한 건가? 아무튼 굿이나 보고 떡이나

먹고보자!'

동상이몽을 하는 세 사람을 번갈아보던 심부름꾼이 관록을 지닌 사람들인 줄 알고 보이차(普洱茶)를 한 잔씩 따라 올리고는 조용히 한켠에 서서 분부를 기다리고 있었다.

이윽고 반부얼싼이 차 한 모금을 홀짝 마시더니 입을 열었다.

"이 집에서 제일 비싸고 맛있는 걸로 올려오게."

심부름꾼은 "네, 어르신!" 하고 대답하고는 곧 내려갔다.

얼마 지나지 않아 몇 명의 일꾼이 저마다 쟁반에 접시를 산더미처럼 쌓아가지고 줄지어 올라왔다. 만주인과 한인들이 자랑하는 유명한 요리가 가득 차려진 요리상을 보며 위동정이 웃으며 말했다.

"우리 세 사람 배 터진 미륵불이라도 되라는 거야? 뭐가 이렇게 많아?"

그러자 일꾼이 지나치다 싶을 정도로 아부를 하며 말했다.

"아직도 구색을 갖추려면 멀었나이다. 귀하신 어르신들의 대길(大吉)을 기원하는 의미에서 제일 좋은 음식만 마련했나이다."

그러자 호궁산이 허허 웃으며 말했다.

"위 어른, 걱정 붙잡아 매셔. 뭐가 뭔지 이름도 모르겠지만 아깝게 내버리는 일은 없을 테니깐."

"어르신께 아뢰겠나이다."

눈치 빠른 일꾼이 이같이 어색한 웃음을 짓는 동시에 얼굴을 찡그리며 기상천외한 요리 이름을 일일이 댔다.

"이것은 '웅계보희(雄鷄報喜)'라는 요리구요, 여기는 '불수생향(佛手生香)'이고요, 이것은 '만수무강(萬壽無疆)'이옵니다. 특히 저 큰 접시의 요리는 '공작새가 깃을 펴다'라는 요리인데, 북경성에서는 저희집만이 만들어낼 수 있습니다. 또 저기 저건요……."

종일 요리 이름이나 외우는 게 주특기라도 되는 듯 일꾼은 숨도 쉬지 않고 단숨에 그 어려운 요리 이름들을 줄줄 외워나갔다. 기가 막히다는 듯 입이 헤벌어진 호궁산이 볼을 긁적이며 말했다.

"일꾼도 이 정도면 돈 주고 쓸 만하지! 오늘 입안 청소 한번 끝내주게 하게 생겼네!"

반부얼싼이 입을 비죽 내밀어 호궁산을 가리키며 위동정에게 웃어보이며 말했다.

"호신, 뛰는 뭐 위에 나는 뭐가 있다더니 오늘 자네 임자 만났네 그려! 어서 술잔이나 들게!"

반부얼싼의 말에 세 사람은 일제히 술잔을 들어 쭉 한 모금 들이켰다. 젓가락을 들어 큼직하게 썰어놓은 돼지고기를 집던 반부얼싼이 뭔가 걱정스러운 듯 양미간을 살짝 찌푸리며 말했다.

"비계가 너무 많네."

그러자 위동정이 시범이라도 보이듯 젓가락이 휘어지게 돼지고기를 집어 입안에 쑤셔넣으며 보란 듯 씹어댔다. 입가에 흘러나온 비계 기름을 손등으로 쓱 닦으며 위동정이 엄지를 쑥 빼들고 말했다.

"맛이 끝내준다! 자, 호 선생도 어서 드세요!"

그러자 호궁산은 아예 접시째로 들어서 자기 앞으로 끌어다 놓고는 눈 깜짝할 새에 깡그리 먹어치워 버렸다. 그 표정과 행동이 너무나 태연해서 반부얼싼이 놀란 나머지 눈을 화등잔만하게 치뜬 채 속으로 생각했다.

'저게 사람이야? 괴물이지!'

무예에 일가견이 있는 사람치고 식욕이 놀랍지 않은 사람이 없다는 것을 잘 아는 위동정은 달리 놀라는 기색도 없이 고기요리는 일부러 호궁산이 먹도록 남겨둔 채 자신은 반부얼싼처럼 야채만 골라서 먹었다. 호궁산의 놀라운 식욕을 확인해보고 싶었던 것이다. 그러자 그런 의도를 눈치챈 호궁산이 머쓱하게 웃으며 말했다.

"위 어른, 지금 날보고 사람도 아니라고 비웃고 있을 거요. 하지만 꼬라지는 시원찮아도 앞으로 차차 진짜 영웅다운 기질을 조금씩 엿보게 될 거요!"

그러자 반부얼싼이 웃으며 말했다.

"호 선생은 전혀 의원 같지가 않고 오히려 기인(奇人)이 아닌가 싶소!"

그 사이 호궁산은 벌써 '용장호구(龍藏虎扣)'라는 요리를 게눈 감추듯 해치우고는 기름 번지르르한 입을 손등으로 쓱 닦으며 웃었다.

"소인이 졸장부처럼 술기운을 빌어 망언을 일삼는 게 아니라 어릴 적부터 깊고 깊은 산속에서 기인을 뫼시고 풍각(風角)과 육임(六壬), 기문둔갑(奇門遁甲) 등의 방술과 무예를 갈고 닦은 실력이 있어서 가히 무적이라고 할 수 있죠! 그런데, 팔자가 워낙 사나워서 제대로 써먹질 못해서 그렇지 누구한테 얻어터진 적은 없어요. 배운 게 도둑질이라고 이거 하나만 믿었다간 굶어죽을 것 같아 팔자에 없는 의원 노릇을 하게 된 것이외다. 가끔 관상도 보고 점괘도 곧잘 들어맞는 덕에 굶어죽지는 않는다오."

반부얼싼은 연신 머리를 끄덕이고 있다가 관상을 볼 줄 안다는 말에 혹하여 급히 말했다.

"호 선생, 관상도 볼 줄 아오? 그럼 내친 김에 우리 두 사람 좀 봐주지 그러오?"

호궁산은 끊임없이 뭔가를 질겅질겅 씹으며 술기운이 올라 게슴츠레한 눈을 간신히 떠보이며 말했다.

"오늘은 취하는 바람에 눈이 제대로 보이지 않아서 관상은 접어두고 두 분 아무 글자나 말해 보시죠."

반부얼싼은 머리를 들어 누각을 쳐다보며 속으로 생각했다.

'어려운 글자를 찾아내야 될 텐데.'

한참 후에야 반부얼싼은 고심 끝에 말했다.

"난 '내(乃)' 자를 낼 거요!"

"알았습니다."

호궁산이 입에 음식을 잔뜩 넣고 씹다가 대충 넘겨버리며 웃으며 말했다.

"이 글자를 놓고 말하자면 한 획이 부족한 '급(及)' 자로서 '及' 하면 '과유불급(過猶不及)'이죠. 무슨 일이나 넘치면 모자라는 것보다 못하다는 얘긴데, 반 어른께서는 이 도리를 잘 아는 사람일 테니 이 점은 높이 사야 할 것 같네요. '乃'라는 글자를 잘 관찰해 보면 오른쪽은 마치 경사가 급한 계단 같고 위는 평탄한 탄탄대로 같고 왼쪽은 천길 낭떠러지 같은 느낌이 들지요? 그러므로 저는 다른 건 몰라도 출세와 명예를 놓고 볼 때는 현 상태에 만족하는 게 좋겠고, 자칫 과욕과 만용을 부리면 고배를 마실지도 모른다는 것으로 풀이가 되네요!"

느릿느릿한 말투로 이같이 말한 호궁산은 크게 웃으며 닭다리를 거의 통째로 한꺼번에 집어넣고 입을 혹사시켰다.

점괘나 관상 같은 걸 병적으로 믿어버리는 반부얼싼이기에 기대와는 전혀 다른 점괘가 나오자 저도 모르게 안색이 조금씩 변하기 시작하더니 억지웃음을 지어보이며 말했다.

"말씀대로라면 먼저 급경사가 있고, 그 고비를 잘 넘으면 탄탄대로가 있다는 뜻인가요?"

뭔가 간절함이 서려 있는 눈으로 마치 자신을 구세주 대하듯 하는 반부얼싼의 태도에 호궁산은 비둘기알탕을 두어 번 떠 먹고 술 한모금까지 들이마시고는 웃으며 말했다.

"물론이지요. 성현(聖賢)들의 말은 세인들에게 경종을 울려주는 뜻으로 받아들이면 되지, 그 한마디 가지고 일희일비할 것도 없겠죠. 반 어른은 앞으로 깎아지른 듯한 낭떠러지까지 내몰리게 될지도 모르지만 지금부터 그런 극한 상황에까지 가지 않도록 각별히 조심하면 되는 거고, 무기 사용을 절제하면 십 년 후면 운수대통할 것이니 두 눈을 깨끗이 닦고 길을 잘 보고 가면 걱정할 거 없겠네요!"

호궁산의 말에 반부얼싼은 더 이상 말이 없었다. 잠깐 동안의 무거운 침묵을 깨고 위동정이 웃으며 말했다.

"나도 아무 글자나 하나 내봐야지."

그러자 반부얼싼이 호궁산을 힐끔 쳐다보더니 위동정에게 말했다.

"어서 말해보지 그래."

위동정은 시무룩하게 웃으며 손가락으로 탁자 위에 떨어진 술을 찍어 '의(意)'자를 써 보였다.

반부얼싼과 위동정이 이런 얘기를 주고 받는 사이 호궁산은 벌써 접시 몇 개를 깡그리 핥고 난 뒤였다. 누군 속이 상하든 말든 호궁산은 혼자서 먹고 마시고 접시를 올렸다 내렸다 하면서 가관이 따로 없었다. 위동정이 낸 글자를 술잔 너머로 힐끔 쳐다보던 호궁산이 아무렇지도 않게 웃으며 말했다.

"이 글자는 글자체가 단정하고 자질구레한 곁가지들이 없어 곧고 깔끔한 느낌이 드니 군자(君子)의 심성이 강직하다는 것을 엿볼 수 있구만. '意'를 놓고 볼 때 아래는 마음 심(心)자가 받쳐주고, 위에는 설 립(立)자가 있고, 가운데는 해 일(日)을 품고 있나니 큰 뜻을 가진 사람임이 틀림없고, 일취월장(日就月將)을 지향하는 사내 중의 사내라는 평을 내리고 싶소. 그리고 옆에 사람 인(人)자를 붙여주면 '억(億)'이 되는 바 운(運)이 대통하여 머지 않아 갑부가 될 수도 있겠는 걸!"

"재물을 오물처럼 본다는 뜻은 아니지만 난 돈에 목숨을 거는 사람이 아니니 다시 한번 봐주시죠."

위동정이 정색해서 미간을 찌푸리며 말했다. 그러자 호궁산도 웃음을 거두고 다시금 머리를 저으며 말했다.

"나의 방식대로라면 이렇게 볼 수밖에 없네. 구체적으로 말할 것 같으면 마음 '심(心)'자 위의 '음(音)'이라고 볼 때 '입일지심(立日之心)'이니 위 어른은 평생 천자의 은총을 듬뿍 받으며 천자의 믿음을 먹고 살 사람이라는 거지."

여기까지 말한 호궁산은 갑자기 이빨 사이에 낀 고기 찌꺼기가 튕겨나올 정도로 크게 웃으며 덧붙였다.

"돗자리 깐 진짜 도사들도 예측하기 어려운 인간사를 한낱 범부인 내가 무슨 수로 정확히 맞추겠수. 그러니 두 분 너무 심각하게 받아들이지 말고 술범벅이 된 호씨가 심심풀이로 내뱉은 헛소리쯤으로 생각하세요. 모든 것은 다 자기 하기에 달렸으니까."

호궁산은 오늘따라 뛰어난 말재주를 자랑하는 것 같았다. 위동정은 높게 쌓인 빈 접시만큼이나 큰 능력의 소유자라고 쾌히 인정했다. 지난번 강회 앞에서는 거의 말이 없었기에 잘 몰랐으나 알고 보니 외모와는 무관하게 박식하고 유능하고 게다가 유머가 넘치는 사람이었다.

반부얼싼 역시 이같은 생각을 하고 있었다. 하지만 왠지 호궁산이 점괘를 빌미로 자신을 교묘하게 힐난하고 조소하는 것 같았다. 그렇다고 대놓고 따지고 들 만한 증거도 없는지라 반부얼싼은 벙어리 냉가슴 앓듯 하며 어색한 웃음을 지어내며 말했다.

"이런 점괘라면 나도 충분히 할 수 있소. 호 선생도 글자 하나 대보오."

그러자 호궁산이 웃으며 말했다.

"그러죠. 소인은 아무거나. 호씨니까 '胡'자도 괜찮고요."

"호(胡)라……."

반부얼싼이 두 눈을 껌벅이며 말했다.

"호(胡)자를 분해하면 곧 '고(古)'와 '월(月)'이 나오겠지? '古'는 음(陰)에 속하고 '月'은 태음(太陰)에 속하니, 자네는 분명 포부가 대단하고 겉만 보고 섣불리 판단했다간 큰 코 다칠 인물이오. 그리고 '月'만 있고 '日'이 없으면 '明'이 될 수 없는 만큼 자네는 자나깨나 '日'을 얻고자 노심초사할 것이오. 언제가 될는지는 모르지만 큰 물에서 놀 사람이고! 옛 성현들이 이르기를, '크게 될 사람은 조정에서 놀고, 별볼일없는 자는 똥물에서 놀고, 어중간한 사람은 중간에서 기웃거린다'고 했소. 내가 보기에 자네의 재주로는 크게 될 게 분명하오!"

반부얼싼의 욕인지 칭찬인지 모를 이같은 말에 호궁산은 방금 전의 당당함이 어디로 갔는지 술이 확 깨버릴 정도로 긴장이 엄습해 왔다. 자신이 늘 명나라에 대해 미련을 버리지 못하고 있고 상경할 때는 누구처럼 '복명(復明)'의 꿈을 간직하고 있었다는 사실을 알기라도 하듯이 '明'자를 운운하는 반부얼싼에게 속내를 깡그리 들킨 듯한 두려움에 사로잡혔기 때문이다.

물론 위동정도 놀라긴 마찬가지였으나 이내 마음을 다잡고 안절부절 못하는 호궁산을 대신해 한마디 했다.

"옛것에 익숙해 있고 과거로부터 쉽게 이별하지 못하는 게 인간의 한계가 아니겠어요? 우리 청군이 왕년에 오랑캐들을 몰아낼 때도 한때는 명나라를 위해 복수하자는 구호를 내걸었었잖아요? 이상하게 생각하는 사람이 문제이지, 과거는 흐르는 물에 씻어버리라고 있는 거 아니겠어요?"

위동정의 말은 반부얼싼에게 보이지 않는 화살을 쏜 것과 진배없는 정문일침(頂門一鍼)이었다. 그러나 귀에 걸면 귀걸이로도 무난한지라 반부얼싼은 억지로 불만을 삼키며 애써 표정관리를 하고 있는 눈치였다. 물론 호궁산으로서는 위동정이 고맙기 그지없었다.

어색하게 서로를 번갈아보던 세 사람은 세상에서 가장 이상한 웃음을 지어보이며 할 말을 찾지 못했다. 그러자 위동정이 하늘을 쳐다보며 말했다.

"날도 저물어가는데 너무 오래 자리를 비워두는 것도 안 좋으니어서 제 갈 길이나 갑시다."

반부얼싼도 머리를 끄덕이며 주인을 불러 술값을 치르곤 위동정을 따라나섰다. 저 멀리 가흥루 쪽에서 명주가 걸어오고 있었다. 비취아씨가 눈에 삼삼하게 아른거려 달려갔을 명주를 생각하며 위동정이 시무룩하게 웃었다.

21. 제보자

소마라고가 양심전에 들어서자 낮잠에서 막 깨어난 강희가 두 눈을 비비면서 웃으며 말했다.

"오늘 오 선생과는 어떻게 거기까지 갔소?"

그러자 소마라고가 얼굴을 붉히며 말했다.

"오 선생이 소어투 어른 댁에서는 반은 주인이라고 해도 과언이 아닌데 하녀가 돼 가지고 어찌 가라 말아라 할 수 있겠나이까? 자신이 굳이 백운관에 가보고 싶다고 하시는데 달리 막을 방도가 없었나이다."

억울함을 감추지 않는 소마라고의 이같은 말에 강희가 너털웃음을 터트리며 말했다.

"아무튼 자네 수고 많았네. 하마터면 다 된 밥에 코 빠뜨릴 뻔했지 뭐요!"

그러자 소마라고가 말했다.

"오 선생 같은 책벌레가 눈치 못 챈 건 어찌 보면 당연할지도 모르지만 그래도 마마께서 남다른 복을 타고 나신 덕분이 아닌가 하옵니다!"

말을 마친 소마라고는 곧 강희가 세수할 물을 준비하러 나갔다.

한편 물을 들고 들어온 소마라고는 용안(龍案) 앞에서 뭔가를 열심히 쓰고 있는 강희를 보며 일부러 나무라는 척하며 눈을 살짝 흘기더니 말했다.

"마마, 어서 세안하시옵소서. 적어도 눈곱은 떼고 글을 써야 하지 않겠나이까!"

소마라고의 말에 강희는 마치 자연인으로 돌아간 어린아이처럼 하던 일을 즉각 멈추고 소마라고 앞으로 다가오더니 눈을 감고 얼굴을 맡기면서 말했다.

"오늘 백운관에서 본 반부얼싼 그 사람 어땠어?"

"어딘가 모르게 좀 불안해 보였나이다."

소마라고가 이같이 말했다.

"그걸 묻는 게 아니라……."

비눗물이 들어갈세라 눈을 꼭 감고 수건을 든 소마라고에게 강희가 얼굴을 들이대며 말했다.

"그 사람의 인간성이 어때 보였느냐구?"

소마라고는 능숙하게 강희의 얼굴을 물기없이 깨끗이 닦아주고는 하녀를 불러 뒷마무리를 시키고는 웃으며 대답했다.

"노비가 뭘 알겠나이까? 투시력이 대단하신 마마께서 보시는 대로일 것이옵니다!"

소마라고는 근래에 와서 강희가 부쩍 커버렸다는 사실을 심심찮게 절감하곤 했다. 소년의 사고방식이라고는 전혀 믿기지 않을 정도의 노련함과 절제가 하루가 다르게 돋보였기 때문이다. 어릴 때처럼 천자의 기질을 키워주느라 일부러 비위를 맞춰가며 잘잘못을 떠나 무조건 엄지를 내둘러서는 안된다고 생각한 소마라고는 중대한 일일수록 강희 스스로 결단을 내리고 가닥을 잡을 수 있도록 뒷받침이 되어줘야 한다는 생각을 다시금 하게 되었다.

"내가 보기에 반부얼싼은 오배와 같은 배에 동승할 사람이 절대 아니야."

강희는 약간 의아쩍어하는 소마라고의 얼굴을 일별하고는 샐쭉해져서 덧붙였다.

"그렇다고 넋놓고 앉아 어느 배를 타야 할지 몰라 갈피를 못 잡는 우유부단한 사람은 더욱 아니고. 아무튼 카멜레온 기질을 타고난 사람인 만큼 좀더 지켜봐야겠소."

그러자 소마라고가 급히 말했다.

"역시 예리한 통찰력이옵니다. 그가 만약 충신이라면 오늘 같은 사적인 자리에서 마마께 마음을 활짝 열어보였어야 하나이다. 마마께서 알아듣게끔 여러 번 기회를 주시는데도 눈 딱 감고 바보행세로 일관하는 걸 보니 싹수가 노랗던데요, 마마."

"자네 이리로 와 보게!"

강희가 흡족하게 웃으며 소마라고를 용안 앞으로 불러 자신이 방금 쓴 내용을 보여주며 말했다.

"어때? 글씨가?"

소마라고가 바짝 다가서서 보니 예서체(隸書體)로 씌여진 여섯 글자였다.

靖藩 河務 漕運

순간 소마라고는 속으로 걱정이 되었다.

'산동(山東), 안휘(安徽) 등지에서 황하(黃河)의 제방이 무너져 내리면서 흙이 운하를 막아버려 운하통행이 어려워졌다는 상주가 두 번씩이나 올라왔었지. 그렇다면 해마다 북경 지역에서만 해도 400만 섬의 그쪽 쌀이 필요한데 운하가 막혀 버리면 어떡하지? 그건 그렇고 '정번(靖藩)'이란 말을 스스럼없이 꺼내는 것도 위험하거니와 글자로 만들어 기둥에 붙여둔다는 것은 더더구나 쉴새없이 드나드는 대신들의 눈에 띄어 득될 게 없을 것 아닌가?'

여기까지 생각이 미친 소마라고는 곧 웃으며 말했다.

"마마의 서예 실력이 몰라보게 늘었사옵니다!"

"속을 보라는 거지 수박 겉핥기를 하라는 게 아니야!"

강희가 웃으며 이같이 말했다.

"내 생각을 고스란히 담았는데, 어때?"

"좋아요!"

소마라고가 기분좋게 눈썹을 약간 치켜올리며 환한 미소를 지으며 찬사를 아끼지 않았다.

"백성들 입장에서 보면 이 세 가지 중에서 어느 것 하나 실질적인 삶과 연관되지 않은 게 없으니 제대로 풀리기만 한다면 자손대대로 길이길이 칭송받는 또 하나의 요순(堯舜)이 되는 셈이죠!"

소마라고의 칭찬에 약한 강희는 더욱 으쓱해 하며 말했다.

"근래에 올라온 상주 중에서 가장 많은 비중을 차지하는 부분이 이 세 가지더라구. 민생을 최우선적으로 돌보자는 뜻에서 시시각각 잊어버리지 않으려고 일부러 이걸 저 기둥에다 붙여두려고 하는데?"

그렇지 않아도 적당한 기회를 찾아 아뢰려던 소마라고가 급히 웃으며 말했다.

"여기다 붙였다간 괜히 불리한 여론의 온상이 되지 않을까 우려되옵니다!"

"어? 그래?"

소마라고의 조심스런 이 한마디가 무척이나 일리가 있다고 생각한 강희는 급기야 다시 붓글씨를 쓰더니 화선지를 들어보이며 말했다.

"이번에는 어때?"

소마라고가 보니 기분이 섬뜩하던 '정번(靖藩)'이 '삼번(三藩)'으로 바뀌어 있었다. 소마라고가 그제서야 별 이의가 없다는 듯 머리를 가볍게 끄덕여 보였다. 그러자 강희는 한참 뭔가를 골똘히 생각하는가 싶더니 정겨운 눈매로 소마라고를 다시 쳐다보며 말했다.

"완냥, 나중에라도 무슨 진언(進言)이 필요할 것 같으면 머뭇거리거나 주저하지 말고 과감하게 꼬집어 주오. 그게 나를 살리는 길일 테니깐 말이오."

이번 가을은 유난히 추적거리는 가을비가 많이 내렸다. 이 날도 어둑어둑 땅거미가 내려앉나 싶더니 이내 먹장구름이 몰려오며 순식간에 주위가 캄캄해졌다. 위동정이 집으로 막 들어서는 것과 동시에 별로 반갑지 않은 가을비가 주룩주룩 내리기 시작했다.

명주와 사용표 그리고 무즈쉬가 가흥루에 술 마시러 가서 아직 돌아오지 않은 시각인지라 말 상대도 없고 무료한 위동정은 한참 서성이다가 아예 서재에 들어가 책 한 권을 뽑아 들었다.

해시(亥時, 밤 9시~11시)가 다 되어가도록 이들이 돌아오지 않자 위동정은 갑갑한 듯 일어서서 기지개를 켜며 책을 덮고 방에 들어가 잘 채비를 하고 있었다. 바로 이때 하인이 들어와 아뢰었다.

"위 어른, 밖에서 어떤 젊은 귀공자가 어른을 만나뵙고 싶다고 합니다."

이렇게 늦은 시각에 누굴까? 어리둥절한 위동정이 머리를 갸웃거리며 물었다.

"내가 잘 아는 사람이오?"

그러자 하인이 대답했다.

"한 번도 뵌 적이 없는 젊은이옵니다."

그제야 위동정은 웃으며 말했다.

"명주 아우의 친구일지도 모르겠군. 그렇다면 나랑 할 말도 별로 없을 테고, 또 지금은 명주가 없으니 내일 다시 오라고 하게."

"내가 왜 명주를 찾아요?"

위동정의 말이 끝나기 바쁘게 멋진 차림새의 한 젊은이가 문을 열고 들어서며 해맑게 웃어보이더니 두 손을 맞잡고 공손히 인사를 하며 말했다.

"심야에 불청객이 찾아왔다면 필히 요긴한 일이 있을 텐데 왜 따돌리려고만 들어요? 아우가 형 찾아왔는데 야박하게시리!"

그제야 '요 놈 봐라' 하는 식으로 젊은이를 아래위로 자세히 훑어본 위동정은 젊은이의 옷차림새가 예사롭지가 않아 보이는지라 큰절을 하려고 드는 젊은이를 급히 말리며 말했다.

"내가 오히려 송구스럽게 이러지 말고 말해 보오. 어떤 귀인 댁의 자제분이신지? 얼굴이 많이 익은데 누구시죠?"

위동정의 거듭되는 물음에도 웃기만 할 뿐 말이 없던 소년은 주인의 눈짓을 알아채고 하인이 물러나자 그제야 입을 열었다.

"떡 줄 사람은 꿈도 안 꾸는데 김칫국만 죽어라 마셔대는 바보예요. 어릴 적 헤어진 뒤로 간간이 만났었건만 그렇게 깡그리 잊어버릴 수가 있나요? 하긴 큰일 할 사람이 나 같은 여식을 염두에 둘 리가 없지!"

이같이 말하며 모자를 벗어던지고 치렁치렁한 머리채를 드러내 보인 호수 같은 두 눈의 주인공은 바로 위동정이 자나깨나 그리던 사감매였다!

"감매야! 감매 맞지?"

위동정은 자신의 두 눈을 의심할 지경이었다. 감매인 줄 알면서도 어깨를 잡아 흔들며 몇 번이고 확인한 위동정은 저도 모르게 두 눈을 부비고 다시금 뚫어져라 쳐다보았다. 그제야 이 야밤에 소식도 없이 불쑥 나타난 젊은이가 바로 감매라는 사실을 받아들인 위동정은 흥분을 감추지 못하며 그녀의 두 손을 덥석 잡았다.

그러나 위동정의 이렇게 나오자 오히려 쑥스러워진 감매는 얼굴을 붉히며 애써 위동정에게 잡힌 손을 빼내려고 했다. 그러나 아무리 몸부림쳐봐도 작심하고 잡고 있는 위동정의 손아귀에서 벗어날 수 없다는 것을 느낀 감매는 아예 포기한 듯 머리를 숙이고 한참 후에야 간신히 물었다.

"그동안…… 잘 지냈나요?"

위동정은 그제야 제정신이 돌아온 듯 천천히 감매의 손을 풀어주며 자리를 권하고 차를 따라주며 말했다.

"나야 뭐 그럭저럭…… 너는?"

감매는 찻잔을 들어 홀짝거리며 웃으며 말했다.

"오빠도 구사일생으로 여기까지 왔다고 전해 들었어, 안 그래?"

"하긴 최고의 소식통인 오배네 집에서 아쉬울 게 없이 살아온 너의 눈을 속인다는 것은 쉽지가 않겠지!"

위동정이 웃으면서 의미심장하게 말했다.

위동정의 이같은 말은 오래간만에 만난 사감매에 대한 커다란 의심의 발로이자 결례였다. 두 사람이 소중히 키워온 소꿉동무의 정을 생각한다면 못 미더울 게 없을 법도 하지만 일거수일투족에 각별한 신경을 써야 할 위동정으로서는 감매가 첫사랑이기 이전에 숙적인 오배의 시녀라는 점을 간과할 수가 없었기 때문이다.

잠깐 사이에 눈치 빠른 감매는 금세 안색이 굳어지며 촛불 앞에 멍하니 앉아 있는가 싶더니 소리없이 주르르 눈물을 흘렸다. 위동정은 왜 꼭 이래야만 하나 하는 생각에 마음이 아팠지만 마구 약해지려는 마음을 애써 다잡으며 일부러 모른 척했다. 순간 감매가 얼굴을 싸쥐고 밖으로 뛰쳐나가려고 하는 것을 위동정이 재빨리 잡았다. 그리고는 웃으면서 달랬다.

"삐지고 토라지는 성격은 여전하네. 농담이야. 농담도 못 알아듣고 그래?"

감매는 눈물로 얼룩진 얼굴을 들어 흐느끼며 띄엄띄엄 말을 이었다.

"나… 그런 소굴에서… 눈 딱 감고 육 년이나 살았단 말이야. …… 복수를 위해. 근데 오빠가 나한테 흑흑…… 이럴 수 있어?…… 중요한 일을 알려주려고 위험을 무릅쓰고 온 나한테!"

그 말에 위동정이 정색하여 다그쳐 물었다.

"무슨 일인데?"

그러자 감매는 눈물을 닦고 자세를 고쳐 앉으며 물었다.

"내일도 소어투 어른댁에 갈 거야?"

위동정은 감매가 자신이 소어투집에 드나드는 것을 안다는 사실에 놀라며 특히 '내일도'라는 표현에 바싹 긴장하며 그러나 애써 표정을 관리하며 말했다.

"나는 서생 출신들과는 잘 어울리지 않아. 그런데 내가 무슨 일로 그 집에 다니겠어?"

"또 왜 그래? 다 아는데!"

감매가 발을 동동 구르며 위동정을 밉지 않게 흘겨보더니 아예 터놓고 말했다.

"오빠 절대 가서는 안돼. 마마께서 부르시면 아프다고 핑계를 대고 빠져!"

"없던 병도 생기겠다!"

위동정이 차갑게 대답했다.

"그래도 가야 한다면?"

"아무튼 가선 안 되는 이유가 있어. 절대 가지 마!"

"내가 소어투 어른댁에 가는 줄 어떻게 알았어? 그리고 또 왜 가서는 안 되는지 말해 봐. 내 사전에 무모함과 불투명함이란 없어."

위동정은 한치의 양보도 없었다.

또다시 둘 사이엔 납덩이 같은 침묵이 흐르고 있었다. 한참 후에 사감매가 먼저 한숨을 내쉬며 입을 열었다.

"영영 돌아오지 못할지도 몰라."

"똑바로 말하기 싫으면 그만 가!"

위동정이 갑자기 화를 버럭내며 이같이 말했다.

"난 여전히 십년 전의 그 위동정이나 감매는 많이 변한 것 같아! 내일도 나는 꼭 갈 거야. 누가 내 발목을 영원히 잡아두는지 궁금해서라도 말이야!"

그 말에 기분이 몹시 상한 감매도 자리에서 벌떡 일어서서 나가려고 했다. 방문 쪽으로 몇 발자국을 옮기던 감매는 뒤도 돌아보지 않은 채 한마디 던졌다.

　"오배가 내일 소어투 어른댁을 기습하여 마마와 오빠를 덮칠 거예요. 그래도 가야겠다면 맘대로 하세요!"

　말을 마친 감매는 뒤도 돌아보지 않고 나가버렸다.

　위동정은 마치 된방망이에 얻어맞은 듯 얼떨떨했다. 그런 가운데서도 일단 감매를 불러들여 자초지종을 물어야 한다는 생각에 위동정은 다급히 뛰쳐나가 그녀의 어깨를 잡아당기며 말했다.

　"감매야, 오빠가 잘못했어. 그러나 난 죽는 한이 있더라도 마마를 지켜야 하는 막중한 임무를 지닌 사람이잖니!"

　여전히 생각을 접지 않고 외곬으로 빠지는 위동정을 바라보며 감매가 포기한 듯 한숨을 내쉬며 말했다.

　"본분을 망각하라는 게 아닌 내 마음을 알면서 왜 그래? 난 그저 오빠가 다칠까 봐 그러는 거야. 오빠만 무사하다면 나야 무슨 걱정이 있겠어."

　감매의 말에 위동정이 씁쓸하게 웃으며 말했다.

　"바보같은 소리! 마마가 잘못 되기라도 한다면 어전 시위인 내가 무사할 것 같아? 그리고 설령 살아남는다고 해도 무슨 낯으로 하루하루를 살아가겠어?"

　"그래도 오빠, 제발 부탁이야! 눈 딱 감고 독한 맘 먹고 우리 여길 떠나버리자! 응?"

　감매는 갑자기 위동정의 발밑에 풀썩 꿇어앉으며 말했다.

　"오빠는 절대 그들의 상대가 못 돼! 틈만 나면 머리 맞대고 밀모를 일삼는 자들이야. 그러니 그들이 얼마나 철저하게 준비하는

지 알아?"

"잘 알아."

위동정이 감매를 일으키더니 여전히 티없이 맑은 두 눈동자를 응시하며 말했다.

"난 이길 수 있어! 어릴 적부터 넌 날 잘 믿고 따랐잖아. 그리고 나의 이런 성격을 좋아했었고. 물론 지금은 아니겠지만 말이야!"

감매는 위동정의 이같은 단호한 말에 힘이 빠져버린 듯 떨리는 손으로 가슴께에서 종이에 싼 뭔가를 꺼내며 말했다.

"이것 좀 봐요."

위동정은 종이봉지를 등불 밑에 가지고 가 풀어보았다. 눈부시게 흰 납작한 네모 모양의 것이었다.

"처음보는 건데, 뭐지?"

위동정이 급히 물었다.

"목숨 걸고 빼내온 건데, 오배가 마마와 오빠를 해치려고 마련한 독약이야."

위동정의 눈은 화등잔만하게 커졌다. 그는 강제로 사감매를 눌러 앉히며 자초지종을 말해보라고 다그쳤다.

알고 보니 감매는 어느날 저녁 오배네 집에 귀신이 들었다며 집 안을 발칵 뒤집히게끔 주도했었다. 오배와 반부얼싼의 밀담을 들었는지라 어떻게든 오배의 서재에 있는 이 독약을 훔쳐내 위동정에게 보여줘야 했기 때문이었다. 궁리 끝에 귀신의 탈을 만들어 쓰고 어둠을 틈타 같은 방을 쓰는 시녀들을 혼비백산케 하여 한바탕 소란을 일으켰다. 그리고는 잽싸게 학수당으로 잠입하여 독약을 훔쳐냈던 것이다.

감매의 말을 들은 위동정은 가슴이 따뜻해지면서 깊은 감동을 받았다.

"정말 고마워. 나보다 백배, 천배는 섬세한 면이 있어, 감매는. 난 그런 줄도 모르고……."

"고맙긴!"

감매가 눈물이 가득한 두 눈을 들어 위동정을 애틋하게 바라보며 기대와 공포에 질린 표정으로 말했다.

"여기에서 이럴 게 아니라 어서 들어가 봐. 날 만났다는 사실이 퍼지면 큰일날 테니까."

"걱정 마. 우리 인연이 이승에서 이어지지 못한다면 저세상에서라도 꼭 만나자!"

"나한테는 은인이나 다름없는 사람인데 저버릴 순 없어."

"누구?"

"지금의 황제 말이야!"

"질렸다 질렸어! 툭 하면 황제야!"

감매가 갑자기 민감한 반응을 보이며 발끈했다.

"황제밖에 몰라? 그래 봤자 우리 백성들을 위해 해놓은 게 뭐야! 오빠가 떠나간 뒤 엄마가 돌아가셨지. 아빠가 간신히 황장(皇莊)이 있는 곳의 땅을 얻어부치며 우리 일가족 겨우 연명하고 있었어. 그런데 그 땅마저 하루 아침에 영문도 모른 채 빼앗겨 버렸단 말이야!"

감매는 눈물을 닦으며 말을 이었다.

"땅을 빼앗아가고도 때가 되면 어김없이 땅주인이라는 자가 찾아와서 땅세 내라고 갖은 협박을 다하는 거야. 뭐라더라? 누가 땅을 빼앗아 갔건 상관없이 원래 주인은 자기니까 땅세는 내야 한다나 뭐라나 하면서 억지를 부리지 뭐야. 아빠가 어쩔 수 없이 날 맡겨두고 동냥을 떠났다가 다신 돌아오지 못하셨어. 그날 눈보라가 휘몰아치는 몹시 추운 날이었거든……."

감매는 또다시 눈물을 흘렸다. 어릴 적 감매네 마당에서 소꿉장난할 때 항상 옆에서 흐뭇하게 웃으시던 그 자상하던 감매의 아버지를 떠올리며 위동정도 눈물이 주체할 수 없이 흘러내렸다.

"그러니 나 혼자서 어떻게 살겠어?"

감매가 말을 이었다.

"어쩔 수 없이 남장을 하고 북경으로 오빠를 찾아 떠났다가 하마터면 길에서 얼어죽을 뻔 했어. 다행히 사용표 어른을 만나 갖은 고생 끝에 여기까지 오긴 했지만!"

끊임없이 머리를 끄덕이며 모든 걸 다 이해하고도 남는다는 듯 생각에 잠겨 있던 위동정이 감매의 어깨를 부여잡으며 간곡하게 말했다.

"감매야, 한 맺힌 너의 마음을 정말 빨리 풀어줄 수 없는 내가 역시 한스럽구나. 미안하다, 너와 너의 가족을 지켜주지 못해서. 하지만 일반 백성들의 눈엔 황제가 하늘나라에 있는 것처럼 멀어보이겠지만, 그래서 피부에 와 닿지는 않지만 뭐니뭐니 해도 군주를 제대로 만나야 우리 백성들도 편안히 잘 살 수 있는 거야. 명나라 당시의 황제가 한인(漢人)이라도 같은 한인들에게 해준 게 뭐 있어? 황제가 오죽 못 났으면 자기를 믿고 따르는 자식이나 다름없는 백성들을 싸늘한 시체로 거리에 내몰리게 하겠어? 그건 너도 인정할 거야. 지금은 비록 만인(滿人) 황제이긴 하지만 정말 현명하고 유능한 군주야. 두고 봐라, 백성들의 삶을 어떻게 윤택하게 만들어줄 건지. 그리고 너희 땅을 빼앗은 건 바로 오배 그 자라는 걸 알아 둬."

감매는 말이 없었다. 위동정의 말은 계속 이어졌다.

"나이는 어려도 대단히 지혜롭고 현명한 군주야. 나 뿐만 아니라 사용표 어른조차도 충성을 맹세한 상태야!"

"남자들 심리는 알다가도 모를 일이야!"

감매는 속으로는 탄복하면서도 일부러 이렇게 말했다.

"의리도 좋고 충성도 좋고 한데 조심하는 거 잊지 마. 옛말에 천자 곁에 있으면 마치 호랑이랑 이웃하고 사는 것과 같이 위험하다고 했어!"

"맞는 말이야."

위동정이 웃으며 얼토당토 않은 말로 익살스레 감매를 웃겨주기 위해 입을 열었다.

"정 위험하면 범려가 미녀 서시(西施)를 데리고 도망가듯 나도 너랑……."

위동정의 말에 감매가 눈물이 그렁그렁한 채로 피식 웃으면서 손가락으로 위동정의 이마를 밀어내며 말했다.

"웬수, 전생에 무슨 죄를 지었길래 내가 오빠 같은 사람을 다 만나 이 고생인지 원!"

한편 커다란 가마를 타고 영흥사(永興寺) 밖 관도(官道)로 가고 있는 오배 역시 마음이 불안하긴 마찬가지였다. 목숨이 걸린 사건을 잘못 터뜨렸다가 불나방 신세로 인생을 마감하는 게 아닌가 하는 걱정에 마음이 편치가 못했다.

이번 일로 어제 저녁에도 반부얼싼과 거의 날을 새다시피 했었다. 여러모로 뒷조사를 해본 결과 강희가 소어투 집에서 공부하는 건 확실했고, 미궁 같은 황궁에서 손을 쓰기보다는 소어투 집에 있을 때 해치우는 게 훨씬 쉬울 거라는 판단을 했다. 그리고 더욱 중요한 것은 그렇게 하면 소어투가 꼼짝없이 이 모든 죄를 덮어쓰게끔 돼 있다는 생각에 두 사람은 흥분을 가누지 못했다.

만약의 경우를 대비하여 신무문(神武門)에서 소어투 집으로 가는 길에 사복차림의 첩자들을 풀어놓았으나 "오늘도 두 대의 가마가 소어투네 뒷문으로 들어갔다"는 소식만 들릴 뿐이었다.

얼마 뒤에 소어투의 집에 도착한 오배는 대기중이던 조봉춘의 큰절을 받으며 소어투의 방으로 곧추 걸어갔다.

22. 황제를 찾아라!

　난데없이 고막이 터질 듯한 예포(禮砲) 소리가 연이어 세 번 울리더니 북소리, 징소리가 요란한 가운데 중문이 서서히 열리기 시작했다. 그와 함께 소어투가 현란한 맹수 무늬가 수놓여진 두루마기를 입고 숙연한 표정으로 문까지 나와 마중했다.

　사실 오배는 어명을 받고 방문했노라며 조용히 일을 끝내려고 했었다. 그런데 오늘따라 소어투가 예포를 울리고 요란스레 구는 바람에 구경군들이 하나둘씩 몰려들기 시작했다. 오배는 안하던 짓을 하는 소어투가 꼴사나웠지만 어쩔 수 없이 껄껄 큰소리로 웃으며 사탕발림소리를 했다.

　"소 어른, 내가 남인가? 어색하게 이런 격식까지 차릴 건 뭐 있나!"

　소어투는 공손하게 허리를 굽히며 말했다.

　"어명을 받들고 행차하셨는데, 이 정도 예의는 기본 아니오? 어서 들어오시게!"

말을 마친 소어투는 오배를 안으로 안내했다.

이들의 모습이 안으로 사라지자 나모는 곧 수행한 어림군(御林軍)을 풀어 소어투의 집을 물샐틈없이 포위했다. 영문을 모르는 사람들은 무슨 일인가 하고 여기저기서 꾸역꾸역 더 많이 모여 들었다.

미묘한 웃음을 흘리며 소어투를 따라 들어와 자리에 앉은 오배는 한참이 지나도록 이렇다 할 말이 없었다. 그러자 소어투가 몸을 앞으로 약간 굽히며 물었다.

"오 어른, 무슨 어명인지 어서 말해 보오"

있지도 않은 어명을 소어투가 다그치듯 물어오자 얼굴에 철판을 깐 오배일지라도 약간 당황하는 눈치였다. 그는 애써 웃어보이며 말했다.

"형부(刑部)에서 어제 저녁에 죄질이 무거운 범인 두 명을 놓쳤다오. 문지기가 황금 천 냥을 받고 내보냈다는데, 문지기는 잡아서 엄벌에 처했으나 도망간 범인은 아직 잡히지 않고 있는 모양이오. 그래서 마마께서 혹 여러 대신들 집에 은거하고 있지 않을까 적극 수색하라는 어명을 내렸소. 나야 소 어른을 백번 믿어마지 않지만 어명이라서⋯⋯. 게다가 소 어른은 내가 특별히 아끼는 후배인지라 직접 다녀가지 않고서는 영 마음이 놓일 것 같지가 않아서 이렇게 직접 찾아왔소."

"성은이 망극하옵니다. 그리고 오 어른의 마음 씀씀이도 고맙기 그지없소"

소어투는 급히 이같이 말하며 덧붙였다.

"그렇다면 어서 사람을 풀어 맘대로 수색해 보오"

어느 정도 눈치는 챘으리라는 것을 감안하고 온 오배인지라 전혀 불안한 기색없이 태연한 소어투를 바라보며 걱정이 앞섰다. 비밀이 누설되기라도 한 게 아닐까? 셋째가 냄새를 맡고 다른 데로 샌 걸까? 그러나 자세히 살펴보니 소어투는 억지로 태연한 척하는 기색이 엿보였다. 그렇다면 소어투는 셋째의 신임을 믿고 날 불나방 취급하는 걸까? 이런저런 생각을 하던 오배는 마지막 가능성에 비중을 두며 잠시 교활한 웃음을 흘리더니 말했다.

"그럼 실례하겠소!"

소어투의 얼굴 표정은 일부러 외면한 채 오배가 이번에는 밖을 향해 소리쳤다.

"이리 오너라!"

그러자 밖에서 이제나저제나 하고 대기중이던 나모와 돌쇠라는 사람이 수행들을 데리고 줄줄이 들어섰다. 오배는 만족스레 웃어 보이며 명령했다.

"나모는 집안 구석구석을 빼놓지 말고 둘러보고, 돌쇠는 화원을 살펴 봐. 최대한 예의를 갖춰 조심스레 움직여야 한다는 걸 명심해. 괜히 다른 식구들에게 피해를 줬다간 뼈도 못 추릴 줄 알아!"

두 사람은 연신 머리를 끄덕이며 물러갔다.

오배와 소어투는 아무 일도 없는 듯 여유를 부리며 차를 마시고 있었다. 얼마 안 지나 뒤뜰과 화원에서는 여자들의 아우성 소리와 함께 한바탕 아수라장이 되어가는 듯 시끌벅적한 소리가 들려왔다.

오배는 못 들은 척하며 머리를 살짝 돌려 소어투의 표정을 살폈다. 그러나 소어투는 여전히 여유만만한 얼굴에 처음부터 일관된 흐트러짐없는 표정을 고수하고 있었다. 오배가 속으로 소어투의 이같은 침착함에 탄복하고 있을 무렵 갑자기 병사 하나가 헐레벌떡 뛰어오더니 아뢰었다.

"싸…… 치고 박고 싸우고 있사옵니다!"

"누가?"

오배가 놀란 기색을 감추지 못하며 소어투와 함께 화원 쪽으로 걸어갔다. 알고 보니 위동정과 돌쇠가 한바탕 주먹질과 발길질에 열을 올리고 있었다. 그러자 오배는 화가 난 듯 앞으로 성큼 다가서며 크게 소리 질렀다.

"돌쇠, 이 마빡에 피도 안 마른 자식이 감히 누구한테 대들어, 건방지게!"

그의 말에 돌쇠가 씩씩거리며 멈춰 섰다. 오배가 이런 식으로 나오자 위동정도 빼들었던 칼을 도로 칼집에 집어넣으며 오배에게 깍듯이 인사를 건네며 말했다.

"무모함을 저질러 어르신을 화나게 한 죄값을 기꺼이 치르겠나이다!"

그러자 오배가 웃으며 말했다.

"역시 호신(虎臣)은 사내다워. 똥이 더러워서 피하지 무서워서 피하는 건 아니잖소. 그러니 이런 무식한 놈들은 적당히 멀리 하는 게 현명하지."

말을 마친 오배는 이번에는 머리를 돌려 여전히 씩씩거리는 돌쇠에게 눈짓을 보내며 말했다.

"되지 못한 녀석! 어서 가서 자기 할 일이나 하지 않고 뭘 꾸물거려?!"

돌쇠가 툴툴거리며 자리를 뜨자 오배가 위동정에게 웃어보이며 말을 걸었다.

"그렇지 않아도 위군을 한번 보고 싶었는데 잘 됐네! 여기서 만나고."

바늘 가는 곳에 실 가듯 강희가 있는 곳엔 분명히 위동정이 있다고 판단한 오배였다. 그런 오배의 속을 훤히 꿰뚫고 있는 위동정이 담담하게 대답했다.

"글쎄요, 이렇게도 만나네요. 다름이 아니라 소 어른댁의 가산석(假山石)이 너무 멋지다는 소문을 전해 들은 마마께서 한번 가보라고 하셔서요."

"그래?"

오배가 일부러 놀란 척하며 자리에서 일어서더니 소어투에게로 다가가 말했다.

"심심한데 우리 화원이나 둘러보지. 조경이 끝내준다는 소문이 자자하던데 말이오."

그러자 소어투도 몸을 일으키며 웃었다.

"그러죠. 호신, 자네도 같이 가는 게 어때?"

"어르신의 명에 따르겠습니다."

위동정이 흔쾌히 대답했다.

화원 입구에까지 도착한 일행은 여기저기 기웃거리며 화원 곳곳을 쥐잡듯 하고 다니는 돌쇠와 부딪쳤다.

"이상한 사람 발견하지 못했나?"

오배가 다가서며 물었다.

"아직 발견하지 못했는데요? 인력을 더 투입하여 다시 한번 샅샅이 훑어볼까요?"

이같이 대답하며 돌쇠는 독기어린 눈으로 위동정을 무섭게 노려보았다.

"그럴 거 없어. 나랑 소 어른, 위 어른 우리 셋이 둘러보면 되니까."

오배가 돌쇠에게 말했다.

화원 입구에는 아니나다를까 진짜 같은 가산(假山)이 커다란 연못 한가운데 떡 자리잡고 있었다. 백옥(白玉)으로 된 커다란 돌 난간이 구불구불 연못 저쪽의 정자(亭子)와 가산을 이어주고 있어 깔끔하고 정교해 보였다. 정자를 마주하고 있는 초가집 세 칸이 유난히 오배의 눈에 띄었다. 하지만 일부러 시선을 금붕어 몇 마리 빼고는 별다른 게 없는 연못으로 돌렸다. 그러나 오배는 그래도 자꾸만 참외밭으로 줄기차게 치닫는 자신의 마음을 어쩔 수 없는 듯 몰래 초가집 쪽을 힐끔힐끔 쳐다보았다.

가산의 돌들을 매만지기도 하고 톡톡 건드려 보기도 하며 마음에도 없는 찬사를 한바탕 쏟아내고 나서야 간신히 화제를 돌린 오배가 손가락으로 초가집을 가리키며 말했다.

"저기 저 쪽은 조용히 책 읽기에는 더할 나위 없는 장소일 것 같소!"

세 사람은 곧 무지개 모양의 돌다리를 건너 초가집 앞으로 다가갔다. 아늑하고 조용한 분위기를 자아내는 초가집 안에서는 도란도란 말소리와 함께 '딱! 딱!' 하는 소리가 간격을 두고 들려왔다.

순간 방안에 있는 사람이 강희일 것이라고 확신한 오배는 가슴이 심하게 방망이질치며 숨이 가빠오는 긴장을 느꼈다. 하지만 일부러 마른기침을 해대며 겨우 가슴을 진정시킨 오배가 멋있는 말을 해보려고 안간힘을 쓰기라도 하듯 입을 열었다.

"배산임수(背山臨水)의 초가삼간(草家三間)이라, 세속을 등진 무릉도원(武陵桃源)이 따로 없네 그려. 대단한 인물들이 자리하고 있을 것 같은데, 어디 한번 눈동냥이나 해 볼까?"

이같은 의미심장한 말을 흘리며 오배는 소어투의 안내도 없이 직접 문을 열고 들어갔다. 그러나 오배는 곧 멈칫하며 크게 놀라는 기색을 드러내고야 말았다. 방안에는 강희의 그림자도 보이지 않았다. 대신 서른 살 남짓한 시커먼 숯검정 같은 얼굴의 사나이와 열댓 살 남짓한 남자 아이가 장기판에 머리를 박고 골몰하고 있을 뿐이었다.

처음부터 오배의 미세한 표정 변화까지 하나라도 놓칠세라 두 눈에 담고 있던 소어투는 시간이 갈수록 적나라하게 드러나는 오배의 흑심을 확인하며 속으로 연신 코방귀를 뀌었다. 이런 결과를 전혀 예측조차 하지 않았던 오배는 표정관리는 포기한 듯 멍하니 그 둘을 바라보며 잠시 넋이 나가 있었다. 그 모습을 지켜보던 소어투가 입을 열었다.

"민태야, 그만 하고 어서 오배 큰아버지께 인사 올려라!"

그리고는 오배를 돌아보며 소개했다.

"이 아이는 나의 조카인 민태이고, 저 분은 태의원(太醫院)로 있는 호 선생이오. 심심풀이로 자주 여기 와서 저 애랑 장기를 두곤 하지. 호 선생의 장기 실력은 북경성에서 맞수가 없을 지경이고, 듣자니 오 어른도 만만치가 않다던데 만난 김에 한번 겨뤄보는 게 어떠오?"

그러자 호궁산이 공손하게 인사를 건네며 말했다.

"한 수 가르쳐 주세요!"

말을 마친 호궁산은 곧 한쪽 무릎을 끓어 인사를 올렸다. 그러자 오배가 팔을 뻗어 호궁산을 부축하여 일으켜 세우려고 했다. 하지만 평소에 다른 사람들한테 하듯 했으나 호궁산은 마치 땅에 붙박

힌 듯 꼼짝도 하지 않았다. 무예에 일가견이 있는 오배로선 은근히 뿜어나오는 기(氣)를 단박에 느낄 수가 있었다. 호궁산의 팔을 잡은 손은 저도 모르게 자석에 끌려가듯 끌려갔다. 심상치 않은 느낌을 받은 오배가 급히 숨을 고르고 기를 넣어 땅에 꿇어앉은 호궁산과 팔씨름을 해봤으나 호궁산을 일으켜 세우는 데는 실패하고 말았다.

직감적으로 대단한 실력가임을 인정한 오배는 등골이 오싹해짐을 느끼지 않을 수가 없었다. 소어투의 집에 이렇게 대단한 사람이 떡 들어앉아 있다는 사실이 무척이나 놀랍고 신경이 쓰였기 때문이다.

모든 계획이 수포로 돌아가고 자신은 헛다리를 짚었다는 생각에 착잡한 마음을 금할 수 없었던 오배는 세모눈을 가느다랗게 치켜뜨고 자신을 쳐다보는 호궁산 때문에 더욱 기가 죽을 수밖에 없었다. 자신을 장기판 들여다보듯이 훤히 꿰뚫고 있을지도 모른다는 생각에 당황한 오배는 자신을 향하여 뭐라고 말하는 소어투의 입만 아주 크게 눈에 들어왔을 뿐 말은 거의 들리지가 않았다. 사람들의 시선이 일제히 자신에게 쏠리자 그제야 오배는 여전히 얼떨떨한 얼굴에 억지로 웃음을 지어보이며 말했다.

"그래…… 그래…… 아, 아니야. 그건 다 헛소문이니 믿을 거 없소. 사실 난 장기엔 문외한이라오. 여기 호신이 훨씬 낫지!"

이런 어색한 대화가 이어지는 가운데 나모와 돌쇠가 콧김을 내뿜으며 들어왔다. 그들의 표정에서 일이 순조롭지 못함을 한층 느낀 오배가 급히 입을 열었다.

"다 알아. 말할 필요 없어. 소 어른, 오늘 이거 참 본의 아니게 대단한 결례가 돼서 황송하오. 내일 찾아뵙고 정식으로 사과할 테니 그리 아오!"

그러면서 오배는 곧 나모에게 말했다.

"여기서는 이만 철수하고 또 다른 집들을 수색해 봐."

소어투는 일부러 오배를 극구 만류하는 척했다. 그러나 단 일초라도 빨리 여기를 벗어나고 싶었던 오배는 소맷자락을 위로 올리며 말했다.

"다음에 뵙죠!"

소어투는 쾌히 머리를 끄덕여 보였다. 그리고는 또다시 요란한 예포소리로 낙심해서 돌아가는 오배 일행을 떠나보냈다.

한편 명주는 특명을 받고 오늘 하루 오차우를 데리고 풍씨원(風氏園)으로 피신했다. 만약 오배가 왔다 가면 소어투의 집으로 돌아가지 않고 여기서 다른 지시를 기다려야 하고, 오배가 오지 않으면 다시 소어투의 집으로 들어가게 돼 있었던 것이다.

전쟁 속에서 폐허로 변해버린 이곳에서 명주는 무료하기 그지없었다. 그러나 오차우는 마치 보물찾기라도 하듯 키를 넘는 잡초들을 이리저리 헤집고 다니며 시간가는 줄 몰라했다. 궁금해진 명주가 물었다.

"형, 이십 년 전 풍씨네 집에서 나온 보물함이라도 찾았나요? 내 눈엔 왜 아무것도 안 보이지?"

"아우는 몰라서 그래."

오차우가 으쓱해 하며 말했다.

"이렇게 겉으론 볼품없는 곳일수록 뭔가 시사하는 바가 크고 사람으로 하여금 들춰보고 싶은 욕구가 분출하게 한다구. 이리로 와 봐!"

오차우는 이같이 말하며 비석처럼 세워진 돌 위의 먼지를 손으로 닦고 입으로 불어내며 명주를 불렀다. 명주가 다가가 보니 돌 위에는 희미한 글자가 새겨져 있었다. 오차우가 털다 남은 먼지를 명주가 신발을 벗어 바닥으로 쓱쓱 문질렀다. 그러자 시(詩) 2수(二首)가 형체를 드러냈다.

사람들은 겨울밤이 춥고 길어서 싫다고 하지만 난 겨울밤이 좋아.
포근한 비단이불 봄볕처럼 따뜻해 눈 붙이기가 아쉬운 걸.

순간 오차우는 실망스러운 듯 머리를 흔들며 말했다.
"이건 영 아니야."
두 번째 시는 이러했다.

달빛 어두운 저녁에 이슬 머금은 반딧불 누각을 날아다니는데
스산한 바람 타고 들려오는 흐느낌소리 뉘 집의 여식인가.

시를 읽은 명주가 웃으며 말했다.
"무슨 시가 이래? 으스스하게시리."
그러자 오차우가 정색을 하며 말했다.
"이상할 것 없어. 시에도 생명이 있으니 으스스할 때도 있겠지."
명주는 또 공자왈맹자왈이 이어질까 봐 그만 입을 다물어 버리고 말았다.
정오를 지난 지 오래건만 아직 위동정은 이렇다 할 소식을 전해 오지 않았다. 명주는 궁금하고 조급하여 안절부절 못했다. 혼자 앉아 궁상맞게 쥐들과 벗하느니 아예 오차우를 따라나서는 게 낫다

고 생각한 명주가 오차우와 함께 시 찾기에 나섰다. 돌비석이란 돌비석은 다 헤집고 다니던 명주가 크게 소리를 질렀다.

"형, 저도 하나 찾았어요!"

오차우가 두 눈을 반짝이며 달려가 보니 과연 괜찮은 글귀가 적혀 있었다.

> 청명(淸明)이라 황새들은 찾아와 지저귀는데
> 버들가지는 춘풍에 무디구나.
> 돌비석은 여전히 그 자리에 있고 변한 건 없는데
> 옛날의 영화는 어디로 갔나.

오차우는 손바닥에 묻은 먼지를 비벼 털며 숙연한 기분으로 말없이 거닐었다. 그러자 명주가 웃으며 침묵을 깼다.

"형, 아무리 봐도 여자가 지은 시인 것 같지 않아요?"

"그게 아니야. 음울하고 처량한 감정이 내비치지만 글씨체를 보면 힘이 솟구치잖아. 섬섬옥수(纖纖玉手)가 써낼 수 있는 필체가 아닌 걸. 내 생각에는 명나라의 유신(遺臣)이 고향 생각에 찾아왔다가 옛 군주와 흘러간 모든 것이 그리운 나머지 우수에 잠긴 이런 글을 남긴 것 같아. 멀리 갈 것도 없이 만약 우리집 어른이 여길 다녀갔더라도 틀림없이 시 한수라도 남겼을 거니까."

그러자 명주가 웃으며 말했다.

"다 하늘의 뜻인데 그래봤자 무슨 뾰족한 수가 있겠어요? 현실에 적응하지 못하고 과거에만 집착하는 것도 웃기는 일이 아닐 수 없네요."

그러자 오차우가 정색을 하고 꾸지람하듯 말했다.

"웃기다니? 이런 불변의 충성심과 불굴의 의지를 가진 사람들은 존경을 받아야 마땅해! 그런데 웃기다니? 그들의 행동에 우리 자신을 비춰보면 창피하기 그지 없어."

명주는 오차우를 위로한다는 것이 본의 아니게 화만 돋우었다는 자책감에 자신의 머리를 주먹으로 쥐어박으며 급히 말했다.

"점심 때도 지났는데 우리 밥먹으러나 가요!"

오차우도 방금 명주에게 너무했다는 생각에 미안하다는 듯 웃으며 말했다.

"좋아, 자네 말대로 하지! 그런데 어디로 가지?"

"나올 때 호신과 약속했어요."

명주가 웃으면서 말했다.

"계주가 백운관 밖에서 새로 주막을 열었으니 거기서 점심이나 얻어먹기로요!"

"그곳이 산고점(山沽店)이라는 데 아니야?"

오차우가 머리를 저으며 말했다.

"요 며칠 전에 완낭이랑 둘이서 한 끼 잘 얻어먹고 왔는데, 벼룩도 낯짝이 있다고 또 가면 안되지. 게다가 멀기도 하고……."

그러나 명주는 오차우의 말을 듣는 둥 마는 둥 무작정 팔을 잡아끌며 웃으며 말했다.

"계주가 남이에요? 그런 걸 가지고 좀스럽게 구는 계주가 아니라구요. 어제도 만났는데 둘째 도련님이 안 오신다고 볼멘소리를 하던 걸요!"

그러자 오차우가 말했다.

"그럼 그러든가. 가마는 두고 걸어가자."

명주는 흔쾌히 대답하며 걸어가기로 했다.

두 사람이 주거니 받거니 이야기를 나누며 백운관 산고점(山沽店)에 도착했을 때는 미시(未時, 오후 1시~3시)가 넘은 시각이었다. 미리 연락을 받고 대기중이던 하계주가 허리께까지 오는 짧은 적삼에 어깨에는 흰 수건을 걸치고 땀이 번지르르한 얼굴로 사람좋게 웃으며 문어귀까지 마중나왔다. 그러자 명주가 웃으며 말했다.

　"이보게, 형이 안 오겠다는 걸 억지로 모셔 왔네!"

　명주의 말에 하계주가 웃으며 오차우 앞으로 다가오더니 여느 때와 다름없이 공손한 인사를 올리며 말했다.

　"도련님도 이젠 저의 성격을 알 때도 됐으면서 왜 그러세요? 한 번 아랫것은 영원한 아랫것이니 만큼 저에게도 은혜 갚고 살 기회를 마련해 주세요. 할 말은 아니지만 도련님이 만에 하나 거지가 되는 한이 있더라도 도련님이 허락만 해주신다면 저는 도련님을 시중드는 상거지가 될 각오가 돼 있어요!"

　이같은 말을 서슴지 않을 정도로 하계주는 오차우에 대한 믿음과 존경심이 절대적이었다. 말을 마친 하계주는 곧 두 사람을 가게 안으로 안내하며 수다스럽게 말했다.

　"지난번에 도련님이 오셨을 때는 좋은 재료가 다 떨어져서 제대로 대접하지 못하고 보내서 마음이 여간 불편하지 않았어요. 그러나 오늘은 없는 것 빼곤 다 있으니 우리 도련님 먹을 복도 있는 것 같네요. 바닷가재, 해삼, 송이버섯, 굴, 거북이알…… 말씀만 하세요. 다 요리해 드릴 테니깐!"

　오차우가 기분좋게 웃으며 말했다.

　"기가 막히네. 오늘 안 왔더라면 평생을 두고 땅을 치며 후회했을 것 같아!"

　이렇게 말하며 방안으로 들어가던 오차우의 웃음소리가 갑자기 뚝 멈췄다. 알고 보니 방에는 완냥이 두 명의 시녀들과 함께 안에서 기다리고 있었던 것이다. 오차우를 발견한 이들은 한결같이 자리에서 일어서고 완냥이 웃으며 말했다.

"오 선생님, 누구 기린 만들 일 있나요? 보세요, 목이 얼마나 길어졌는지."

언제나 누구 앞에서나 항상 자신감 넘치고 당당한 오차우였지만 유독 완냥 앞에서만은 쥐구멍을 찾는 버릇이 있었다. 완냥, 즉 소마라고는 지난번 강회의 말 뜻에서 자신이 언젠가는 오차우의 여인이 된다는 사실을 알아들었기에 만나면 농담도 해보고 싶고 가까이 다가가려고 무진장 애를 썼다. 그러나 오차우는 오히려 몸을 움츠리기만 하니 두 사람은 속사정과는 무관하게 겉으론 항상 일정한 거리를 유지하고 있었다.

명주는 두 사람의 속내를 잘 알고 있고, 위동정에게서 들은 바도 있는지라 은근히 두 사람을 떠보려고 기회만 엿보고 있던 터라 곁눈질로 부지런히 둘을 번갈아보며 말했다.

"좁고도 좁은 게 세상이야. 여기서 완냥을 만나다니! 우린 아무래도 자석 같이 끌어당기는 뭔가가 있나 봐. 오늘 이렇게 상다리 부러지게 진수성찬을 마련한 것도 꼭 우리 둘만을 위한 건 아닐지라도 뱃속에서 아우성을 쳐대니 미안하지만 먼저 먹어야겠소!"

명주는 아무것도 모르는 척 이렇게 말하며 먼저 올라온 궁중요리를 한입 가득 넣고 맛이 기가 막히다는 과장된 표정을 지어보이며 말했다.

"계주, 해물은 불쌍해서 다시 바다로 놓아줬어요? 왜 안 나와요!"

하계주는 주제넘게 늘 자신을 하인 취급하는 명주가 주는 게 없이 미웠는데 오늘따라 더욱 꼴불견이었다. 하지만 좋은 분위기를 망치지 않으려고 무척이나 노력했다.

한쪽에 물러앉아 악의없는 명주의 말에 빙그레 웃어보이며 오차우는 배고픔보다는 의아함이 한층 더했다. 오늘따라 하계주의 이 비좁은 가게에 다 같이 모인 것은 무엇 때문일까? 우연의 일치라고 봐야 하나? 그러나 오차우는 이내 웃으며 완냥에게 말했다.

"여기 올 것 같았으면 아침에 같이 나올 걸. 벌써 세 시가 넘었는데, 더 늦어지면 소 어른께서 걱정하실 텐데."

소마라고는 사실 애써 태연한 척 앉아 있었지만 속마음은 불안하고 초조하기 이를 데 없었다. 위동정이 아직 오지 않고 있다는 것은 무슨 일이 있는 게 분명하다는 증거였기 때문이었다. 위동정이 오지 않으면 다음 행보는 묘연했기에 소마라고는 혼신의 신경을 기울여 위동정의 말발굽 소리가 들려오길 학수고대하고 있었다.

밤을 새면서 여러 사람들이 고안해낸 방법이 계주의 산고점에 피신하는 것이었고, 그래서 오늘 이같이 우연인 척 하면서 만났다는 것을 눈치 무딘 오차우가 알 리가 없었다. 오차우의 이같은 말에 소마라고가 억지로 웃으며 말했다.

"괜찮아요, 여기도 집이나 다름없는 걸요. 우리집 어른이 돈을 대서 낸 가게이기 때문에 자주 드나들어도 문제될 거 없어요. 저희가 없으면 여기 있는 줄 아세요."

하계주가 여기 인적 드문 곳으로 유배당하듯 쫓겨온 이유를 잘 알고 있는 오차우였다. 그러나 소어투가 돈을 대 가게를 차려주었다는 사실에 머리를 갸우뚱하고 말았다. 오차우 자신이라면 또 몰랐다. 그런데 오랜 친분을 쌓은 사이도 아니고, 그렇다고 왕년에 신세를 진 처지도 아닌 하계주에게 소어투가 선뜻 가게를 내준다는 사실이 어쩐지 석연치가 않았다.

궁금증이 발동하면 꼭 즉석에서 물어보아야 직성이 풀리는 오차우가 막 입을 열려는 순간 갑자기 저 멀리서 요란한 말발굽 소리가 이쪽으로 점점 가까이 들려오고 있었다. 소마라고를 비롯한 여러 사람들이 귀를 쫑긋 세우는 사이 말발굽 소리는 더욱 가까이 다가오더니 긴 울부짖음 소리와 함께 말이 산고점 앞에 뚝 멈춰섰다. 그러자 명주가 웃으면서 말했다.

"호신 왔네."

오차우가 반가워하며 막 자리에서 일어나 밖으로 나가려 하자 소마라고도 급히 따라나섰다.

"잠깐만요, 같이 가요."

위동정은 땀이 흥건한 얼굴로 성큼성큼 들어오더니 웃으며 말했다.

"누군 죽어라 찾아다니는데 어떤 이는 여기 앉아 행복에 겨워 있구만!"

계주가 기다렸다는 듯이 때맞춰 해물탕을 들고 들어오며 웃으며 말했다.

"무슨 좋은 일이 있으세요? 위 어른의 안색이 아주 밝아보이네요! 역시 소인은 도련님과 인연이 있나 봐요. 오늘 하루 들떠 있었잖아요. 앞으로 한동안 여기서 같이 지낼 일을 생각하니 날아갈 듯 기뻤어요. 조용하고 외진 곳이라 우리 도련님의 취향엔 딱일 테니 말이에요!"

"여기서 한동안 머물다니?"

오차우가 눈을 크게 뜨고 어정쩡해 하며 물었다.

"무슨 소릴하는지 통 모르겠구만!"

"도련님은 아직 모르시고 계셨어요?"

하계주가 말했다.

"사실은 오늘 이른 아침에 위 어른이 오셔서 집안에 안 좋은 일이 있을지도 모르니 용공자께서 잠시 공부방을 여기다 정해야겠다고 하셨어요."

"안 좋은 일이라뇨?"

오차우가 다그쳐 물었다.

"어떻게 안 좋은 건데?"

"소어투 어른댁이 오늘 오배한테 수색당했어요!"

하계주가 말문이 막히자 소마라고가 거들고 나섰다.

"그들이 오 선생님을 원했던 게 아닌가 싶어요."

거두절미한 소마라고의 이같은 말에 더욱 어리둥절해진 오차우는 소마라고가 한 말을 확인이라도 하려는 듯 좌중의 표정을 훑어보았다. 그러다가 위동정과 시선이 정면으로 마주쳤다. 순간 위동정이 맞다는 듯 머리를 무겁게 끄덕여 보이더니 가벼운 한숨을 내쉬며 말했다.

"오 선생님은 역시 복을 타고난 사람인 것 같아요. 운이 좋아 정보를 사전에 입수하여 미리 움직였으니 망정이지 하마터면 우린 좋은 사람을 잃을 뻔 했어요!"

그러자 명주가 못내 궁금하다는 듯이 재촉하였다.

"동정 아우, 얼른 말해 봐. 무슨 일이야?"

위동정이 찻잔을 들어 단숨에 쭉 들이키며 입을 쓱 닦고는 낮에 있었던 자초지종을 설명했다. 그리고는 끝에 이같이 말했다.

"황궁의 감옥이 어떤 감옥인데! 파리 한 마리도 날아 들어오고 나갈 수 없는 말 그대로 천뢰(天牢·하늘의 우리)란 말이야. 범인이 탈옥했다구? 어불성설이지. 오자마자 공부방 쪽으로 화제를 몰고 가는 걸 보면 몰라. 오 선생님을 노리고 온 게 분명해. 그 외에 더 이상 무슨 해석이 필요해?"

23. 교토삼굴(狡兎三窟)

위동정의 말을 들은 오차우는 놀랍고 분하고 묘한 기분을 이루다 형언할 수가 없었다. 복잡한 감정의 소용돌이에서 헤엄치던 오차우가 한참만에 냉소를 머금으며 말했다.

"세상 오래 살고 볼 일이네. 닭모가지 하나 못 비트는 서생이 대충 끄적거린 문장에 천하의 오배가 사족을 못 쓰다니!"

담담한 표정을 지어보이려고 애를 쓰던 오차우는 갑자기 얼굴이 붉어지며 주먹을 불끈 쥐고 있는 힘껏 탁자를 내리쳤다. 솟구치는 분노를 주체할 수 없었던 것이다. 그 바람에 접시와 젓가락이 춤을 추는 가운데 오차우가 입을 열었다.

"진정 내가 일을 저질렀다면 여러 사람 피곤하게 할 것 없이 내가 혼자서 감당하면 되니까 어디 한번 가 볼 테야!"

말을 마친 오차우가 씽 밖으로 뛰쳐나가려고 하자 위동정이 급히 소맷자락을 잡아당겼다. 순식간에 벌어진 일에 당황한 소마라고도 소리를 지르며 말렸다.

"안돼요, 절대로! 괜히 무모한 희생을 할 필요는 없잖아요!"

오차우는 위동정에 의해 결박당하다시피 한 몸을 억지로 빼내려고 몸부림쳤으나 허사였다.

기겁을 하고 말리는 소마라고의 눈에서 오차우는 평소와는 다른 그녀의 감추어진 일면을 발견할 수가 있었다. 아주 짧은 순간이었지만 애틋함과 결연함이 담긴 시선이었던 것이다. 오차우는 위동정을 당해낼 자신이 없는 듯 결국에는 입으로 끊임없이 화를 내뿜으며 자리에 풀썩 앉아 버렸다. 그러자 위동정이 웃으면서 말했다.

"이럴 때일수록 침착하셔야 해요! 오배 그 자식, 이번에 고스란히 당한 걸 좀 보세요. 결코 범접하지 못할 상대는 아니라는 거예요. 개도 알고 보면 허점투성이인 걸요. 우리도 호락호락하지 않다는 걸 보여줬으니 조급해 하실 필요는 없어요. 그것보다는 우리도 치밀한 준비를 하여 뒤통수를 한번 갈겨주면 되잖아요."

"난들 제발로 찾아가는 걸 원해서가 아니오."

오차우가 한숨을 토해내며 말을 계속했다.

"내가 나타나지 않는 한 오배는 쉽게 포기하지 않을 것이고, 따라서 죄 없는 여러분들만 피곤해질 거라구!"

이같이 말하며 오차우는 시선을 들어 완냥을 일별했다.

순간이었지만 오차우의 눈길에서 많은 것을 읽었다고 생각한 소마라고는 가슴이 찡해 오며 눈시울이 붉어졌다. 그녀는 눈물이 대롱대롱 맺힌 두 눈으로 오차우를 응시하며 부드럽게 말했다.

"지난번 공부시간에 용공자에게 〈유후론(留侯論)〉에 대해 말씀해 주셨잖아요. 거기에 이런 대목이 전 인상에 남았어요. '진짜 영웅호걸은 칼이 명치 끝을 위협해도 태연자약해야 하고, 터무니없는 비방에도 노하지 않아야 한다'는 말씀을요. 그때는 아무 생각없이 들었는데 지금 갑자기 떠오르네요. 용공자를 비롯한 우리 모두에게 해주고 싶은 오 선생님의 마음일 거라고 생각해요. 그런데 오늘 같은 날에 스승님께서 먼저 절제를 못하시면 어떡해요?"

소마라고의 이같은 간절한 호소에 위동정도 입을 열었다.

"오배가 수색에 앞서 두 범인을 잡으러 왔다고 분명히 말했어요. 스승님께서 혼자 자수하러 갔다가 다른 한 사람을 내놓으라면 어떡할 거예요?"

"그 사람이 누군데요?"

"저희들도 당연히 모르죠!"

소마라고가 비로소 웃으며 말했다.

"잠시 여기 계세요. 내일부터 용공자를 이리로 보낼 테니깐요. 오배가 제풀에 꺾일 날이 멀지 않았으니 그때 다시 돌아오도록 하는 게 좋겠죠?"

"당장은 그럴 수밖에 없군요."

오차우가 풀이 죽은 듯 말했다.

"그런데 사람들이 안 드나든다고 해도 어느 정도는 들락거릴 텐데 시끄러워서 어떻게 공부하지?"

"도련님이 그런 말씀을 하시면 저 하계주 서운하죠."

하계주가 때맞춰 끼어들며 말했다.

"도련님께서 계시는 동안 가게문을 아예 닫아버릴 건데, 뭐 그러세요? 정 여기가 싫으시면 저를 따라 뒤쪽으로 가 보시죠."

오차우는 반신반의하며 하계주를 따라나섰다. 소마라고와 명주, 그리고 위동정도 줄지어 뒤뜰로 나왔다.

첫인상은 별다를 게 없는 허름한 곳이었다. 장작개비를 넣어둔

창고와 잡동사니들을 가득 채웠을 법한 두 개의 조그마한 초가를 지나 뒷간 문을 연상케 하는 작은 문을 열고 들어서니 세상에! 세상에! 그곳은 바깥 세상과는 무형의 담을 쌓은 별천지였다!

문을 사이에 두고 완전히 무릉도원을 감추고 있었던 것이다. 문을 열자마자 커다란 연못이 한 가운데 자리하고 있었고, 물고기들이 많지는 않았지만 덩치가 크고 기운이 세 보이는 잉어 몇 마리가 가끔씩 풍덩 물장구를 치며 신나게 물보라를 일으키고 있었다. 게다가 연못을 둘러싸고 있는 인공으로 만든 기암괴석들 위에는 이름모를 꽃이며 풀들이 여기저기에서 고사리 같은 손을 내밀어 오차우를 반기는 것 같았다.

연못 저편에는 탐스런 버들가지를 품은 버드나무들이 수면 위로 가지를 드리운 채 가끔씩 불어오는 미풍에 하느적거리며 춤을 추고 있었다. 전체적으로 있을 건 다 있었지만 조용하고 간단한 구성이었다. 연못을 가로 지른 무지개형 돌다리를 건너가 보니 기품 있어 보이는 초가들이 옹기종기 여러 채 자리하고 있었는데, 가운데 있는 세 칸의 추녀 밑에는 '산고재(山沽齋)'라는 금빛 편액이 걸려 있었다.

방 안에 들어서니 대나무로 정교하게 만든 그릇이며 의자가 눈에 확 띄었다. 꾸밈새가 별로 없으면서도 산뜻한 느낌을 주는, 오차우의 맘에 꼭 드는 방이었다. 겉에서 보기엔 한없이 초라한 모습의 공간이 이토록 멋진 경관을 품고 있으리라고는 어느 누구도 쉬이 상상할 수가 없는 풍경임에 틀림없었다. 오차우는 속으로 감탄을 연발했다. 그동안 대단하다고 여겨왔던 소어투 어른의 집이 무색할 정도로 말이다. 주체할 수 없는 감정에 사로잡힌 오차우가 "끝내준다!" 하며 평소의 절제되고 차분한 모습과는 약간 거리가

있는 모습을 보였다. 머리를 돌려 기분좋게 하계주를 바라보던 오
차우가 말했다.

"〈장자(莊子)〉를 읽지 않은 사람은 이 곳의 묘미를 잘 모를 거야.
얼마나 기막힌 곳인데."

"그럼요!"

하계주가 제대로 알기나 하는지 맞장구를 치며 웃어 보였다.

"도련님 취향을 소인이 알죠. 좋아하실 줄 알았어요. 저쪽에 만
들다 만 가산(假山)이 있는데 나중에 태호석(太湖石)을 가져다 쌓
으면 더 멋질 거예요!"

"내가 여기 있는 동안은 가산이 필요없네. 허위로 사람들의 시선
을 가릴 건 없고 틈나면 박씨나 가져다 뿌려주고 포도 몇 그루 심
어 그늘을 만들어 자연과 벗하는 게 얼마나 좋아?"

오차우 일행이 여기저기 둘러보고 있을 때 반대 편에서 어떤 노
인이 흰 턱수염을 나부끼며 몇 명의 젊은이들과 함께 씩씩하게 걸
어오고 있었다. 옷차림은 극히 평범했지만 어딘가 모르게 힘이 느
껴지는 사람들이었다. 오차우는 가게에서 일손을 돕는 사람들이려
니 생각하고 별 신경을 쓰지 않았다.

그러나 명주는 귀동냥해 들은 것만 해도 오차우보다는 아는 게
많았다. 이들은 사용표와 그 제자로 들어간 무즈쉬 삼형제임을 잘
알고 있는 명주는 사실 웅사이 장군이 특별히 강희를 위해 마련한
이 산고재에 이들 말고도 궁중에서 선발된 몇십 명의 뼈대있는 가
문의 자제들이 경호를 맡고 있다는 사실과 20여 명의 사병들이 백
운관 도사로 변장하고 암암리에 이 가게를 수호하고 있다는 것도
알고 있었다. 4자성어(四字成語)에 '교토삼굴(狡兎三窟)'이라는 말
이 있다. 말하자면 교활한 토끼는 사냥꾼에 맞서 적어도 세 개의

굴은 소유하고 있다는 것이다. 이 가게의 이름인 '산고(山沽)'는 이 4자성어 중의 '삼굴(三窟)'과 음이 같다는 데서 유래됐던 것이다. 그러나 제아무리 박식한 오차우일지라도 여기까지는 생각이 미치지 못했다.

오차우는 자신의 마음에 꼭 드는 산고재 앞에서 풍경에 도취된 듯 한동안 말없이 서 있었다. 간간이 불어오는 부드러운 추풍이 얼굴을 간지럽히고 연못의 물들을 주름잡았다. 오차우는 순간 고향에 있는 자신의 아버지를 떠올리며 가족의 옛 영화를 상기했다.

그는 갑자기 기분이 우울해지고 묘한 감정에 사로잡히는 걸 어쩔 수 없었다. 왠지 모르게 자기 주변의 사람들은 하나같이 잘해 주면서도 뭔가 속이는 게 있는 것 같았다. 다들 알고 있고 유독 자신만 모르는 그 무엇이 있을 거라고 오차우는 확신했다. 그러나 무턱대고 물어볼 수도 없는 입장에서 오차우는 답답하기 그지없었다. 그런 자신의 마음을 들켜버릴 필요는 없다고 생각한 오차우가 표정을 바꾸어 웃어보이며 말했다.

"나야 뭐 호박이 넝쿨째로 굴러들어온 기분인데, 용공자가 고생이 많겠소. 가까운 거리도 아닌데 말이오!"

그러자 완냥이 웃으며 말했다.

"골치 아프게 그런 걱정은 하지 않으셔도 돼요. 용공자가 오면 가르치고 안 오는 날엔 낚싯대나 드리우며 사는 것도 멋지지 않겠어요?"

오차우가 웃으며 머리를 끄덕였다. 때를 같이하여 밖에서 한껏 들뜬 하계주의 목소리가 들려왔다.

"도련님, 저기 보세요. 용공자가 오고 있네요."

한편 헛물을 켠 오배는 화도 나고 기분이 우울하여 도대체 참을 수가 없었다. 집으로 돌아오는 길에 오배는 생각난 듯 돌쇠에게 명령했다.

"어서 반부얼싼 댁에 가서 아뢰어라. 내가 곧 찾아간다고."

돌쇠는 "네!" 하는 대답과 함께 곧 재빨리 말을 달려 앞서갔다.

오배가 반부얼싼 집에 도착했을 무렵 대문은 벌써 활짝 열려 있었고, 류금표가 일찌감치 나와 기다리고 있었다. 가마가 반부얼싼의 방 앞에까지 가서 멈추자 오배는 경호원들의 인사를 받는 둥 마는 둥 급히 방으로 들어가 태사의(太師椅)에 어정쩡하게 엉덩이를 걸치고 주저앉아 있는 반부얼싼을 바라보며 웃었다.

"원숭이도 나무에서 떨어질 때가 있다더니 반 어른도 그 짝 났군! 그래, 그림자도 못 잡았소!"

반부얼싼은 한 손으로 길게 땋아내린 머리채의 끝을 만지작거리고 다른 한 손으론 반지르르한 앞머리를 쓸어내리며 이맛살을 한껏 찌푸린 채 깊은 사색에 잠겼다. 헛물을 켰다는 사실은 돌쇠에게서 미리 들어 알고 있었던 것이다. 그 역시 오배가 도착하기 전부터 놀라움과 여러가지 뇌리를 스치는 의혹을 떨쳐버릴 수가 없었다. 그러나 이 정도로 포기할 반부얼싼이 아니었다. 반부얼싼은 오배 앞에서 패배에 약하고 초라한 모습을 보이기 싫은지라 일부러 노련한 척하며 한참 후에야 입을 열었다.

"오 어른, 어떻게 생각할진 모르겠지만 우리가 전혀 생각지도 않던 결과가 나왔으니 장기로 놓고 보면 진 거나 다름 없소. 그 쪽에서도 바보가 아닌 이상 우릴 방치하진 않을 거요. 그러니 오 어른, 잠시 어디론가 휴양갔다오는 게 어떻겠소? 한발 물러서서 다른 길을 모색해 보자는 뜻이오."

"물러서다니?"

오배가 갑자기 뒤로넘어갈 듯이 흐느적거리며 웃더니 말했다.

"조조(曹操)도 영웅이오! 유현덕(劉玄德), 손중모(孫仲謀)도 없는데 뭘 겁낼 게 있소!"

그러자 반부얼싼도 웃으며 말했다.

"그 두 사람도 없지만 조조에겐 한(漢) 헌제(獻帝)도 없었소. 그러니 조심해서 나쁠 건 없지 않겠소?"

반부얼싼의 이 말은 일리가 있었다. 오배는 금세 안색을 바꾸며 말했다.

"맞는 말이오. 그럼 반 어른 생각엔 셋째가 지금쯤 어디 있을 것 같소?"

그러자 반부얼싼이 말했다.

"일일이 뒷조사할 필요는 없을 것 같소. 셋째가 매일 그쪽으로 들락거리고 오늘도 분명히 들어가는 걸 두 눈으로 확인을 했는데 이런 결과가 나오는 걸 보면 우리 비밀이 새나가는 게 틀림없소! 다 좋다 이거야. 그런데 문제는 누가 어떻게 열두 시간 이내에 비밀을 누설할 수 있느냐는 거요! 빠른 시일 안에 그자부터 색출해 내지 않으면 정말 위험하오."

"집안도둑이 틀림없어. 누굴까?"

반부얼싼의 판단에는 오배도 감탄을 금치 못했다. 미간을 찌푸리며 생각 끝에 오배가 덧붙였다.

"제세(濟世)를 불러 같이 의논해 보는 게 어떻소? 세 사람이 모이면 제갈량도 능가한다는데 말이오."

"말 잘하는 데는 제세를 당할 사람이 없지. 하지만 이런 일엔 장담 못하겠소. 사실 굳이 찾으려면 멀리 갈 것 없이 오 어른의 주변 사람들 중에서 그물을 치면 십중팔구는 승산이 있소."

"반 어른 말대로라면 소추를 의심하는 거요?"

반부얼싼의 말을 듣고 오배의 머릿속에 제일 먼저 떠오르는 사람은 다름 아닌 소추였다. 그러나 심증만 있고 물증은 없으니 당장 어떻게 할 수도 없는 노릇이라 오배는 머리를 절레절레 흔들며 혼잣말처럼 중얼거렸다.

"소추, 그 아이는 겁이 많아서 웬만해선 문 밖에도 안 나가는 애인데 말이지."

그러자 반부얼싼이 차가운 웃음을 흘리며 말했다.

"오 어른은 지금 예쁘장한 얼굴 하나에 매혹된 나머지 다른 나쁜 쪽으론 생각을 하는 것조차 싫어하기 때문이오! 나는 무학(武學)에는 젬병이지만 기억력 하나는 자부하잖소? 소추가 걸음을 걸을 때 얼음 위에서 미끄러지듯 전혀 인기척이 없는 걸 보면 대단한 경공(輕功)이 있는 것 같다고 하지 않았소. 바로 그게 찜찜하다는 거요. 그런 사람들이 마음만 먹으면 신출귀몰하는 수가 있지 않겠소?"

오래 전에 지나가는 말로 한마디 한 걸 반부얼싼이 이럴 때 떠올리며 사건해결에 실마리를 제공한다는 사실에 대해 오배는 다시 한번 반부얼싼에게 탄복해마지 않으면서 머리를 끄덕이며 입을 열었다.

"걱정 마시오. 그건 나한테 맡겨요. 내가 자백을 받아내는 수가 있으니!"

그러자 반부얼싼이 말했다.

"그리고 방금 오 어른께서 '셋째가 어디 있냐'고 묻지 않았소? 그것도 당분간은 그렇게 중요한 일은 아니지만 방심할 수는 없는 일이오. 옛말에 교활한 토끼는 동굴이 세 개라고 하지 않았소. 셋째가 소어투네 집 한 곳만 고집할 이유는 없지 않소?"

"그러게 말이오. 지혜 겨루기와 비상한 통찰력과 예리한 투시력하면 내 주변에서 반 어른을 당할 수 있는 사람이 있겠소? 내가 밀어줄 테니 잘해 보시오."

이같이 말한 오배는 곧 가마를 타고 집으로 돌아갔다.

절기상으론 10월 초라 북경은 벌써 서늘한 기운을 더해 갔다. 저녁을 먹고 오배와 부인 영씨는 후당(後堂)에 위치한 침실에서 비스듬히 누워 잡담을 하며 입이 심심해서 뭔가를 먹고 있었다. 요즘들어 부쩍 피로감에 시달리는 오배는 자리에 누워 두 다리를 쭉쭉 뻗으며 나른한 듯 기지개를 켜고 있었고, 그 옆에서 두 시녀가 앉아 여기저기 주물러주고 있었다. 감매의 일거수일투족을 유난히 신경 써 살펴보던 오배가 입을 열었다.

"소추, 학수당에 가서 병풍 뒤에 있는 서랍을 열고 검은 나무상자를 가져오너라."

순간 감매는 본능적으로 가슴이 옥죄어오는 긴장감 속에 사로잡혔다. 오배의 게슴츠레한 실눈과 부딪친 감매는 그제야 대답을 하며 자리에서 일어섰다.

그러자 영씨 부인이 웃으며 말했다.

"갑자기 그깟 것은 왜? 껴안고 잠이라도 잘 거예요?"

그러자 오배도 웃으며 말했다.

"당신이 몰라서 하는 소리야. 돈 주고도 못 구하는 일등 피로회복제란 말이야. 속이 갑갑하고 열이 치솟는 증세에도 그만이래. 오늘 이 자리에 우리 식구들 뿐이니 다같이 한 알씩 먹어보려고 그러는 거야!"

이때 감매가 조심스레 상자를 받쳐들고 들어섰다. 죄지은 마음에 감매는 가슴이 심하게 콩콩거리고 마치 상자 안에 귀신이라도 들어있는 듯 긴장한 표정이 얼굴에 역력히 배어 있었다.

'오배가 무슨 낌새라도 챈 걸까? 아니면 이 시간에, 그것도 하필이면 나더러 가져오라고 시키는 걸까?'

감매는 아주 짧은 시간 동안 많은 생각을 하며 애써 놀란 가슴을 다잡으며 말했다.

"어르신, 여기다 놓으실 거죠?"

"열어 봐!"

오배가 눈을 지그시 감은 채 무뚝뚝한 어투로 말했다. 감매는 순간적으로 지혜를 발휘해 상자를 이리저리 훑어보며 열쇠구멍을 찾는 척했다. 일부러 처음 보는 상자인 것처럼 한참동안 앞뒤를 살피던 감매는 그제야 열쇠구멍을 겨우 찾아냈다는 듯이 후유! 하고 가벼운 한숨과 함께 열쇠를 조심스레 넣고 비틀었다. 그러자 펑! 하는 소리와 함께 용수철을 단 상자 뚜껑이 튕기듯 열렸다. 너무 놀란 나머지 감매는 하마터면 상자를 땅에 떨어뜨릴 뻔 했다. 그러자 오배가 크게 웃으며 영씨 부인과 두 시녀를 번갈아보며 말했다.

"다들 봤지. 우리 소추는 여자로선 보기 드문 호걸이야. 통 겁이 없다니까. 너희들 중 누구도 신발 벗고 쫓아가도 못 따르지."

오배는 상자를 다시 닫고 영씨더러 열어보라고 했다. 영씨 부인이 별꼴 다 보겠다는 듯이 상자를 다시 열어보려고 했으나 감매가 하던 대로 아무리 안간힘을 써 보아도 상자는 좀체 열릴 기미가 보이지 않았다. 몇 명의 시녀들이 함께 달려들어 얼굴을 붉혀가며 힘을 써 보았지만 역시나였다. 그들의 모습을 지켜보던 오배가 웃으면서 말했다.

"괜히 까불지 말고 이리 내! 이건 기공(氣功) 없이는 못 열게 돼
있어!"

그러자 감매가 더듬거리며 묻지도 않은 말을 했다.

"전 원래 명색이 유랑 무예단 단원이잖아요. 이걸로 밥 먹고 살
았는데 내공(內功)까지는 몰라도 이 정도 힘도 없이 되겠어요?"

오배는 마치 감매의 이같은 말은 듣기도 싫다는 듯이 상자를 열
어젖혀 종이꾸러미를 꺼내더니 약봉지를 찻주전자에 쏟아넣으며
말했다.

"소추, 이 차를 마님과 나머지 사람들에게 따르거라. 나도 한 잔
주고."

순간 감매는 머리가 벌집을 쑤신 듯 윙윙 하며 아무것도 생각나
지 않았다. 그녀는 기계적으로 차를 따라 주었다. 너무나 긴장한
탓인지 오배의 찻잔을 비울 때 하마터면 잔까지 함께 버릴 뻔 했
다. 오배는 실눈을 뜨고 감매의 섬세한 표정변화까지 예의주시하
며 속으로 생각했다.

'과연 반부얼싼의 말이 맞아. 이년이 뭔가 저지른 게 분명해!'

오배는 찻잔을 들어 단숨에 꿀꺽 들이키더니 웃으면서 영씨에게
말했다.

"어서들 마셔 봐. 맛이 나쁘진 않아."

영씨가 머리를 끄덕이며 마시자 시녀들도 다같이 마셨다. 유독
감매만은 찻잔을 감싸쥔 채 멍한 표정으로 사람들을 쳐다보고 있
었다.

"감매야!"

오배가 갑자기 '소추'라고 부르지 않고 오래간만에 이같이 불렀

다. 그 모습에는 평소의 자상함과는 전혀 다른 악랄함이 묻어 있었다. 마치 한바탕 소란 끝에 생포한 쥐를 마음껏 짓밟으며 놀다가 지친 듯 한 입에 냉큼 집어먹으려는 듯한 살기까지 번뜩였다.

"너 얼굴색이 안 됐다! 에이, 뭘 그렇게 떨 것까지는 없지 않니? 찻잔이라도 한두 개는 엎질러 깼어야 되는 거 아니니? 그렇게 착하게 살지 왜 그런 못된 짓은 하고 그러니? 너무 빨리 탄로난 게 나도 좀 아쉽긴 하다만!"

오배가 으스스하게 웃어보이며 말을 이었다.

"이젠 극약을 먹은 우리는 다같이 황천객이 될 텐데 축배라도 들어야 할 네가 사색이 되다니 웬일이냐?"

오배의 말에 자리에 앉은 영씨를 비롯한 모든 시녀들은 기절초풍할 듯 놀라고 말았다. 그러나 감매는 오히려 최악의 경우를 준비하기라도 하듯 태연하게 말했다.

"아닌 밤중에 홍두깨도 아니고 무슨 말씀이신지?"

"무슨 말씀이냐고?"

오배가 차갑게 웃으며 말했다.

"내가 약을 바꿔치기 한 게 너무 감쪽같아서 놀란 거니?"

그러나 기가 팍 꺾일 줄 알았던 감매는 막판에 가서 오히려 더욱 당당해졌다. 그녀는 갑자기 오배의 발밑에 무릎이 깨질세라 꿇어앉으며 눈물범벅이 되어 하소연하듯 말했다.

"어르신은 조정의 일품 대신으로서 꼴불견인 노비 하나쯤 마음만 먹으면 쥐도 새도 모르게 없애버릴 수도 있잖아요. 뭐가 잘못된 게 있다면 정정당당하게 죽여주지 왜 하필이면 이런 올가미를 덮어씌우는 거예요?"

영씨는 비록 소추를 불쌍히 여겨 하녀가 아닌 양딸로 오냐오냐

하며 키워왔지만 오늘 이 지경에까지 이르자 뭔가 이상하다는 듯이 안색을 바꾸며 말했다.

"이 계집애야, 무슨 짓을 저질렀는지 어서 자백 안해? 말이면 다야!"

"제가 잘못한 게 뭐 있겠어요?"

감매가 울면서 대답했다.

"오 어른께서 독약인 줄 아시면서 마시고 마님까지 마시라고 하시는데 그럼 안 놀라요?"

사람들은 갈수록 오리무중에 빠졌다. 영씨가 다그쳐 물었다.

"너 정신 나갔니? 독약이라니!"

감매는 영씨 부인의 말에는 아랑곳하지 않고 얼굴을 감싸쥐고 울기만 했다.

바로 이때 오빼가 차갑게 웃으며 물었다.

"상자 안에 독약이 들어있는 줄은 어떻게 알았지?"

"들었어요."

"누구한테?"

"반부얼싼 어른에게서요!"

반부얼싼이란 말에 영씨 부인이 민감한 반응을 보이며 갑자기 물었다.

"갈수록 이상해진다. 반부얼싼 어른이 왜 어른께 독약을 준단 말이냐?"

"저도 그게 궁금했어요."

감매가 흐느끼면서 대답했다.

"그날 반 어른이 이걸 갖고 오셔서 무슨 '탈명단(奪命丹)'이라고 하는 걸 노비가 차를 따르다가 본의 아니게 들었어요. 그리곤 또……."

"입 닥치지 못해!"

감매의 말을 그 날의 상황과 비추어볼 때 거의 일치하다고 생각한 오배가 감매의 입에서 다른 말이 튀어나올세라 미리 막아버렸다. 감매가 그날 들은 그대로 '셋째'니 뭐니를 말해버리는 날엔 더 곤란하게 될 것이 뻔했기 때문이다. 한참동안 두 눈을 부산스레 굴리며 생각하던 오배가 마침내 어색하게 웃어보이며 말했다.

"너, 그날 잘못 들어 그러는데 그게 무슨 말이냐 하면 반부얼싼 어른이 이 독약을 가지고 사냥 떠나자고 했던 거야!"

한편 자녕궁으로 돌아온 강희는 태황태후와 황태후에게 각기 저녁인사를 올리고 양심전으로 돌아왔다. 양심전에는 소마라고가 쪽걸상에 쭈그리고 앉아 뭔가를 열심히 들여다보고 있었다. 하도 열중하다 보니 강희의 발걸음조차 못 들은 소마라고를 놀래킬세라 강희가 까치발을 하고 소마라고의 등뒤로 가서 들여다보니 다름 아닌 오차우와 명주가 전날 풍씨원(風氏園)에서 '주워온' 시들이었다. 그걸 본 강희가 웃으며 말했다.

"쓰기는 잘 쓴 것 같은데 좀 궁상스러운 면이 없지 않으니 너무 혹하지는 말게."

깜짝 놀란 소마라고가 화들짝 몸을 떨며 원고를 내려놓고 웃으며 말했다.

"마마께선 어쩌면 아무런 인기척도 없이 들어오실 수 있나이까? 아무리 궁상맞은 시일지라도 마마께서 워낙 복이 많으신 분이니 저도 늘 쫓아다니면서 복에 겨워 사는데 무슨 나쁜 일이라도 있겠나이까!"

"나도 읽어보긴 했네."

강희가 차 한모금을 마시며 말했다.

"그런데 웬일인지 읽어내려 갈수록 으스스한 기분이 들었어."

그러자 소마라고가 웃으며 말했다.

"〈다심경(多心經)〉에서 이르길, '반야바라밀에 의존하면 마음에 번뇌망상이 사라지고, 따라서 공포가 범접 못하고, 사악한 생각이 발붙일 곳이 없다' 라고 했나이다. 지금 마마께선 우려가 하도 깊으셔서 그런 느낌이 드는 줄로 아나이다."

"알았어!"

강희가 웃으며 말했다.

"태황태후마마께서 천주교를 믿으시면서 늘 '죄를 사하여 주시옵소서'를 입이 닳도록 기도하고 다니더니, 자네는 불교에 귀의하더니 입만 벙긋하면 〈다심경〉이니 〈법화경(法華經)〉이니를 달고 다니네 그려. 게다가 오차우 스승은 말끝마다 공맹(孔孟)이잖소. 뭐 '불쌍한 백성들 위에 군림하느니 차라리 흙탕물에 콱 머리 처박고 죽어버린다'나 어쩐다 그랬지 않소. 굳이 어느 쪽에 귀의하지 않더라도 난 세 사람의 협공을 받아 벌써 도사가 다 된 기분이오. 그리고 같은 유교라 하더라도 가끔 다른 주장이 나오니 웅사이와 오차우 스승도 티격태격할 때가 많더라구. 날더러 어느 쪽을 따르라고 그러는지 몰라!"

그러나 말을 마친 강희가 기분좋게 껄껄 웃었다. 그러자 소마라고도 웃으면서 말했다.

"노비 생각엔 위군이 그나마 이 분야에 일가견이 있는 것 같았나이다. 사실 성인(聖人)이든 불조(佛祖)든 천주(天主)든 막론하고 선행을 유도하고 우국우민(憂國憂民)을 기조로 내세워야 사람들이 믿든가 말든가 하지 그렇지 않고 어떤 이들처럼 종교를 등에 업고 나쁜 짓만 일삼고 다닌다면 누가 더운밥 먹고 할 짓이 없어서 그런 설교를 들으러 가겠나이까?"

그러자 강희가 입을 열었다.

"사실 이 분야는 오 선생님이 이미 똑 부러지게 강의했었네. 유교(儒教)는 자신의 수행을 근본으로 하여 다른 사람을 교화하는 데 착안점을 두었고, 도교(道教)는 말 그대로 조용히 도를 닦아 득도(得道)의 경지에 다다름으로써 부드러움을 강조하고, 불교(佛教)는 정적(靜寂)을 기본으로 자비(慈悲)를 근본으로 하고 있다고 하셨네. 종교는 다르지만 추구하는 바는 똑같지. 사람으로 하여금 선을 베풀고 덕을 쌓으라는 기본 교리는 같단 말이오. 예를 들면 유교는 마치 오곡(五穀)과도 같아서 하루라도 안 먹으면 배가 고프고 며칠 안 먹으면 굶어서 죽음에까지 이르지. 불교는 마치 의사와도 같아서 마음의 병을 치료하고 우울함을 달래기엔 유교보단 나아. 왜냐하면 스님들의 화복인과(禍福因果) 설법은 겁많은 중생들에게 제일 잘 먹히거든! 지난번에 웅사이가 내 앞에서 천주교를 '사교(邪教)'라고 폄하하는 걸 내가 말렸지. 태황태후 마마가 귀의한 종교라서가 아니라 삼교구류(三教九流)를 막론하고 그 존재의 다양성 만큼이나 당위성도 인정을 받아야 하는 거니까, 서로가 서로를 존중하면서 조용히 사는 게 좋지 않겠어? 삼교구류가 아니라 사교십류(四教十流)는 되면 안 된다는 법이라도 있나? 백성들에게 유익한 종교라면 백개라도 난 찬성이오."

강희의 입에서 오차우 못지 않은 멋진 말들이 매듭 풀린 실타래처럼 술술 나온다는 사실에 소마라고는 경이로움을 금치 못하며 속으로 생각했다.

'역시 천재 기질은 못 속여. 오 선생을 따라다니더니 몇 년만에 학업이 이토록 빛을 발하다니!'

기분좋게 이야기를 나누던 두 사람은 어쩌다 보니 화제가 또다시 오차우가 베껴온 시구로 넘어왔다. 강희가 먼저 물었다.

"이 시구들을 오 선생님은 어떻게 평가하시던가?"

정색을 하고 물어오는 강희를 보며 소마라고도 진지하게 입을 열었다.

"이 시들은 틀림없이 명(明)나라의 유신(遺臣)들이 남긴 것이라고 했어요. 자존심도 강하고 줏대도 있고 통치술 또한 남다른 사람들이지만 과거에서 해탈하지 못하고 현실을 부정하는 소극적인 면이 그들로 하여금 힘들게 한대요. 또다른 군주 밑에서 열정을 불사르며 살아갈 수 있는 새 세상이 있다는 걸 안타깝게도 극구 거부하는 불쌍한 사람들이라고 했나이다."

강희는 말이 없었다. 강희의 정곡을 찌른 셈이었다. 누르하치가 말 위에서 천하를 얻었다면 나는 말 위에서 천하를 통치해서는 안 된다고 생각해온 강희였다. 완고불화한 명나라의 유신들이 청나라를 위해 땀흘리는 걸 수치로 생각한다면 굳이 강압을 행사하여 전부 처형하고 싶지는 않은 강희였다. 그러나 이들이 계속 주제넘게 전국의 산과 들을 넘나들며 사람을 현혹시키고 무기력하게 만드는 이런 시들이나 낙서하고 다닌다면 그것도 결코 간과할 수 없는 게 현실이었다. 여기까지 생각이 미친 강희는 갑자기 몸을 돌려 물었다.

"이들에 대한 대책 같은 건 얘기 안 했소?"

"그런 건 없었나이다."

소마라고가 대답했다.

"아무튼 별로 바람직하지 않다는 생각을 비췄을 뿐이에요. 몇 명 안되는 힘없는 노인네들이 놀아봤자지 마마께선 그리 심각하게 생각 안하셔도 될 듯 하옵니다. 게다가 지금은 이런 자질구레한 일에 신경을 분산시킬 때가 아닌 듯 하옵니다!"

"한치 앞만 내다봐서는 안되지."

강희가 말했다.

"경륜은 누구도 무시 못한다구. 그들 중에는 자신만 원한다면 크게 될 사람이 적지 않아. 그냥 방치하기엔 아쉬운 점이 많아."

소마라고가 귀를 쫑긋 하며 듣자 강희가 말을 이었다.

"완냥, 홍승주(洪承疇)가 강남(江南)에서 연회를 연 이야기를 들었어?"

소마라고가 머리를 흔들었다.

"순치 7년 때의 일이었지."

강희가 이야기를 이어나갔다.

"예친왕이 강녕(江寧)을 수복한 후 강남을 비롯한 천하는 전부 우리 청나라의 것으로 대세는 이미 기울어졌을 때 홍승주가 북경으로 와서 발령을 기다렸는데, 금릉(金陵)이란 곳에서 삼일 동안 연회를 베풀었다네. 장병들도 위로할 겸 전사한 병사들도 추모할 겸 자리를 만들었는데……"

강희는 잠시 멈추는가 싶더니 곧 깊은 사색의 늪으로 빠져들 듯 말을 이었다.

"연회 마지막 날에 오(吳)라는 성(姓)을 가진 홍승주의 후배가 들어오더니 축하주 마시러 왔다고 하더래."

"그 사람 웃기네요. 초대하지도 않은 자릴 찾아오니 말이에요."

"그게 아니지."

강희는 마치 그 자리에서 친히 본 듯이 생동감 넘치게 말했다.

"그 사람은 술은 안 마시고 어떤 좋은 글이 있어서 혼자 보기엔 아깝고 해서 선생님과 같이 읽어보려고 왔노라고 말하더래. 홍승주는 군인 출신이라 칼 들고 싸우라면 정신이 번쩍 들겠지만 문학 작품이라는 말에 골치가 아파 웃으면서 거절했지. 그랬더니 그 오씨가 말하길 '선생님은 그냥 귀만 빌려주시면 됩니다. 나머지는 제자가 알아서 읽어볼 테니깐요' 하더래. 그래서 읽었는데 뭔지 알아?"

소마라고가 머리를 저으며 말했다.

"노비는 짐작조차 안 가는데요?"

"별것도 아니야. 숭정황제(崇禎皇帝)가 지은 '홍경약(洪經略, 홍승주)을 추모하며'라는 글이었대! 다른 시대의 황제가 지은 글을 읽었다는 죄로 홍승주는 사제간의 정도 멀리한 채 오씨를 죽여버리고 말았잖소! 나 같으면 절대 오씨를 못 죽이게 했을 텐데 말이오. 권력에 굴하지 않고 칼이 명치 끝을 위협할지라도 할 말은 하는 사람이 얼마나 멋지오!"

강희의 눈에서는 어느새 강렬한 빛이 뿜어나오고 있었다.

제법 유능한 군주의 구색을 갖춰가는 강희를 놀라운 시선으로 바라보던 소마라고가 한참 후에야 입을 열었다.

"마마께선 정말 대단하신 안목과 식견을 갖고 계시나이다. 노비 주제에 다른 건 건방지게 왈가왈부할 수 없사옵니다만 지금 단계에서는 마마 자신이 우뚝 서는 게 급선무인 듯하옵니다!"

24. 귀인(貴人)

발등에 불이 떨어지지 않은 이상 웬만한 일은 잠시 접어두고 먼저 외환(外患)을 도려낼 게 아니라 내우(內憂)부터 척결하여 황제로서의 기반을 튼튼히 다지는 게 무엇보다 중요하다는 소마라고의 말은 정확했다. 강희를 중심에 놓고 볼 때 비록 당장은 큰 우환이 없어 보이지만 명실상부한 태평천자(太平天子)가 되기엔 아직 시기적으로 이른 상태였다. 그러기에 강희가 명나라의 유신(遺臣)들에 대한 우려를 무게중심에 두기엔 시기상조였다. 소마라고의 말을 음미해 보며 강희는 무거운 심정으로 스르르 두 눈을 감았다.

소마라고는 강희가 피곤해서 그러는 줄 알고 급히 숙면에 도움을 주는 향을 피워 향대에 올려놓고는 궁녀들에게 용안(龍案) 위의 촛불만 빼고 다 꺼버리라고 지시했다. 그런 다음에야 소마라고는 조심스레 강희 앞에 다가가 말했다.

"마마, 편안히 쉬시옵소서."

"자네만 남고 다른 시녀들은 다 내보내도록 하게."

강희가 손을 저으며 말했다.

"자네는 졸리면 의자에 기대 좀 자게. 난 생각할 게 좀 있어서 아직은 안 졸리네."

소마라고는 강희의 지시대로 시녀들을 내보내고 한켠에 앉아 턱을 괸 채로 짐짓 자는 척했다.

강희는 오늘 일을 생각하면 속이 부글부글 끓어올라 도저히 안정을 취할 수가 없었다. 오배가 이토록 무법천지로 나올 때는 승산을 자신했기 때문이리라고 강희는 판단했다. 그만큼 오배는 실력가였고 자신을 꼭두각시로 취급하는 무서운 존재였다.

'감히 어명을 날조하여 대신의 집을 수색하고 황제를 죽이려고 들다니!'

강희는 분노와 두려움에 가슴이 떨렸다. 황궁에 있는 수많은 친위병들 중 솔직히 자기 휘하에 있어 위급할 때 목숨 걸고 보호해줄 사람은 불과 몇 명밖에 안된다는 사실을 누구보다 잘 알기에 강희의 두려움은 더했다.

그 일이 있었지만 강희는 건청궁에서 여느 때와 다름없이 여러 대신들의 아침 인사[朝拜]를 받았다. 겉으론 황제로서의 지고지상한 지위를 지켜주는 것 같았지만 강희의 눈에는 모든 사람들이 자신을 모함하거나 위해하려고 들면서도 일부러 황제 대접을 해주는 것 같은 피해망상 비슷한 느낌에 사로잡혔다. 천하의 주인인 황제가 신변의 위협을 느껴 잠을 설칠 정도이니 얼마나 씁쓸하고 등골이 오싹한 일인지 강희는 서글픔과 함께 깊은 비애를 느꼈다.

한편 강희는 갑자기 오배를 죽이는 장소 역시 황궁 안이 제일 적합하다는 생각을 하게 되었다. 밖에는 오배의 장령들이 구름떼처럼 몰려 있으니 황궁 밖에선 승산이 없을 게 뻔했기 때문이다.

'자금성 안에서도 오배의 경호원들이 많은 곳은 피해야 하니 교태전(交泰殿)이 좋지 않을까? 아니면 봉선전(奉先殿), 양심전(養心殿), 체원전(體元殿), 흠안전(欽安殿), 문화전(文華殿), 무영전(武英殿), 그도 저도 아니면 상서방?……'

강희는 일일이 각 궁전의 장단점을 비교해 보았다. 하지만 쉽사리 결론을 내리지는 못했다. 목숨을 내걸고 하는 일이라 성급하게 판단할 수도 없었고 병사와 시위들 뿐만 아니라 주변 지형의 형세와 만일의 경우를 대비한 퇴로(退路)도 고려하지 않을 수 없었다. 여러 궁전의 장단점을 꼼꼼히 비교해 보던 강희는 갑자기 모든 조건이 가장 완벽한 육경궁(毓慶宮)이 떠올랐다.

그는 침착하게 몸을 일으키더니 두 눈을 크게 뜨고 타 들어가는 촛불을 응시하며 생각에 잠겼다. 한참 동안 생각에 잠긴 강희는 역시 육경궁이 좋겠다는 생각을 했다. 사방에 큰 길이 있으니 후퇴하기도 좋고 더욱 중요한 것은 그쪽 경호를 총괄하는 사람이 다름아닌 손전신이라는 점 때문이었다. 언제나 변함없는 충성심으로 일관하는 손전신은 감히 믿어도 좋을 강희의 심복으로 손색이 없었다. 게다가 그 밑에 있는 낭심네들 또한 억울하게 오배에 의해 죽어간 위혁과 피를 나눈 친구였기에 오배에 대한 적개심이 남달랐다. 강희는 그곳을 택하기로 마음을 굳혔다.

그러나 손바닥 뒤집는 것처럼 쉬이 변하는 게 사람 마음인지라 강희는 손전신을 위동정 만큼은 믿을 수 없었다. 지극히 기밀에 붙여야 할 이런 일을 하려면 먼저 손전신이 위동정처럼 군주를 위해 선뜻 목숨이라도 내놓을 수 있는 위인인지를 최종적으로 알아내야 했던 것이다!

여기까지 생각이 미친 강희는 자리에서 벌떡 일어나 소마라고 앞으로 다가가더니 깨울 태세를 취했다. 그러나 콧김을 쌕쌕 내쉬며 단잠에 곯아떨어져 있는 소마라고를 차마 깨우지 못한 강희는 침대께로 다가가 자신의 곤룡포(袞龍袍)를 가져다 그녀에게 살짝 걸쳐주었다.

바로 이때 인기척에 놀란 소마라고가 눈을 번쩍 뜨며 일어나 앉으며 물었다.

"마마, 무슨 분부가 있으시옵니까?"

"내일 저녁……."

강희가 목소리를 낮추며 말했다.

"손전신과 낭심을 만나봐야겠소."

"손전신을요?"

강희는 그렇다고 머리를 끄덕여 보였다.

도대체 무슨 이유 때문일까 하고 잠시 깊은 생각에 잠기는 듯하던 소마라고가 두 눈을 반짝이며 단호한 어투로 말했다.

"노비, 무슨 말씀인지 잘 알아들었나이다. 어디로 오라고 할까요?"

"위군네 집에서 보자고 하오."

강희는 무거운 목소리로 이같이 말하며 덧붙였다.

"소마라고 자네가 이번 일은 책임지고 해보게. 반드시 비밀리에 움직여야 한다는 걸 잊지 말고!"

소마라고는 총명하고 영악해 보이는 두 눈을 크게 떠보이며 자신있게 말했다.

"마마께 걱정을 안 끼쳐드리도록 최선을 다하겠나이다!"

순돌이는 요행을 바라고 또다시 도박판에 끼어들었다가 노모의 약을 지으려던 돈까지 한순간에 날리고 말았다.

어려서 아버지를 여의고 편모 슬하에서 형과 함께 고생하며 자란 순돌이는 자타가 공인하는 효자였다. 형이 결혼하면서 돈밖에 모르는 형수가 순돌이와 노모를 눈에 든 가시처럼 생각하자 노모는 순돌이를 데리고 나와 부잣집의 옷을 빨아주고 애를 봐주면서 간신히 입에 풀칠을 하며 살았다. 그러던 어머니가 노환을 앓으면서 어깨가 무거워진 순돌이가 엄마 몰래 입궁했던 것이다.

한 달 노임으로 받은 은전 몇 닢으로 약을 사드리며 겨우겨우 살아가던 어느 날, 아들이 사람이 살 곳이 아니라고 생각해오던 황궁에 들어가 개돼지보다 못한 생활을 한다는 사실을 안 순돌이의 엄마는 화병을 얻어 두 눈이 실명되는 지경에까지 이르고야 말았다. 설상가상으로 시력까지 잃은 노모를 치료하기 위해 순돌이는 가끔씩 궁안에서 돈이 될 만하지만 목표가 드러나지 않는 물건들을 훔쳐다 팔아 약을 지어드리곤 했다. 그것도 여의치 않을 때는 궁안에서 공공연히 조직되고 있는 도박판에 끼어들기가 일쑤였다.

그러나 도박판에서 영원한 승자는 없듯이 순돌이도 따다 잃다를 밥먹듯 해가면서도 쉽사리 끊질 못했던 것이다. 이번에도 엄마의 약값으로 준비해 두었던 돈을 깡그리 날리고 나서야 순돌이는 땅을 치고 머리를 쥐어뜯으며 후회를 했다.

형한테는 번번이 찾아가기가 미안했다. 벼룩도 낯짝이 있다는 말을 떠올리며 순돌이는 또다시 형의 화난 얼굴을 마주하는 게 무서웠다. 게다가 형도 조카들이 연이어 태어나 식구가 늘면서 부담이 만만치 않았던 것이다. 위동정한테 가면 두 말 없이 잘해주긴 하겠지만 그것도 피 한방울 섞이지 않는 남한테 못할 짓이라고 순돌이는 생각했다.

어쩔 수 없이 어주방(御廚房)에 가서 평소에 안면이 있던 아삼을 찾아 도움을 청하려고 했다. 아삼은 나모의 양자였기에 수중에 돈 몇 푼 없을 리가 없다고 생각한 순돌이었다.

"순돌이, 너 얼굴에 철판이라도 깔았니?"

순돌이가 자신을 찾아온 이유를 들은 아삼이 코방귀를 뀌면서 일갈을 했다.

"이번에는 안 돼. 효도자금이라니 측은하긴 하다만 나도 주머니 사정이 안 좋긴 마찬가지야! 지난번에도 이자는 커녕 본전도 못 갚아서 난리를 쳐놓고 설마 또 지금 나더러 남의 돈을 빌려서 널 도와달라는 건 아니겠지?"

순돌이는 오만상을 있는 대로 찌푸리고 있는 아삼을 보며 속으로 욕지거리를 해댔다.

'나쁜 자식! 나모인가 네모인가를 양아버지로 둔 덕에 어주방의 값나가는 물건을 수도 없이 팔아 돈을 챙겼으면서도 그까짓것 그냥 달라는 것도 아닌데 쩨쩨하게 나오는 꼴 좀 봐!'

속으론 이렇게 욕을 하면서도 겉으론 갖은 아양을 떨며 아삼에게 매달렸다.

"아직 형한테 빚진 돈이 열네 냥 있는 걸 항상 염두에 두고 있다우. 허리가 두둑한 양반이 뭐 새 발에 피도 안 되는 그깟 열네 냥 가지고 화를 내고 그러우. 이번 한번만 빌려주면 내달에는 내가 뭘 팔아서라도 이자까지 계산해서 갚아줄게, 어때?"

"자식이 말솜씨는 여전하네!"

그제야 아삼은 웃으며 말했다.

"원래는 빌려주지 않으려고 했어. 하지만 노모에 대한 정성이 갸륵하니 한번만 봐 준다. 여기 네 냥이 있으니 가져다 먼저 급한 것부터 해결해라. 단, 다음 달에 약속을 못 지킬 경우엔 대시위 나모 어른께 말해서 뼈도 못 추리게 할 테니 내 말 명심해!"

어쩔 수 없이 머리를 끄덕이며 돈을 받아챙기고 밖으로 나오던 순돌이는 어주방의 벽 찬장에 꽤나 귀중해 보이는 그릇이 있는 걸 발견하고는 슬그머니 다가갔다. 주먹 크기만한 작고 정교한 찻잔이었는데, 질감이나 색감이 빼어났다. 모르긴 해도 어떤 대신이 황제에게 잘 보이기 위해 충성용으로 가져다 바친 게 틀림없어 보였다.

'배운 게 도둑질'이라고 훔치는 데는 이력이 붙은 순돌이는 머뭇거릴 새도 없이 주위를 둘러보고는 곧 찻잔을 소맷자락에 감추곤 누가 볼세라 잽싸게 밖으로 나왔다. 그러나 순돌이의 일거수일투족을 빠짐없이 지켜본 사람이 있었으니, 그가 바로 나모의 양자인 아삼이었다.

저녁 무렵, 순돌이는 자녕궁의 찻물이며 마실 물을 준비해 놓고 여기저기 날라다 주며 시중을 들고 있었다. 들리는 소리에 의하면 아삼이 황제가 먹다 남긴 음식들을 가져다 밖에서 당직을 서는 경호원들을 위로하고 있다고 했다. 양심전의 태감이 물 가지러 오길 기다리고 있을 무렵, 나모가 성큼성큼 이쪽으로 걸어오는 게 보였다. 순돌이는 재빨리 부동자세를 취하며 비굴한 웃음을 띄우며 말했다.

"나 어른, 진지 드셨나이까?"

나모는 금세 폭풍을 몰고 올 듯한 얼굴로 흥! 하고 코방귀를 뀌면서 순돌이를 째려보더니 씽 주방으로 들어갔다. 진열해 놓은 찻잔이며 받침잔, 그리고 그릇들 사이를 부지런히 왔다갔다 하며 이 것저것 마구 살피던 나모가 두 눈을 부라리며 서 있었다.

순간 가슴이 뜨끔해진 순돌이가 부지런히 웃음을 덧바르며 의자를 앞으로 끌어당기며 말했다.

"나 어르신, 여기 앉으셔서 좋은 차라도 한잔 드시고 가셔야죠. 뭘로 할까요? 지방에서 막 올라온 용정차(龍井茶)와 보이차가 있는데……."

나모는 순돌이의 말은 듣는 둥 마는 둥 하더니 손을 휙 저으며 차갑게 말했다.

"시끄러, 이 자식아! 지금부터 나의 물음에 곧이곧대로 대답하지 않는 날엔 재미없을 줄 알아. 너, 오늘 어주방에서 뭘 가져갔어?"

"어주방이라뇨?"

순간 순돌이는 머리가 아찔해지고 얼굴이 저도 모르게 창백해졌지만 억지로 웃어보이며 말했다.

"사실은 아침에 형한테 돈 빌리러 가긴 했어요. 뭐가 없어졌대요? 간덩이가 부어터진 것도 아니고 제가 어찌 감히 그런 짓을 하겠어요?"

"어디까지 발뺌하나 보자!"

무섭게 이를 갈며 이같이 내뱉은 나모는 손을 높이 들었다. 그리고는 순돌이를 내리치는가 싶더니 무쇠주먹이 공중에서 멈췄다. 나모는 씩씩거리며 거칠게 손을 내리더니 곧추 찻잔이며 그릇이 얹혀 있는 진열대를 샅샅이 뒤지기 시작했다. 비록 훔쳐온 그릇을 진열대 안에 넣어둔 건 아니지만 나모가 이대로 뒤진다면 장담할 수도 없는 일이었다. 처음엔 당황하기만 하던 순돌이는 일이 이쯤 되자 아예 최악의 경우를 고려한 듯 용기를 내어 나모의 앞을 가로막으며 말했다.

"이곳은 어차(御茶)를 준비하는 주방이기 때문에 맘대로 뒤지지 못하게 돼 있어요. 어떤 차는 조심스레 다뤄야 하는 것이기에 조 어른이 알면 길길이 뛸 거예요."

그러나 말을 마치기도 전에 "퍽!" 하는 요란한 소리와 함께 순돌이는 왼쪽 뺨을 심하게 얻어맞았다. 순간 두 눈에서는 말로만 듣던 불빛이 번쩍였고, 손가락 자국이 난 얼굴은 금세 풍선처럼 부어올랐다.

얼얼한 뺨을 감싸쥔 순돌이는 어디 갈 데까지 가보자는 오기가 발동한 듯 그의 주특기인 물고 늘어지기를 예고했다.

"흥, 약자에 강하고 강자에 약한 졸렬한 놈! 여기가 너의 관할구역이야? 뭐하고 처자빠져 있다가 도둑까지 맞고 그래? 오배 어른의 얼굴을 봐서 대충 '어른'이라고 불러주니 정말 대단한 줄 아는 모양이지? 내 발톱에 낀 때보다 못한 것이! 비켜! 난 바빠서 가봐야겠어."

그 말에 더욱 화가 나 눈이 뒤집힌 나모는 입에 게거품을 물고 바락바락 악을 써댔다.

"요놈 봐라! 아주 죽여달라고 간청을 하는구만. 내가 누구라고 감히!"

이같이 욕을 하며 나모는 또다시 퍽! 퍽! 소리나게 순돌이의 뺨을 후려갈겼다. 그리고는 탁자 위에 놓여 있는 열쇠를 가져다 궤마다 열어보기 시작했다.

이대론 안되겠다고 판단한 순돌이는 갑자기 땅바닥에 주저앉아 울고불며 마구 소란을 피워댔다.

"여기는 조 어른의 관할 구역이야. 주제 파악도 못하고 어딜 감히 뒤지고 그래!"

그럼에도 나모는 순돌이의 넋두리에 가까운 거친 말들을 아예 무시한 듯 여기저기 뒤지기에만 혈안이 돼 있었다. 이대로 방치해 두면 곧 들통 날 것 같은 불안감에 휩싸인 순돌이는 갑자기 묘안이 떠오른 듯 두 눈을 반짝이더니 땅바닥에서 일어나 쏜살같이 달려가 나모의 손에 들려 있던 열쇠를 빼앗아 달아났다.

깜짝 놀란 나모가 무슨 영문인지 몰라 어정쩡한 표정을 짓는 사이 순돌이는 저쪽 한켠에 세워져 있던 어차고(御茶庫)의 문을 잠궈 버렸다. 그리고 밖으로 뛰쳐나가 뜀박질을 하며 고래고래 소리를 지르기 시작했다.

"청나라 역사에 길이 남을 일이 발생하였으니 여러분들 빨리 모이세요. 나모 대인이 마마의 어차고(御茶庫)를 발칵 뒤집어 놓았단 말이에요! 황가야, 누가 돼졌어? 빨리 가서 조 어른을 불러오지 않고 뭐해!"

음식을 먹고 있던 건청문의 시위들과 식후 마땅히 할 일 없이 무료한 하품을 해대던 태감들은 갑자기 울음소리 비슷하면서도 분노 섞인 욕설을 곁들인 이같은 목소리에 궁금해 하며 하나둘씩 모여들기 시작했다.

나모는 순돌이가 이렇게 나올 줄은 꿈에도 몰랐는지라 일순 당황하며 급히 달려와 문을 힘껏 밀었다. 그러나 굳게 닫긴 철문은 나모의 발악적인 괴력에도 좀체 움직일 기미를 보이지 않았다. 꼼짝없이 안에 갇혀버린 것이었다.

자신이 어차고를 뒤진 사실이 외부에 알려지면 결과는 상상할 수조차 없다는 것을 잘 알고 있는 나모였다. 그래서 당황한 나머지 사건을 은폐해 보려고 차궤의 문을 잠그려 들었다.

하지만 설상가상으로 자물쇠들이 전부 네덜란드에서 들여온 박래품이었기에 열고 잠글 때 열쇠가 없이는 안되게끔 돼 있었다. 열쇠는 순돌이가 가지고 가버렸으니 더 이상 방법이 없었다. 게다가 문 틈에 손가락이 끼이는 낭패까지 본 나모는 몰골이 말이 아니었다. 손가락이 떨어져 나가는 아픔에 오만상을 찌푸리고 이를 악물고 발을 구르기도 하며 불난 집에서 간신히 빠져나온 쥐처럼 갈팡질팡하고 있었다. 그러다가 멀리서 귀한 손님이 황제에게 선물한 아직 개봉도 하지 않은 차 단지를 팔꿈치로 건드려 깨뜨리는 사고까지 겹쳤다. "펑!" 하고 요란한 소리와 함께 차는 산지사방으로 흩어졌고 박살난 단지 조각과 함께 어차고 안은 그야말로 아수라장을 방불케 했다. 밖에서 귀를 세우고 있던 사람들은 안에서 들려오는 이같은 소리에 무슨 큰 사고라도 난 듯한 표정으로 서로를 번갈아보며 놀라워 했다.

안팎으로 이같이 우왕좌왕하고 있을 무렵, 갑자기 귀에 익은 위엄있는 목소리가 들려왔다.

"뭣들 하는 거야, 본데없이 소리나 질러대고. 항상 체통을 지켜야 할 사람들이!"

주위가 '뚝' 조용해지고 한결같이 머리를 돌려보니 아니나다를까 양심전의 총관태감(總管太監) 장만강이 화난 얼굴을 하고 서 있었다. 몰려 서 있던 사람들이 한켠으로 물러서며 길을 내주자 순돌이가 장만강 앞으로 뛰쳐나가 눈물 콧물 섞으며 하소연을 했다.

"장 태감님, 보시다시피 황궁에 이런 기괴망측한 일이 발생하였으니 황실의 위상에 먹물을 칠한 게 아니옵니까?"

이같이 말하며 순돌이는 한바탕 난리법석을 피워 뒤죽박죽이 돼 있을 어차고의 문을 활짝 열어 젖혔다.

안에 있는 나모의 몰골은 그야말로 가관이었다. 차궤의 크고 작은 문짝들은 다 열어젖혀져 있었고 땅바닥에는 차 꾸러미들이 여기저기 짓밟힌 채로 널려 있었다. 한켠에서 손가락을 감싸쥐고 아프다는 듯 이를 악물고 있는 나모가 초라한 몰골로 어깻죽지를 늘어뜨리고 쭈그리고 앉아 있었다.

문이 활짝 열리는 순간 순돌이를 발견한 나모가 잠깐 다리쉼을 한 고양이처럼 순돌이에게로 잽싸게 덤벼들더니 순돌이의 멱살을 치켜들어 목을 조이려고 했다. 바로 이때 장만강이 성큼 나서며 큰소리로 제지했다.

"무슨 짓이오! 말로 해, 말로. 이게 도대체 어찌 된 일인가?"

그러나 나모는 장만강을 보고 가소롭다는 듯이 피식 웃어보이더니 곧 이맛살을 찌푸리며 악에 받혀 욕설을 해댔다.

"가재는 게 편이라더니, 이 놈 편을 들고 나서는 당신도 뒈지고 싶지 않으면 알아서 잘하라구. 눈깔이 헤까닥 뒤집혀서 뭐가 잘 안 보이나?"

이처럼 장만강을 모독하며 뭔가 할 말이 남은 듯 입을 열려는 순간 뒤에서 소마라고가 나타났다. 강희를 바래다 주고 돌아가는 길에 와자지껄 하는 소리를 듣고 여기까지 오게 된 소마라고였다. 사태를 파악한 그녀가 독기어린 눈으로 매섭게 쏘아보자 나모는 맥없이 마른침을 꿀꺽 삼키며 소마라고의 시선을 피한 채 순돌이를 놓아주었다.

한편 혜성처럼 나타난 소마라고를 발견한 순돌이는 희색이 만면에 넘쳐 흘렀다. 나모의 손아귀에서 놓여나자마자 눈물을 쓱 훔치며 소마라고 앞에 꿇어앉으며 말했다.

"소마 누나, 나모 경호가 나더러 어주방의 물건을 훔쳤다고 누명

을 뒤집어 씌운 거예요. 자기가 함부로 들어와 수색을 하며 이 난
리법석을 피워놓은 걸 보세요!"

소마라고는 전혀 흐트러짐없는 표정으로 천천히 입을 열어 물었
다.

"뭐가 없어졌는데?"

"저도 모르겠어요. 저 사람한테 물어보세요!"

순돌이가 나모를 손가락으로 가리켰다. 그러자 나모가 얼굴이
검으락푸르락하며 말했다.

"귀한 자기(瓷器) 찻잔을 훔쳤소!"

"얘가 훔치는 걸 본 사람 있어요?"

소마라고가 나모를 노려보며 물었다.

"저요."

한켠에 서 있던 아삼이 아부를 떨며 말했다.

"직접 이 눈으로 똑똑히 봤어요!"

"없어진 물건은 어주방의 물건이야. 너는 어주방에서 일하는 사
람이면서 왜 그 순간에 잡지 않고 인제야 무슨 할 말이 있어 입을
쳐들고 난리야? 장만강, 어서 조병정에게 알려 이 자를 없애버리
도록 해요!"

그리고는 머리를 돌려 나모에게 말했다.

"당신 뭐하는 사람이오? 아무리 물증, 심증이 구비됐다 하더라도
마음대로 황제의 물건에 손을 대서야 되겠소? 개도 주인보고 때리
는 거요. 왜? 우리 주인이 우습게 보이나? 가 봐. 내일 잘잘못을 확
실히 밝혀낼 테니."

"그래도 자기 찻잔이 있나 없나는 지금 당장 찾아볼 수 있지 않
소!"

나모가 화가 나서 창백해진 얼굴로 이같이 말했다. 심증과 물증이 다 있는 사건인데 다 된 밥에 코를 빠뜨리다니! 나모는 도저히 이대론 오늘을 버틸 수가 없을 만큼 억울하고 분했다. 한참 후에 나모는 한마디 덧붙였다.

"그 찻잔도 황제 마마가 사용하시는 것인데, 훔쳐간 자가 도리어 활개치고 다녀서야 되겠소?"

"그래 좋아!"

소마라고가 웃으며 말했다.

"이 일은 내가 처리하도록 하지. 당신 말대로 정말 순돌이가 훔쳤다면 엄벌에 처할 테니 안심하게나!"

말을 마친 소마라고는 즉각 어차고로 들어오더니 차궤마다 샅샅이 뒤지기 시작했다. 순간 순돌이의 가슴은 세차게 돌방망이질치기 시작했다.

소마라고는 꼼꼼하게 모든 찻잔들을 꺼내어 하나하나 들고 살펴보고는 제자리에 놓았다. 마지막 차궤를 열어 살피던 소마라고는 대뜸 한구석에 놓여 있는, 개미날개가 그려진 어용(御用) 자기 그릇에 눈길이 갔다. 순돌이가 훔쳐온 게 틀림없다는 증거였다. 이때 순돌이는 얼굴빛이 거의 사색이 되어 모든 것을 각오한 듯 멍하니 서 있기만 했다.

그러나 소마라고는 한참 생각에 잠기는 듯 하더니 가볍게 머리를 흔들어 보였다. 그리고는 차궤 안으로 손을 깊게 집어넣어 손바닥으로 쓸어보고 이내 손을 빼내어 비비더니 욕설을 퍼부었다.

"이 먼지 좀 봐, 세상에! 너, 뭐하는 사람이야!"

순돌이는 머리를 가슴께까지 숙이고 진땀을 흘리며 불호령이 떨어질 때를 기다리고 있었다. 그런데 고작 한다는 소리가 "먼지가 많다"일 줄은 꿈에도 몰랐다. 순돌이는 살아났다는 기쁨에 다급히 다가가 머리를 조아리며 말했다.

"소마 누나 말씀이 천만 지당합니다. 내일은 꼭 깨끗하게 정리하겠습니다!"

말은 이렇게 하면서도 순돌이는 소마라고가 짐짓 모르쇠를 놓는 속마음을 모르겠다는 듯 머리를 갸우뚱했다.

또 다른 곳도 형식적으로 돌아보고 난 소마라고는 나오면서 말했다.

"전부 다 찾아봤는데 없어. 그리고 자네, 시위들도 각별히 신경을 써야겠어. 무슨 이상한 기미만 보이면 즉시 나한테 알리게!"

말을 마친 소마라고는 곧 가벼운 걸음걸이로 저만치 사라졌다.

한편 손전신은 근무를 마치고 사람들이 술렁거리는 틈을 타 몰래 궁 밖으로 나왔다. 평소에 사람 좋기로 소문난 손전신은 원한을 산 사람이 전혀 없는지라 누굴 만나든지 허허 하고 웃으며 인사를 나누었다. 이 날도 경운문(景運門) 시위들과 야한 농담을 해가며 아무런 의심도 받지 않고 경운문을 나선 손전신은 위동정의 집으로 향하며 짙은 의문에 사로잡혔다.

'마마의 총애를 한몸에 받는 위동정이 무슨 일로 갑자기 이 밤에 날 보자는 걸까? 말로는 몇몇 지체 높은 귀인들도 함께 만난다는데 내가 여기서 일하며 아직 못 만나본 귀인이 있나?'

이처럼 속으로 중얼거리며 손전신은 발걸음을 재우쳤다.

호방교를 건너 작은 골목을 빠져나오니 미궁에라도 들어선 듯 민가들이 오밀조밀하게 들어앉아 있었다. 다들 비슷비슷해 보이는 골목길들이 하도 많아서 전에 순찰대에 있으면서 이 일대를 주관

하지 않았더라면 한바탕 헤맬 뻔 했다. 밤길이지만 기억을 더듬어 위동정의 집 골목을 찾아낸 손전신은 숨이 헉헉 막히게 불어닥치는 찬바람을 맞으며 걸어갔다. 벌써 먼발치에서는 두 사람이 초롱불을 들고 기다리고 서 있다가 손전신을 발견하곤 목소리를 낮춰가며 물었다.

"손 어른이시죠?"

손전신은 그렇노라고 대답하며 발걸음을 재우쳐 다가갔다. 가까이 가보니 나이가 든 하인과 전에 궁 안에서 많이 본 듯한 얼굴이지만 이름이 전혀 생각나지 않는 젊은 하인이 기다리고 있었다. 손전신은 웃으며 말했다.

"이 길은 내가 그나마 잘 아는 길이라 괜찮은데 두 사람 여기서 기다리느라 고생했구만."

그러자 늙은 하인이 웃으며 말했다.

"천만의 말씀이옵니다. 귀한 손님이 오시는데 마중나오는 거야 당연한 일이죠."

그러나 대문 안에 들어서니 주인 위동정은 보이지 않고 건장하고 기운이 세 보이는 대여섯 명의 남자들이 앉아 있었다. 그 가운데서 무즈쉬와 노새는 지난번 오배와 무예를 겨루는 자리에서 봤는지라 안면이 있었다. 손전신은 사람 좋게 웃으며 두 손을 맞잡아 인사를 하고 말했다.

"두 분 그간 별일 없구요? 이렇게 만나니 무척 반갑네요!"

그러자 밖으로 마중나갔던 넷째가 웃으면서 말했다.

"문앞까지 마중 나간 이 넷째는 몰라보시고 아, 이 억울함!"

그의 농담에 사람들이 웃었다. 그제야 손전신은 문득 생각났다는 듯 사과하며 또다시 물었다.

"다른 사람은 이젠 다 알겠는데 이 연세 드신 분과 나머지 두 분은 오늘 처음 뵙네요."

그러자 명주가 시원스레 웃으며 말했다.

"손 어른, 소인은 명주라고 하옵니다. 지난번 오배와 겨룰 때 옆에서 구경만 했었기에 손 어른께서 절 기억하지 못하시는 것 같사옵니다. 그리고 이 분은 한때 강호(江湖)를 주름잡던 철나한 사용표 대협이옵고요, 옆에 앉은 이 사람은 지금 오배네 집에서 일하는 류화라고 하는 사람이옵니다."

류화의 신분을 들은 손전신은 속으로 이상하다고 느꼈으나 겉으론 아무렇지도 않게 웃으며 말했다.

"반갑네요. 근데 이 집에는 왜 손님만 있고 주인은 없나요?"

그러자 늙은 하인이 허리를 굽신거리며 대답했다.

"위 어른은 지금 뒷방에서 귀한 손님을 맞고 있으니 잠시만 기다려 주시옵소서."

늙은 하인의 말이 끝나기 바쁘게 위동정이 홀연히 나타나더니 환한 미소를 지으며 좌중을 향해 입을 열었다.

"친구들을 불러놓고 기다리게 해서 죄스럽네요. 결례를 용서해 주시기 바랍니다. 여러분 좀 일어서셔야겠어요. 마마께서 행차하셨어요!"

순간 자리에 앉은 사람들은 된방망이에라도 얻어맞은 듯 기절초풍할 듯 놀라며 한껏 놀란 표정으로 서로를 번갈아보며 입을 다물지 못했다. 동시에 황급히 자리에서 일어섰다. 특히 류화는 누구보다 마음을 졸이며 부들부들 떨더니 소맷자락으로 젓가락과 술잔을 떨어뜨려 깨는 실수까지 저질렀다.

때를 같이 하여 손에 부채를 들고 비단옷으로 편하게 차려입고 가벼운 신발을 신은 멋진 소년이 활짝 웃으며 조용히 나타났다. 소년의 등 뒤에는 웅사이와 소어투가 양옆에 바싹 붙어 있었고, 그 둘 역시 사복차림이었다. 유독 낭심만이 허리에 보도를 차고 부리부리한 눈매로 좌중을 주시하며 경호를 서고 있었다.

자리에 있던 사람들 중 사용표와 류화는 황제를 만나뵌 적이 없었다. 하지만 너무나 뜻밖의 일이라 이들 뿐 아니라 다른 사람들도 긴장한 기색이 역력했다. 위동정이 말한 귀인이 바로 천자일 줄은 상상도 못한 이들은 한껏 숨을 죽인 채 꼼짝도 않고 서 있었다. 드디어 손전신이 강희를 발견한 찰나, "마마!" 하는 외마디 소리와 함께 땅에 엎드려 머리를 조아리며 외쳤다.

"만세!"

그러자 나머지 사람들도 일제히 땅에 엎드렸다.

강희는 미소띤 얼굴로 잠시 물끄러미 바라보더니 빠른 걸음으로 다가가 지위고하를 막론하고 일일이 일으켜 세우며 웃음을 지어 보였다.

"산책을 하다가 어느새 여기까지 온 김에 들렀으니 여러분들도 부담 갖지 말게."

이같이 말하며 의도적으로 류화 앞으로 다가간 강희가 다정한 음성으로 물었다.

"류화라고 했나?"

류화는 긴장과 격동으로 벌겋게 달아오른 얼굴을 하고 머리가 부서져라 땅바닥에 조아리며 떨리는 목소리로 대답했다.

"노비 류화가 마마의 만세안강(萬世安康)을 기원하옵니다!"

그러자 강희가 다가가더니 류화를 일으켜 세우며 웃으며 말했다.

"위군이 그러는데 자네 주량이 대단하다며! 오늘 저녁 맘껏 마셔 보세."

이같이 말하고 돌아선 강희는 이번에는 사용표에게 물었다.

"사(史) 영웅은 그래 건강하시고?"

사용표는 긴장한 듯 머리를 조아리며 할 말을 쉬이 찾지 못하고 쩔쩔맸다.

한바탕 소란 아닌 소란을 피우고 난 이들은 이번에는 급히 자리를 잡고 앉느라 법석이었다. 그러자 강희가 웃으며 말했다.

"너무 어색하게 격식을 차리고 할 필요는 없네! 오늘 저녁은 위군이 초대한 자리니까 나도 자네들과 마찬가지로 얻어먹는 입장이오."

이같이 말한 강희는 곧 자리에 앉으며 여전히 굳어있는 사람들을 둘러보며 덧붙였다.

"여러분들도 그만 앉게. 계속 이렇게 서먹서먹하게 굴면 날더러 나가라는 소리로 받아들이겠네."

그제야 사람들은 허리를 곧게 펴고 강희의 반대 방향으로 몸을 살짝 비틀고 앉았다.

분위기로 보아 손전신은 강희의 속내를 어느 정도 짐작할 수는 있을 것 같았다. 단지 강희가 입을 열지 않으면 다른 사람도 감히 말을 할 수가 없고, 군신동석(君臣同席)하니 아무리 좋은 술일지라도 제대로 술술 넘어갈 수가 없는 게 문제였다.

류화는 감동의 물결에 휩싸여 두둥실 흰구름 타고 어디론가 둥둥 떠다니는 기분이었다. 내무부에서도 일한 적이 있고, 지금은 오배네 집에서 일하고 있는 그였다. 특히 오배네 집에 있는 4년 동안, 오배와 수없이 마주쳤어도 언제 한번 사람대접을 받은 적이 없었다. 그때는 서운하다는 생각 같은 건 사치로 여겨왔는데, 오늘 이 나라의 군주가 자신을 사람취급 해주자 류화는 가슴이 설레고 감동이 밀물처럼 몰려오지 않을 수 없었다. 그는 감정을 주체하지 못하고 일어서서 두 손을 얼굴 앞으로 들고 허리를 공손히 구부렸다 펴면서 강희에게 말씀을 올렸다.

"마마, 무식하고 거친 노비이지만 의리에 살고 의리에 죽는 충효 지상주의자이옵니다! 마마께서 노비를 사람취급 해주시는 이 은혜 뼈가 부서져 가루가 되는 한이 있더라도, 머리카락을 죄다 뽑아 짚신을 삼아드릴 각오로 보답하겠나이다. 정말 성은이 망극하옵니다!"

"그런데 오늘 저녁에는 자네를 써 먹을 곳이 없네."

강희가 알겠다는 듯이 머리를 끄덕이며 웃으며 이같이 말했다.

"나중에 필요하면 부르겠네. 오늘 저녁에는 이런 얘기는 접어두고 격의없이 술이나 흐드러지게 마셔 보세!"

이같이 말하며 강희는 머리를 돌려 명주를 바라보며 미소띤 얼굴로 말했다.

"괜찮겠지?"

명주는 강희가 갑자기 자신에게 물어오자 어쩔 줄 모르며 황급히 대답했다.

"네, 마마!"

약삭빠르고 눈치빠른 명주는 웃어보이며 한마디 덧붙였다.

"위동정이 잘 부르는 노래가 한 곡조 있는데 마마께서 들어보시는 게 어떨까 하옵니다."

"그럼 들어야지."

강희가 웃으며 흔쾌히 대답했다.

"위군이 그러는데 자네도 실력이 만만치는 않다던데, 어디 같이 한번 불러보게!"

명주는 급히 몸을 일으켜 한켠에 놓여 있던 거문고를 가져왔다. 그리고는 강희를 향해 쑥스럽게 웃어보이며 손가락으로 가볍게 거문고를 튕기며 노래를 부르기 시작했다.

청운(靑雲)을 가르고 천국에 오르는 신선이 된 기분이네.
구름 한 점 없는 창공에서 하늘의 소리가 도란도란 들려오네.
힘찬 용틀임과 함께 메마른 대지에 단비가 촉촉히 내리네
……
백화만발한 꽃밭에서 거문고 소리에 귀 기울이니
술잔마다 넘치는 성은(聖恩) 마시기도 전에 흠뻑 취하누나.

거문고의 여운이 실내에 옅게 퍼지고 사람들은 넋이 나간 채 노래가 끝난 줄도 모르고 조용히 사색에 잠겨 있었다. 얼굴은 하나같이 평화로웠고 분위기는 서서히 무르익어가고 있었다. 한참 후에 강희가 천천히 입을 열었다.

"좋긴 좋은데 너무 군주를 미화하는 것 같아서 좀 부자연스럽네. 즉위한 지 칠 년이 되도록 자네들의 칭송을 받을 만큼 잘해 놓은 것도 없는데, 이런 노랫말이 참으로 부담스럽네. 겉으론 평화로워 보이지만 안팎으로 많이 불안한 시국에서 죄없는 백성들만 고통을 더해가니 나름대로 대수술을 시도해 보려고 해도 여의치가 않고 웬만큼 좋은 말로 구슬려서는 먹히지도 않으니 정말 나로서는 먹은 게 살로 가지 않고 누워도 잠을 청할 수가 없네. 선조들에게 정말 면목이 없네. 그러니 이런 노랫말은 귀에 들리지도 않네."

군주를 칭송하는 노래를 불러 강희의 기분을 북돋워주려던 취지와는 다르게 강희가 이런 애기를 꺼내자 사람들은 의외라는 표정을 보였다. 이때 웅사이가 앞으로 나서며 말했다.

"마마께서는 인자하시고 후덕하신 인품이 밑바탕에 다분히 깔려 있사오니 조만간에 우리 대청(大淸) 제국이 태평성세를 이룩하여 마마께서도 큰뜻을 펴고 위업을 이루실 태평천자가 될 것이옵니다. 오늘 이런 노랫말을 듣기 거북해하시는 것은 우리 대신들로 하여금 백성들의 질고(疾苦)를 항상 염두에 두고 자나 깨나 고기 먹을 때나 술 마실 때나 더 힘찬 도약을 기원하고 매진하라는 크나큰 격려로 받아들이고 마마의 손발과 팔다리가 되어 목숨을 바치겠나이다."

웅사이의 말은 너무나 사람들의 마음에 와 닿았다. 자신들의 마음을 대변한 웅사이의 이같은 말에 사람들은 눈시울을 붉히며 머리를 숙였다.

25. 슬픈 연인

순돌이는 언뜻 믿기지 않는 일이라 의혹을 품었다. 연신 머리를 갸우뚱하며 떨리는 마음으로 장만강을 따라 나섰다. 소마라고한테 가는 것이었다.

방금 사람들이 흩어진 후 몰래 들어와 찻잔들을 살펴보았을 때 자신이 훔쳐온 그릇은 그대로 있었다. 다만 소마라고에 의해 잘 안보이도록 다른 찻잔으로 가리워져 있었을 뿐이었다. 그건 소마라고가 그 찻잔을 분명히 보았다는 충분한 증거였다. 그렇다면 황제의 총애를 한몸에 받고 있는 소마라고가 무엇 때문에 그것을 눈 감아주고 자신을 보호해 주었을까? 순돌이는 궁금증에 목이 바싹 바싹 타들어갔다.

소마라고와 나모는 숙적 사이라 조금 전에 벌어졌던 사건의 진실 여부와는 무관하게 다짜고짜 아삼과 나모를 몰아붙인 소마라고가 순돌이가 그릇을 훔쳤다는 사실이 드러나면 자신도 누워서

침 뱉는 꼴이 될까 봐 일부러 모른 척했다고 그는 나름대로 생각
했다. 그제야 순돌이는 장만강이 눈치챌세라 조용히 한숨을 내쉬
었다. 그러나 장만강은 다른 생각에 잠긴 듯 표정이 굳어 있었다.

소마라고는 양심전의 동각(東閣) 곁방에서 기다리고 있었다. 순
돌이는 이렇게 번쩍거리고 눈이 확 벌어지는 궁궐 안으로는 처음
들어와 보는지라 기가 한풀 꺾였다. 처음 보는 굵은 향초가 여기
저기서 타오르고 있었고 그 사이로 소마라고가 앉아서 차를 마시
고 있었다. 순돌이는 황급히 달려가 무릎을 꿇으며 간절한 어투로
말했다.

"죽을 죄를 지었어요. 누나의 기품과 아량으로 한번만 용서해 주
세요!"

순돌이는 통사정을 했다.

"그거야 쉽지."

소마라고는 태연하게 이같이 말하며 차를 홀짝거리며 천천히 입
을 열어 물었다.

"묻겠는데, 네가 그 그릇은 왜 필요하니?"

"제 생각에는……."

순돌이는 이같이 얼버무리더니 갑자기 웃으며 말했다.

"고것이 하도 예뻐서 가져다 가까이에 두고 며칠만 보다가 도로
갖다 놓으려고 했어요. 그런데 그만 도적으로 몰려서 누나가 아니
었으면 경을 치를 뻔 했다는 거 아니겠어요?"

소마라고는 자기가 일을 저질러 놓고는 말끝마다 자신을 거명하
는 순돌이가 괘씸하기도 하고 그 뻔한 속셈이 우습기도 한 듯 냉
소하며 한마디 던졌다.

"넌 무슨 애가 그렇게 되바라졌냐? 내가 마음 약해서 널 어떻게

못할 줄로 알고 있다면 오산이야, 너! 알겠어?"

순돌이는 재빨리 눈알을 한바퀴 휙 돌리더니 억지로 웃음을 지어내며 말했다.

"제가 아무리 천방지축이고 무서운 구석이 없다고 해도 그렇지 어찌 소마라고 누나를 안 무서워 하겠어요! 정말로 한번만 보고 제자리에 갖다 놓으려던 참이었어요. 믿어주세요, 네?"

"장만강!"

순돌이의 말이 끝나기도 전에 소마라고가 큰소리로 장만강을 불렀다.

"경사방으로 끌고 가 조병정에게 맡겨버려요. 언제까지 허튼 소리로 일관하는지 두고 보게!"

"아, 아니에요. 그…… 그러면 안돼요……, 사실대로 말할게요……."

그제야 당황해진 순돌이가 먹이를 쪼아 먹는 닭처럼 요란스레 머리를 땅바닥에 조아리며 울먹였다.

"소인이 탐욕이 지나쳐 그걸 가져다 팔아서 빚을 좀 갚으려고……."

머리를 들어 바라본 소마라고가 여전히 별로 믿기지 않는 표정을 보이자 순돌이는 곧 덧붙였다.

"…… 엄마가 눈이 멀었어요. 약 살 돈이 없어 궁하던 차에 소인이 설상가상으로 이런 짓까지 저질렀으니!"

설움에 북받친 순돌이는 옷자락을 들어 눈물을 훔쳤다.

"소마 누나께서 정 용서 못하시겠다면 저도 죄값을 치르는 수밖에 없겠죠. 워낙에 천한 놈이 아무렇게나 뒈진들 누구 하나 눈 깜짝할 사람 있겠나요. 불쌍한 우리 엄마를 홀로 남겨두는 게 걸려서 그렇지……."

여기까지 말한 순돌이는 목이 막혀 더이상 말을 잇지 못하고 엉엉 울었다.

"너도 참, 똑똑한 애인 줄 알았더니 영 아니네. 그런 일이었으면 진작에 솔직히 말하는 게 백번 나았잖아!"

소마라고는 순돌이의 말이 사실 여부를 떠나 부처님의 자비를 신봉하는 불자의 입장에서 순돌이의 처지를 새삼 가슴 아프게 생각했다. 그리고는 얼굴에 미소를 띠며 부드럽게 말했다.

"어려운 일이 있으면 위 어른을 찾아가지 그랬어. 설마 외면할까?"

"위 어른이 이제껏 많이 도와주셨어요."

순돌이가 울먹이며 말했다.

"벼룩도 낯짝이 있다고 매번 손 벌릴 체면이 없어서요."

"예 있다!"

소마라고가 서랍에서 은전 주머니를 꺼내 순돌이에게 던져 주며 말했다.

"이걸 가져다 어머니 약 지어 드려. 효자라니 갸륵하긴 하다! 듣자니 도박판에도 자주 드나든다던데 이번만은 안돼!"

최악의 경우를 대비하고 있던 순돌이는 소마라고의 태도가 이토록 돌변할 줄은 몰랐다. 그는 돈주머니를 받아들고 멍하니 서 있더니 한참만에야 제정신이 돌아온 듯 쓰러지듯 꿇어앉으며 하소연했다.

"소인도 엄마의 약값 때문에 등 떠밀려 어쩔 수 없이 도박을 하게 되었어요. 달마다 받는 월급으론 턱없이 부족했어요. 그렇다고 따로 돈 나올 구멍은 없고 가끔씩 돈 따는 재미에 다니다 보니 이번에는 그만 단 몇 시간만에 엄마의 약값으로 준비해 둔 돈을 다 날리고 말았지 뭐예요. 누나가 이렇게 베풀어 주시는데 제가 아무려면 이 돈으로 또 도박을 하면 사람도 아니죠."

"안됐다."

소마라고는 눈물로 호소하는 순돌이의 효심에 완전히 감화된 듯 가벼운 한숨과 함께 말을 이었다.

"누구나 다 한두 가지씩 어려운 점은 있단다. 슬기롭게 헤쳐나가는 게 중요하지. 월급은 내 맘대로 올리는 게 아니니까 나중에라도 꼭 돈이 필요하면 누나를 찾아오렴. 효심엔 무조건 약한 내 약점을 노린 건 아니라고 굳게 믿는다."

순돌이는 새옹지마(塞翁之馬)의 이야기를 순간적으로 떠올리며 기분이 좋아 날아갈 듯했다. 그는 눈물을 흩뿌리며 연신 머리를 조아렸다.

"나에게 이토록 베풀어 주시며 뭐 따로 바라는 게 있을 리는 없으니 이제부터 이모라고 부르고 싶어요!"

소마라고는 말없이 웃으며 머리를 끄덕였다. 옆에서 지켜보던 장만강은 무슨 말을 꺼내기가 무서운 순돌이를 바라보며 웃어버리고 말았다.

"호박이 넝쿨째로 굴러들어왔네. 내가 불러왔기에 이런 좋은 일도 있는 줄 알아. 나한테도 고맙다고 안해?"

그러자 순돌이가 눈물어린 얼굴로 피식 웃어보이며 말했다.

"머리 조아리는 재주밖엔 없으니 이것으로써 고마움을 표할게요!"

이같이 말하며 순돌이는 꿇어앉아 머리를 조아렸다. 그 모습을 지켜보던 소마라고와 장만강은 말없이 마주보며 웃었다.

소마라고에게 인사를 하고 양심전 입구까지 나온 순돌이는 마주 걸어오는 강희를 발견하곤 재빨리 비켜서서 두 손을 맞잡고 머리를 숙인 채 강희가 지나가기를 기다렸다. 강희가 지나가자 그제야 순돌이는 어차고로 살짝 숨어들어 그 도자기 찻잔을 제자리에 갖다 놓았다.

한편 소마라고는 자리에서 일어나 강희를 맞으러 나왔다. 강희가 기분좋게 웃으며 성큼 들어서며 말했다.

"오늘 자네한테 좀 미안하네. 좋은 노래를 혼자만 듣고 왔으니 말이네!"

그러자 소마라고가 웃으며 말했다.

"노비가 언감생심 마마와 같은 대접을 받아서야 되겠나이까? 그런데 무슨 노래인데요?"

"가만 있어 보게. 내가 외운 가사를 들려줄 테니!"

강희는 놀라운 기억력을 과시하기라도 하듯 소마라고 앞에서 으시대며 노랫말을 외웠다.

잠자코 듣고만 있던 소마라고가 침묵을 깨고 입을 열었다.

"그 손전신이란 사람 어떤지 모르겠네요?"

"다들 한결같이 충성심을 표하더라구."

강희가 흥분에 겨워 말했다.

"나도 이들이 이토록 마음이 일치할 줄은 몰랐소. 그런데 얼굴 맞대고 얘기 할려니까 좀 어색해서 나머지는 소어투가 알아서 처리하도록 할 작정이요. 그리고 오늘 저녁 류화라는 사람이 왔는데, 오배 밑에서 일한다고 하더라구. 나도 잘은 모르겠지만 위군이 어련히 알아서 하지 않을라구."

소마라고는 처음엔 이렇다 할 반응이 없더니 갑자기 웃음을 터뜨리며 말했다.

"마마께서 오늘 저녁 시도 읊으시고 술도 드시고 재밌게 놀다 오셨는데 그 사이 궁안에서는 무슨 일이 일어났었는지 전혀 모르시겠네요?"

강희가 놀랍다는 듯이 웃으며 물었다.

"무슨 일인데 이렇게 기분이 좋아?"

"어차방의 어린 태감 중에 순돌이라고 있는데, 방금 마마께서 길에서 만난 애 말이에요. 오늘 나모를 혼내줬는 걸요."

소마라고는 웃으며 손짓발짓을 다 동원해서 방금 있었던 일을 강희에게 설명해 주었다. 그러자 강희도 발까지 구르며 크게 웃더니 말했다.

"잘했네. 잘했어. 도둑질한 애를 죄를 묻기는 커녕 돈 주고 팔자에도 없는 이모까지 되고 말이야!"

두 사람은 궁안이 떠나가라 깔깔 웃으며 시간 가는 줄도 모르고 재미나게 이야기를 나누었다. 한참 후에 소마라고는 강희의 잠자리 시중을 들었다.

한편 류금표는 반부얼싼의 명을 받고 가흥루 일대에서 명주를 노린 지가 한 달은 넘었다. 하계주를 납치하는 날에 재수없이 길에서 위동정네와 맞딱뜨려 결국에는 노새에게 한쪽 눈알을 파먹히는 수난을 당하고부터 류금표는 누가 시키지 않아도 매일 부하들을 거느리고 이 일대를 지키고 다녔다. 하계주나 명주 가운데 하나라도 먼저 붙잡아 자기가 당한 대로 고스란히 보복을 해주고 싶었던 것이다.

그런데 요즘따라 두 사람은 그림자조차 잡기 어려운 게 아닌가?

그다지 반갑지 않은 위동정만 자주 눈에 띄일 뿐이었다. 위동정은 어전시위인 데다가 걸어 다니는 경우가 드물었다. 대개 말을 타고 다니는 데다 직접 맞닥뜨려도 이길 자신이 별로 없었기에 그는 위동정에게 감히 범접할 생각조차 않고 있었다.

그러던 중 며칠 전에 내무부 황씨 집에서 술을 마시다가 가흥루의 비취가 요즘 어떤 서생 비슷한 사람과 죽고 못 살 정도로 붙어 다닌다는 소문을 들었다. 게다가 그 서생이 궁 안에서 황제 옆에 있는 것을 목격한 사람이 있다고까지 했다. 오차우가 됐든, 명주든, 무즈쉬든 누구 한 사람만 붙잡으면 공로를 기입해 준다고 반부얼쌴이 입버릇처럼 하던 말을 떠올린 류금표는 그 뒤로 눈에 불을 켜고 가흥루를 지켜왔던 것이다.

이날도 노을이 대지를 온통 벌겋게 물들이는 저녁이 다가오도록 아무런 소득도 없이 헛물을 켠 류금표는 실망을 금치 못하며 중얼거리듯 욕을 해댔다.

"황씨, 이 자식이 술 처먹고 허튼 소리 한 게 아냐? 아니면 왜 며칠새 쥐꼬리조차 안 잡히냐구!"

이렇게 투덜대며 목을 배배 틀던 류금표는 병든 황소눈같이 흐리멍텅한 눈을 감고 성한 한쪽 눈을 화등잔만하게 크게 떴다. 먼 발치에서 명주가 두루마기자락을 휘날리며 걸어오고 있었던 것이었다.

정말 꿈만 같았다. 류금표는 자신이 환각상태에 빠지지 않았나 의심스러워 손등으로 두 눈을 쓱쓱 문지르고 한쪽 눈에 힘을 있는 대로 주어가며 다시금 확인해 보았다.

핏기없이 흰 얼굴에 기름기가 번지르르한 머리채를 길게 땋아내린 서생은 틀림없는 명주였다. 드디어 걸렸다고 생각한 류금표는 만면에 웃음을 머금고 명주가 가흥루로 올라가길 기다렸다가 손짓으로 사람을 불러 명주를 잡아오도록 지시했다.

한편 계단을 올라온 명주는 바깥 풍경이 내려다보이는 창가에 자리를 잡고 앉았다. 그리고는 안쪽 자리에서 도란도란 들려오는 말소리에 귀를 기울였다. 자세히 들어보니 남자는 태의원 호궁산의 목소리 같았다.

"비취, 들었어? 도 닦는다고 까불며 산에 올라갔던 애들 말이야. 이제 얼마나 됐다고 외로워서 못 살겠다며 전부 환속한 거 있지? 북경으로 내려왔다는 소문도 있더라구!"

호궁산의 이같은 말에 비취가 눈을 곱게 흘기며 깍쟁이 같이 웃으며 말했다.

"자기가 환속하고 싶으면 혼자 할 거지 괜한 사람 끌어들여 한바탕 매도할 게 뭐 있어요?"

"아무튼 무슨 말을 못해요! 사실이 그렇다는 얘기지 내가 언제 환속하고 싶다고 했어? 환속은커녕 다시 산으로 들어가 은둔하고 싶은데!"

두 사람이 꽤나 중요해 보이는 얘기를 서슴없이 주고받으며 더없는 친밀함을 보이자 밖에서 귀기울여 듣고 있던 명주의 가슴은 질투로 들끓었다. 그러나 곧 마음을 다잡은 명주는 자조 섞인 어조로 궁시렁댔다.

"지지리도 못났어. 내가 돈을 좀 줘서 그녀가 가업을 이루는 데 도움은 됐어도 그렇다고 저 여자까지 사들인 건 아니잖아. 호궁산에게 웃어주면 안된다는 법도 없지 않는가?"

명주는 이같이 생각을 정리하며 계속 귀를 기울였다. 다시 비취의 목소리가 들려왔다.

"산으로 다시 들어간다구요? 왜요?"

"당초에 맘 먹은 일도 물 건너 갔고 미련없는 속세에 파묻혀 있느니 다시 산으로 들어가 도나 닦는 게 나을 것 같아서 그래. 자네도 나랑 같이 안 갈래?"

"돌았나봐!"

비취가 코방귀를 뀌며 이죽거렸다.

"뭐가 아쉬워서 내가 산으로 들어가요?"

여기까지 들은 명주는 큰소리로 웃으며 들어섰다.

"결과가 기대되는데? 한 사람은 도사가 되고 싶고 다른 한 사람은 한사코 따라가기 싫어하니 말일세."

호궁산과 비취는 누군가 밖에서 엿들으리라곤 전혀 생각도 못했으므로 명주가 언제 와서 어디까지 들었는지가 못내 궁금했다. 그러나 명주는 아무렇지도 않은 듯 낄낄 웃으며 말했다.

"북경성에서 누가 두 사람을 등 떠미는 사람이라도 있나? 왜 꼭 빚지고 야반도주하는 사람들처럼 도망가지 못해 안달이오?"

이같이 농담 반 진담 반으로 말하며 방으로 들어와 빈 자리에 털썩 엉덩이를 붙인 명주는 부채를 부산스레 부치며 두 사람을 지켜봤다.

비취가 차를 따라 명주에게 건네주며 웃으며 말했다.

"명주 어른, 날 까맣게 잊은 줄 알았어요. 뭐 하느라고 며칠째 얼굴도 안 내밀었어요?"

그러자 호궁산도 웃으며 말했다.

"우리 남매가 입산해야 명주 어른도 나중에 높은 자리에 올랐을 때 잡념을 떨치고 머리를 식히고 쉬어갈 수 있는 곳이라도 있을 게 아니오!"

호궁산의 말에 세 사람은 마주보며 웃었다.

얼마 안 지나 호궁산이 자리를 뜨려고 하자 비취는 그가 불편해서 그러는 줄 알기에 더 만류하지 않고 대문 앞까지 바래다 주고는 돌아와 웃으며 명주에게 말했다.

"오늘은 한가하나 보죠. 여기까지 다 놀러 오고?"

그러나 명주는 비취의 이같은 농담을 받을 생각은 않고 이맛살을 약간 찌푸리며 동문서답을 했다.

"보아하니 두 사람 사이가 이만저만이 아닌 것 같은데, 같이 입산하지 그러오?"

"저 사람은 그런 뜻을 내비치지만 난 아니에요! 남녀 사이가 어디 혼자만 좋아한다고 되나요?"

단호한 어투로 이같이 잘라 말한 비취는 생각에 잠긴 듯 멍하니 앉아 있는 명주의 이마를 손가락으로 살짝 밀어내며 말했다.

"왜? 질투하는 거야? 바보, 그 사람은 양오빠야!"

비취의 말은 듣는 둥 마는 둥 침묵하고 있던 명주가 못내 궁금한 듯 입을 열었다.

"태의원도 아무나 들어가는 자리가 아닌데 왜 그 양반은 갑자기 입산하려는 거요?"

"그러게요. 알다가도 모를 게 남자들의 속내라니깐요. 그릇에 차지 않아 재미가 없다는 뭐 그런 거 아니겠어요?"

비취가 웃으며 말했다.

"근데 두 사람은 어떻게 결의형제를 맺었지?"

"그건……."

비취가 웃음을 거두고 가벼운 한숨을 내쉬며 말했다.

"다 그런 게 있어요 그 사람은 나의 생명을 구해준 은인이야. 여자로서 좋아한다는 속내를 은근히 드러내긴 하지만 내가 아예 결의형제를 맺자고 했어. 몇 날 며칠을 새워도 다 말 못하니 다음에 시간있을 때 궁금증이 확 풀리게 해줄게요."

그러나 여전히 석연치 않아 하는 명주의 주의력을 다른 데로 분산시키기 위해 비취는 거문고를 들고 나오더니 명주에게 넘겨주며 말했다.

"반주 부탁할게요. 나한테 좋은 노랫말이 있는데 들려주고 싶어요."

"그래?"

명주가 기대된다는 듯 거문고를 잡아당기며 말했다. 이윽고 비취의 가느다랗고 우수에 잠긴 목소리가 실내에 구름 흩어지듯 퍼졌다.

신록이 움트고 백가지 꽃이 만발한데,
난간에 기댄 미인의 눈물 옷깃을 적시누나.
봄처녀의 사뿐사뿐 발걸음 소리를 들었는지
나비들의 꽃길 행진만 숨가쁘구나.

어디선가 많이 귀에 익은 시라 명주는 놀라움을 금치 못하며 물었다.

"노랫말이 낯설지가 않아. 누구의 시야?"

"나도 몰라요. 내가 그런 것까지 신경쓰게 생겼어요?"

이같이 애교 섞인 목소리로 퉁명스레 쏘아붙이던 비취는 노래를 부르려다 말고 머리를 갸우뚱하는 명주에게 물었다.

"왜 그래요?"

"아니, 어디서 들어본 것 같아서."

명주가 말했다.

"말도 안돼!"

비취가 웃으면서 말했다.

"그걸 어떻게 믿어?"

그러자 명주가 냉소하며 말했다.

"못 믿는다구? 모르긴 하지만 다음 구절은 이걸 거야. '제비는 봄이 되면 여전히 찾아오건만 작년에 피었던 나팔꽃은 왜 소식이 없나. 길 가던 사람 잡고 물으니 죽은사람 살아서 돌아오는 걸 봤나 하더라'. 어때? 틀림없지?"

순간 자신만만해 하던 비취는 얼굴이 창백해지더니 몸도 제대로 가누지 못하고 휘청거리며 의자에 쓰러지듯 몸을 맡기더니 물었다.

"다 알면서 뭘 그래?"

"알다니 뭘? 궁금하니까 묻는 거 아니야!"

비취는 명주의 물음에는 대답을 회피하며 다그쳐 물었다.

"이 시를 어디서 봤냐니까?"

처음엔 그냥 심심풀이로 받아들였던 명주는 갈수록 처량한 눈빛을 보이는 비취의 표정변화에서 직감적으로 이 속에 뭔가가 있다는 걸 느낄 수 있었다. 그는 입술을 부지런히 적시며 조급해하는 비취를 바라보며 웃으며 말했다.

"비취, 내가 누군데 이런 시구도 모르겠어?"

"우리 아빠의 시야!"

비취가 갑자기 표정이 무섭게 일그러지며 입을 앙다물고 소리를 질러댔다.

"당신이 황제의 시위라고 했지? 말해 봐, 우리 아빠를 어떻게 했는지? 말해 봐, 어서!"

비취는 마침내 자제력을 잃고 말았다. 얼굴이 창백해지고 안면 근육이 울퉁불퉁 치솟는가 하면 목소리도 표독스럽고 날카로와졌다. 마치 굶주린 호랑이처럼 으르렁대며 명주의 멱살을 거머쥔 비취는 이를 갈며 소리를 질렀다.

"세상이 날 요 모양 요 꼴로 만들었어도 당신만은 믿었어. 그래서 몸도 마음도 다 줬구. 근데 알고보니 너, 너, 나쁜 자식이었구나?"

언제 보아도 부드럽고 온순하던 애교만점의 여인이 갑자기 이토록 무섭게 변할 수 있다는 사실에 명주는 경악을 금치 못했다. 목숨이 붙어있는 한 명주는 이 순간의 무서운 기억을 영원히 지워버릴 수가 없을 것 같은 괴로움에 사로잡혔다.

바로 이때, 갑자기 아래층에서 한바탕 소란이 일어났다. 일꾼들과 하녀들이 놀라서 소리지르고 울고불고 그릇이 박살나는 등 아수라장이 따로없는 듯 난리법석이었다. 두 사람은 길게 생각할 것도 없이 문을 확 열어 젖혔다.

그러자 류금표가 사람들을 앞세우고 징그럽게 웃으며 입구에 나타났다. 순간 명주는 사태의 심각함을 느꼈다. 어느새 류금표는 안으로 들어와서 징글맞게 웃으며 말했다.

"웬일이야? 여기 계집들이 도도하기로 유명해 웬만해서는 술 손님 안 받는다던데 말이야! 하! 하! 하!……."

"이게 말 다했어? 그럼 내가 기생이란 말이야?"

비취가 발끈 화를 내며 이같이 말했다. 그렇지 않아도 방금 아버지 생각에 감정이 날카로워져 있던 차라 그녀는 히스테리를 보였던 것이다. 그러나 곧 이성을 천천히 찾아가는 듯한 비취가 입을 열었다.

"환한 대낮에 이게 뭐하는 짓이에요? 여기는 이래 봬도 있을 건 다 있고 지킬 건 다 지키는 품위있는 업소라구. 그런데 지방도 아니고 태평천자의 발밑에서 막무가내로 이래도 되는 거예요? 황궁에서 뭐하는 사람들이기에 이렇게 기본이 안돼 있는지 모르겠어, 정말."

"거품 물 필요 없어. 그쪽하고는 볼일 없으니깐."

첫인상에 결코 호락호락해 보이지 않는 그녀에게 다소 겁을 집어먹은 류금표가 이같이 말했다.

"반부얼싼 어른이 명주 어른을 한번 봐야겠다고 하니 따라가시죠."

말을 마친 류금표는 아랫것들을 향해 턱짓으로 명주를 가리켰다. 그러자 명주는 순식간에 꼼짝달싹 못하게 결박당하고 말았다. 비취가 맨발로 뛰쳐나가며 막아보려했지만 류금표가 한손으로 홱 밀치는 바람에 비틀거리며 저멀리 나자빠졌다.

비취는 심하게 엉덩방아를 찧었지만 아픈 줄도 모르고 울먹이며 소리를 질러댔다.

"안돼, 어딜 데리고 가! 명주 씨, 이게 뭐야. 당신 이렇게 무책임한 사람이었어? 이렇게 가면 날더러 어떡하라구? 당신을 구해줄 사람이 누가 있어? 어떡해?"

"황제 마마가 구해주실 거야!"

명주는 끌려내려가면서 비취의 물음에 이같이 대답했다.

"그럼 말해 봐요. 우리 아빠……."

뭔가를 급히 물으려던 비취가 갑자기 입을 꾹 다물었다. 이어서

"나도 잘 모르……"라는 명주의 말이 채 끝나기도 전에 귀싸대기를 때리는 둔탁한 소리와 함께 명주는 비취의 시야에서 점점 멀어져갔다.

　무슨 영문인지도 모르고 좋아하는 사람을 빼앗긴 비취는 시로 인해 또다시 솟구치는 아버지에 대한 그리움과 억울함에 한바탕 울음을 터트렸다. 한참을 울고 나니 그나마 기분이 개운해진 비취는 가만히 생각에 잠겼다. 순식간에 일어난 일이라 마치 악몽을 꾸고난 듯 축 처져있는 그녀의 눈앞에서 불어닥치는 찬바람에 힘겨운 몸부림을 하던 촛불이 꺼져갔다.

26. 고귀한 희생

연 사흘째 명주가 보이지 않자 위동정 뿐만 아니라 강희마저도 초조하고 우울해 했다. 그도 그럴 것이 강희로선 명주를 알고 지낸 2년 동안 위동정을 통해 여러 번 만났었고 의외로 정이 많이 들어있었기 때문이다. 황제와 신하 사이에 감정이 돈독해봤자지 하며 대수롭지 않게 여기는 사람들도 있겠지만 강희는 위동정이 필요한 만큼 명주 또한 없어서는 안된다고 늘 생각해 왔다.

한번은 오차우가 강의시간에 군자(君子)와 소인배(小人輩)에 대해 설명한 적이 있었다.

그는 군자를 물에 비유하고 소인배를 기름에 비유했다. 오차우의 말에 의하면 '물은 맛이 담백하고 성품이 고결하여 끓는 물에 기름을 넣어도 띄워줄 뿐 튕겨내지 않는다. 도량 넓고 포용력 강한 군자의 성격과 닮았다. 하지만 기름은 냄새가 짙고, 성품이 미끌거리고, 색깔이 어두워 다른 물건을 오염시킬 수가 있고, 끓는 기름에 물을 넣으면 산지 사방으로 튕겨오르며 사람을 범접치 못하게 한다. 마치 소인배의 옹졸하고 간사한 성격과 흡사하다'라고 했다.

당시 오차우의 이같은 말은 강희에게 깊은 인상을 남겼다. 강희는 가끔 이런 이론으로 주위의 사람들을 비교해보고 따져보곤 해왔다.

당연히 맨 먼저 물망에 오른 사람은 위동정이었다. 후덕하고 지혜롭고 작은 것에 연연하지 않는 호탕함과 명랑한 성격의 소유자로서, 위동정을 대하고 있노라면 마치 쉼없이 동으로 동으로 흘러가며 삶의 찬가를 부르는 양자강(揚子江)을 마주하고 있는 것 같았다.

그렇다면 명주는 어떤가? 명주는 성격이 온순하고 약삭빠르며 사람을 기분좋게 하는 향기를 소유하고 있는 것 같았다. 굳이 따질 것 같으면 명주는 '기름' 같았다. 물론 기름의 나쁜 면을 소유한 것이 아니고 좋은 면만을 닮았다고 강희는 믿고 있었다.

위동정과 같이 있으면 안전함과 편안함에 마음이 느긋해지고 말이 필요없이 알아서 척척 잘해 나가는 덕에 제왕으로서의 존엄과 위상을 한껏 느끼게 하는 매력이 있었다. 반면 명주와 함께 하면 마냥 즐겁고 사근사근하게 웃고 애처럼 떠드는 모습이 그렇게 해맑을 수가 없어 보기 좋았다.

어느날 수업시간에 오차우가 강희를 비롯한 여럿에게 4자성어 하면 맨 먼저 머릿속에 떠오르는 것을 말해보라고 했다. 그러자 위동정이 '천회백전(千回百轉)'하고 외쳤다. 그 뒤로 명주가 경쟁이라도 하듯 '천자성철(天子聖哲)'하고 말했다.

순간 강희는 물과 기름처럼 확연히 다른 두 사람을 보며 흡족스레 머리를 끄덕였다. 물과 기름이 서로를 용납하지 못하고 어울려서는 안된다고 했는데 명주와 위동정은 친밀하기 이를 데 없지 않은가? 물론 예외도 있겠지 하고 강희는 생각했다.

이 시각 양심전에 앉아 주목으로 만든 붓[朱筆]을 한 손에 잡고 오배한테서 올라온 상주문을 읽어보고 있던 강희는 뇌리를 떠나지 않고 있는 오차우의 '물과 기름론'을 상기하며 엷은 미소를 지었다.

단아한 모습으로 옆에 서서 시중을 들던 소마라고가 빙그레 웃는 강희의 모습을 지켜보더니 다가가 조용히 물었다.

"마마, 물 한잔 드릴까요?"

강희는 필을 내려놓고 손을 가로젓더니 갑자기 크게 웃으며 물었다.

"황제의 주변엔 소인배는 없고 군자만 있다면 좋을까?"

"'어진 신하를 가까이 하고, 소인배를 멀리 하라[親賢臣, 遠小人]'. 이것은 한(漢) 무제(武帝)의 명언이에요."

소마라고가 이같이 웃으며 대답했다. 그러자 강희가 머리를 저으며 말했다.

"꼭 그렇지만은 않아."

강희는 소마라고의 표정을 살피더니 말을 이었다.

"자고로 진정으로 어진 신하가 몇 사람이나 되오? 내 생각에는 소인은 적당히 멀리하는 건 바람직하지만 결코 없어서는 안 되오. 왜냐하면 의외로 이런 소인배들 가운데 다재다능한 인재가 많거든. 성품이 소인배의 기질을 타고 났다면 어쩔 수 없지만 그 재능은 아깝지 않소? 무조건 배척할 게 아니라 소인배면 소인배 나름대로의 장점만 받아들이면 되오. 예를 들어 소인배를 기름에 비유

할 때 만약 기름이 없다면 하루 세 끼가 얼마나 삭막하겠소? 그러니 현명한 제왕이라면 군자와 소인배 사이를 신축성있게 유연하게 넘나들며 각자의 장단점을 보완하여 능력껏 활용하는 거라고 난 생각하오."

너무나 그럴 듯한 강희의 인재활용론이었다. 소마라고는 잠시 할말을 잊었다. 공감이 가는 부분도 있지만 어딘가 석연치 않은대목도 있었다. 그러나 소마라고는 오차우처럼 설득력있게 자신의 의사를 피력할 자신이 없었기에 웃으며 말했다.

"잘은 모르겠지만요, 소인배를 멀리해야 한다는 노비의 생각엔 변함이 없나이다."

소마라고의 말에 강희는 말없이 머리를 숙이고 다시 상주문을 읽기 시작했다. 그러나 소마라고가 자리를 뜰 생각을 하지 않고 계속 서 있자 자신의 답변을 기다리는 줄 알고 강희가 머리를 들어 웃어보이며 말했다.

"춘주(春秋)시대 제(齊)나라 경공(景公)은 만약 안자(晏子)가 없었더라면 어찌 안방치국(安邦治國)을 이루어낼 수 있었겠소. 하지만 소인배로 알려진 양구씨(梁邱氏)가 같이 놀아주며 적적한 시기를 넘겨주지 않았다면 그 또한 얼마나 무료했겠소? 모름지기 군주라면 지위고하, 능력유무, 성품여하를 막론한 이 땅의 모든 창생(蒼生)들의 아버지이고 주인이오. 부모가 자식이 말 안 듣는다고 버리는 걸 봤소? 그 많은 사람들은 저마다 색깔이 다르고 맛이 다르기 마련이오. 세상 사람들이 전부 다 군자이고 잘난 사람일 순 없지 않소? 그러니 다 같이 끌어안고 나쁜 점은 고치도록 곤장을 들고 따라다니고 좋은 점은 적극 치하해 주면서 인재활용을 잘하는 게 급선무요!"

"마마!"

소마라고는 정색해서 이같이 말하는 강희를 바라보며 안타까운 듯 말했다.

"마마의 말씀대로라면 오배, 반부얼싼과 같은 파렴치한 소인들도 끌어안아야 한다는 말씀이옵니까?"

강희는 생각을 정리하는 듯하더니 곧 냉정하게 웃어보이며 말했다.

"오배는 소인배가 아니오. 다시 말해서 그는 보기 드문 영웅 기질을 타고난 영웅이오. 선제 때는 말썽 피우지 않고 잘해 왔소. 그만큼 인정도 받았고. 다만 내가 즉위하고 나서부터 흑심을 품고 사적인 욕심을 채우느라 혈안이 되어 물불 가리지 않고 설쳐댔던 거요. 그래서 지금 나와는 원수지간이 된 거고. 어찌 보면 이 모든 것은 시국이 만들어낸 졸작이라고 할 수 있소"

"마마께서 기어코 그런 생각을 품고 계신다면 노비도 뭐라 말씀드릴 게 없나이다."

소마라고는 전혀 자신의 말을 받아들이지 않고 단호하기만 한 강희를 설득하기를 포기하는 수밖에 없었다. 서로의 의견을 밀고 나가다 보면 본의 아니게 기분이 상하는 경우가 있기에 소마라고는 떨리는 목소리로 말했다.

"방금 마마께서 기름이 없는 식탁이 얼마나 삭막하겠느냐고 말씀하셨는데, 오늘부터 노비는 고기를 비롯해 모든 기름기 있는 음식을 멀리 하겠나이다. 한번 직접 체험해 보고 싶사옵니다. 기름 안 먹으면 어떻게 되는지를요."

약간 버릇없지만 소마라고의 이러한 면 또한 강희가 그녀를 좋아하는 이유 중의 하나였다. 그러기에 강희는 웃으면서 말했다.

"화 났소? 오늘은 왜 소마라고답지 않게 농담도 못 받아들이고 그러오?"

"자고로 '군주에겐 농담이란 없다[君無戲言]'고 했나이다!"

소마라고가 단호히 말했다.

"노비 역시도 방금 한 말이 농담이 아니었나이다. 마마한테 화가 나서가 아니라 노비 스스로가 불교에 귀의하고 싶어서 담백하지 않은 음식을 멀리하려고 했던 거였나이다."

강희는 오늘따라 억지스러울 정도로 고집스러운 소마라고를 바라보며 혹시 요사이 뭔가 안 좋은 일이 있어서 기분이 울적해 그러려니 하고 용서했다. 이때 밖에서 장만강이 머리를 들이밀며 급히 물었다.

"마마께서 용선(用膳)하셔야 하는데 무슨 일이오?"

장만강은 소마라고를 밖으로 조용히 불러내어 말하려고 했었다. 그러나 머리를 들이밀자마자 강희와 시선이 마주치는 바람에 어쩔 수 없이 안으로 들어서며 말했다.

"마마, 방금 위군이 그러는데 오늘 수업은 하루 쉬어야겠다고 했나이다. 위군이 명주를 찾으러 나서야 한다고 했나이다!"

"괜찮아. 또 어디 예쁜 여자 없나 찾아다니겠지."

강희가 웃으며 말했다.

"지난번에도 며칠씩이나 온다간다 소리도 없이 사라졌었잖아. 그때 따끔하게 혼내주지 않았더니 갈수록 게을러지는구만. 위군도 지나치게 민감해 할 거 없을 텐데, 괜히 나까지 수업 못 받게 하고 말이야."

"그래도 조심해서 나쁠 건 없다고 생각하나이다. 여느 때와 달라서 지난번 소어투 어른댁을 수색한 지 며칠밖에 안됐는데 각별히 조심해야 하나이다."

"그렇다면 어쩔 수 없고!"

강희가 멋쩍은 듯 자리에 털썩 주저앉으며 말했다.

"요사이 읽은 책 내용 가운데 몇 가지 의문이 있어서 오 선생님께 여쭈어 보려고 했었는데…… 도대체 명주 이 미꾸라지가 어디로 샌 거야?"

이같이 말하며 강희는 몸을 반쯤 돌려 장만강을 향해 물었다.

"위군더러 빨리 찾아오라고 하게. 내일은 수업을 받아야 하니."

"네, 마마."

그 소리와 함께 장만강이 급히 종종걸음으로 사라졌다.

한편 그 시각 가흥루에서 붙잡혀 끌려갔던 명주는 오배네집 화원(花園)에 위치한 빈 방에 결박당한 채 갇혀 있었다. 잡혀간 첫날은 반부얼싼네 집에 갇혀 있었다. 하지만 노련하고 치밀한 반부얼싼이 혹시 명주가 외부의 도움으로 도망간다거나 소문이 나버리면 자신이 불리할까 봐 오배의 집으로 보내버렸던 것이다.

갖은 고문을 당해 기진맥진한 명주는 네모난 돌맹이를 베고 습기찬 땅바닥에 죽은 듯이 쓰러져 누워 있었다. 어느새 태양이 떠올랐는지 햇살이 작은 창문 틈새로 나른하게 새어들어와 명주의 두 눈을 비췄다. 쥐죽은 듯한 정적을 깨고 뒷산의 이름모를 새들의 처량한 울음소리가 가끔씩 들려왔다.

명주는 애써 몸을 움직여 보려고 했다. 그러나 몸이 전혀 말을 듣지 않았다. 하반신에 감각이 전혀 없었던 것이다.

반부얼싼의 집에 갇히는 순간 그는 어떤 혹형이 가해질지라도 죽음으로 항거하여 끝까지 깨끗한 서생으로 남으려고 이를 악물고 다짐을 했다.

그러나 그들이 가하는 형벌은 차라리 죽음이었다! 손가락을 뒤로 꺾는가 하면 살점이 뚝뚝 떨어져나가는 소리가 들릴 정도로 곤장을 후려치고, 기절하면 소금물을 뿌려 다시 정신을 차리게 했다. 오차우가 어디 있냐는 말에 입 다물고 있자 이번에는 고춧가루를 푼 물을 콧구멍에 부어넣으며 비인간적인 고문을 감행했다.

"오차우는 어디 있냐?"

"낙우점 주인은 어디 있냐?"

그렇게 묻는 걸 보면 이들은 새로 옮긴 황제의 공부방의 위치가 궁금한 게 틀림없었다. 명주는 그들의 속셈을 너무나도 잘 알고 있었다. 강도 높은 형벌을 가했지만 진전이 없자 악에 받친 반부얼싼은 형벌로서는 제일 참기 어려운 돼지 목덜미털로 요도(尿道)를 마구 찔러대는 형벌을 가했다. 끝내 명주는 죽음이 한 발 앞으로 다가온 극도의 아픔을 온몸으로 느끼며 살려달라고 비명을 질렀다.

한켠에 앉아 고통으로 일그러진 명주의 모습을 호시탐탐 지켜보던 반부얼싼이 냉소하며 말했다.

"이래도 말 안해? 좋아, 그렇다면 한방에 가는 거 해줄게, 기다려! 내가 서생 출신이라 우습게 보이겠지만 얼마나 유명한 고문통(拷問通)인지 똑똑히 보여줄 거야. 어디 누가 이기나 끝까지 해보자구."

반부얼싼은 이같이 말하며 결박을 풀어주라는 뜻으로 눈짓을 보내더니 명주에게로 다가가 말을 이었다.

"똑똑한 사람이 왜 이래? 솔직히 여기서 쥐도 새도 모르게 죽어가도 누구 하나 도와줄 사람 없는 거 알 테지. 하지만 제대로 말만

하면 팔자가 금세 확 바뀔 텐데 잘 생각해 보라구!"

"정말 아무것도 모르……."

말이 끝나기 바쁘게 명주는 또다시 "악!" 하는 비명소리와 함께 정신이 혼미해질 정도의 아픔을 느꼈다. 피가 묻어있는 돼지털을 명주의 눈앞에서 흔들어 보이며 반부얼싼이 몸을 뒤로 젖히며 음흉하게 웃어댔다.

그걸 본 순간 명주는 짐승의 울부짖음을 연상케 하는 악에 받친 목소리로 포효하듯 소리질렀다.

"죽여라, 죽여! 이 개돼지보다 못한 새끼야!"

"그래? 그게 소원이라면 들어주지. 바로 이걸로 말이야!"

반부얼싼은 그 소름끼치는 돼지 목덜미털을 또다시 흔들어 보였다.

"안돼, 안돼. 차라리 칼로 죽여줘! 난 빨리 죽고 싶어!"

명주가 공포에 질려 진저리를 치며 두 눈을 크게 뜨고 머리를 힘껏 저었다.

"말도 안돼. 이렇게 지체 높은 어른을 어찌 그런 무식한 방식으로 죽일 수 있겠어? 우리가 원하는 대답만 해주면 내가 자네의 여생을 책임질게. 평생 쓰고 또 써도 남을 만큼 돈도 많이 줄 거야, 어때?"

명주가 여전히 반응이 없자 반부얼싼은 류금표에게 손짓을 하여 또다시 털고문을 시작했다.

"악!"

비명소리와 함께 심신이 지칠 대로 지친 명주는 또다시 기절하고 말았다. 소름끼칠 정도로 차가운 소금물이 축 늘어진 명주의 몸 위로 쏟아졌다. 이번에는 명주는 깨어나지 못했다.

얼마나 시간이 흘렀을까. 서서히 깨어난 명주의 귀에 반부얼싼의 마지막 한마디가 들려왔다

"……백운관에 있는 건 확실하니 내가 맘만 먹는다면 작정을 하고 이잡듯 훑어서라도 찾아낼 거야! 이자식은 아직 죽이지 말고 오 어른한테 보내!"

그렇게 오배네 집 감옥에 갇힌 명주는 바닥에 쓰러져 손가락 하나 까딱할 기운조차 없이 눈꺼풀을 힘없이 드리우고 있었다. 그런 가운데에도 반부얼싼이 자기 부하에게 한 마지막 말을 여러 번 되뇌이던 순간 번개처럼 뇌리를 스치는 그 무엇을 느꼈다. 반부얼싼이 백운관 어쩌구저쩌구 했는데, 그가 백운관으로 목표를 좁혀갈 때는 분명 자신이 기절한 상태에서 무의식적으로 황제가 새로 옮긴 공부방 장소를 얘기했기 때문이라고 명주는 생각했다.

'세상에! 내가 무슨 죽을 죄를 지은 것인가? 죽을 각오로 온갖 고문을 참아냈는데 막판에 기밀을 누설해 버리다니!'

명주는 일어날 힘만 있었어도 스스로 목숨을 끊어버리고 싶을 정도로 자신이 원망스럽고 어이가 없었다. 이럴 줄 알았더라면 진작에 혀를 깨물어 버리든가 아니면 저 돌기둥에 머리를 처박아 자살을 했어야 했다고 생각했다.

그러나 어느 누구도 자신이 당해보지 않고서는 그 마음을 충분히 헤아릴 순 없는 법이다. 자신이 기절한 상태에서 발설한 기밀이 천자의 생명, 나아가서는 대청제국의 운명에 치명타를 입힐 것을 생각하니 명주는 눈앞이 캄캄해지고 살고픈 생각이 추호도 없어졌다.

기력이 스러져가고 또다시 환각상태가 찾아오면서 명주는 경멸에 찬 오차우의 독기어린 눈빛을 보았다. 뿐만 아니라 강희, 소마

라고, 위동정이 차갑게 웃으며 한 발자국씩 자신을 향해 다가오는 환영에 사로잡혀 본능적으로 몸을 뒤로 젖혔다.

평소에 코 맞대고 살며 정을 나누었던 그들이 자신이 엉겁결에 내뱉은 한마디에 억울한 죽음을 당하게 될 것을 생각한 명주는 고통스레 신음소리를 내며 눈을 스르르 감았다. 주루룩 눈물 두 줄기가 볼을 타고 흘러내렸다.

오차우와는 달리 미신을 무척이나 믿는 명주는 이승에서 지은 죄가 저승까지 이어지는 게 무서웠다. 저승 가서 난 백팔지옥에 떨어질 것이고, 그들은 착하고 어진 영혼들이니 좋은 데서 살겠지? 다시 군신의 신분으로 만난다면 뭐라고 해명할 것인가?

만약 내가 고문을 받던 도중 기둥에 머리를 박아 죽어버렸다면 그들은 또 어떻게 날 평가했을까? 오차우는 찬바람에 머리칼을 휘날리며 비장한 시를 읊어 날 애도했을 것이요, 소마라고는 소리없이 눈물을 쏟으며 괴로워하겠지. 사용표는 꼭 복수하고야 말겠다며 칼을 갈 것이 분명하고, 청명이 돌아오면 무즈쉬와 넷째는 무덤 앞에 꿇어앉아 술 한잔을 부어주겠지? 노새와 하계주는 진짜 영웅을 몰라 봤노라며 개탄할 테고, 비취는 죽어도 같이 가겠노라며 울면서 한사코 따라나설 거야. 그렇다면 강희황제는? 그는 아마 금전(金殿)에 앉아 침통한 기분으로 친히 '영웅애도문'을 작성하여 날 청나라 역사의 한 장을 장식한 영웅으로 추대하겠지? 그런데 지금은 이게 뭐야? 난 이제 어떡하면 좋아…….

명주가 마치 얼음구멍에 빠진 듯한 오싹함에 사로잡혀 있을 때 갑자기 밖에서 쿵! 하는 소리가 들려왔다. 흡사 사람이 넘어지는 소리 같았으나 이내 조용해졌다.

잠시 후에 육중한 철문이 서서히 열리기 시작하였다. 틈새로 내다본 밝은 어둠이 짙게 깔려 있었다. 순간 사람 그림자가 언뜻 비치는 듯하더니 누군가의 목소리가 조용히 들려왔다.

"걸을 수 있겠소?"

느낌만으로 자신을 구해주러 온 사람일 거라는 걸 알아차린 명주는 뜨거운 그 무엇이 목구멍을 솟구쳐 오르는 것을 느꼈다. 그는 숨이 턱턱 막혀오는 듯한 긴장을 억누르며 간신히 말했다.

"안될 걸요…… 근데…… 어르신은…… 뉘시오?"

"그건 알 거 없소."

그는 이같이 대답하며 다급히 말했다.

"내가 업고 가겠소!"

처음과는 달리 몇 마디 주고받는 사이 명주는 그 목소리의 임자가 류화라는 걸 알아냈다. 순간 설움과 감동이 벅차오른 명주는 울먹이며 말했다.

"류형, 어쩌자고 이런 곳에 나타난 거예요?"

류화가 물먹은 솜처럼 축 늘어진 명주를 들쳐업으며 다급하면서도 한껏 낮춘 목소리로 말했다.

"허튼소리 말고 입 다물고 있어요. 우린 어서 빨리 이곳을 떠나야 하니깐!"

"안돼요!"

어둠 속에서 명주의 눈이 단호하고 섬뜩한 빛을 발했다.

"나 같은 무거운 짐짝은 버려 버리고 류형이나 어서 떠나요. 빨리 가서 위 어른더러 백운관을 떠나라고 전해 주시오!"

간절한 눈빛으로 류화의 손을 덥석 잡은 명주의 두 손은 심하게 떨렸다. 그는 턱을 덜덜 떨며 말을 이었다.

"수많은 사람의 생명과 직결된 아주 중요한 일이니 제발 부탁드려요!"

백운관이란 말을 들은 류화도 나름대로 짚이는 곳이 있는 듯 흠
칫 놀라며 눈을 크게 떠보였다. 그러나 여기서 긴 얘기를 나눌 수
없는 류화는 곧 명주를 업고 밖으로 뛰쳐 나갔다. 그러나 몇 발자
국도 떼기 전에 순시를 하던 야경꾼과 맞닥뜨리고 말았다.

류화를 발견한 야경꾼은 불에 덴 듯 들고 있던 초롱불을 땅에
내동댕이치곤 "강도 잡아라, 강도야!" 하는 돼지 멱따는 소리를
내며 오던 길로 도망가기 시작했다. 그러나 그가 재차 소리를 지
르려던 찰나, 잽싸게 뒤쫓아간 류화가 허리춤에서 칼을 빼내어 야
경꾼의 뒷덜미를 향해 힘껏 내리쳤다.

하지만 그 바람에 항상 초긴장 상태에 있는 오배의 진영은 그
야경꾼의 한마디 만으로도 충분히 시끌벅적해질 수가 있었다. 두
번째 문에서 경비를 서고 있던 돌쇠가 손가락을 입에 넣어 휘파람
을 불어 신호를 보내자 엄선된 몇십 명의 병사들이 벌떼처럼 달려
왔다. 그러자 돌쇠가 큰 칼을 휘두르며 소리 질렀다.

"우왕좌왕 하지 말고 침착해야 해! 도둑은 아직 화원을 벗어나
지 못했어!"

말을 마친 돌쇠는 곧 40여 명의 병사들을 풀어 담밖을 지키게
했다. 도주 행로를 완벽하게 차단하려는 심사였다. 그리고는 열몇
명의 병사들을 풀어 횃불을 지펴 들고 다니며 화원 안에서 대대적
인 수색을 시작했다. 사건이 터졌다는 얘기를 전해들은 오배도 의
자를 화원 입구에 놓고 앉아 지키고 있었다.

완전히 독안에 든 쥐가 됐다고 생각한 명주가 류화의 등에 업힌
채 귓가에 대고 다급히 말했다.

"제발 날 죽여줘요. 그리고 오배한테는 내가 도망가는 걸 붙잡아

죽였다고 하세요. 나… 나…… 류형을 절대 원망하지 않을 거예
요."

류화는 명주의 말을 듣는 둥 마는 둥 땀으로 범벅이 된 채 명주
를 업고 여기저기 도주로를 찾아보았다. 그러나 어디나 할 것 없
이 횃불이 타오르고 있었고 포위망은 좁혀지고 있었다. 그러자 당
황한 명주가 기운없는 목소리로 띄엄띄엄 말했다.

"나를 살리는 것보다 위 어른에게 소식을 전하는 게…… 백번
중요해요…… 황제의 생명이 달린 문제예요. 류형, 어서 날 내려놓
고 가세요!"

아무리 간절하게 호소해도 류화가 여전히 자신을 내려놓으려고
하지 않자 명주는 궁여지책으로 류화의 어깨를 깨물어 버리며 울
먹였다.

"류형, 나더러 천고의 죄인이 되라는 거예요? 지금 달려가서 황
제의 생명을 구하는 게 날 진정으로 살려주는 거예요. 만약 가다
가 류형도 붙잡힐 위기에 놓이면 일단 크게 '백운관!' 하고 소리
지르세요. 그러면 누군가가 알아듣고 전해줄지도 모르니까, 명심하
세요, 류형!"

명주는 말을 마치기도 전에 극도의 긴장과 기력이 쇠잔함으로
인해 또다시 혼절하고 말았다.

포위망은 시시각각 좁혀져 오는 데다 명주는 기절해 버려 류화
가 대책이 서지 않아 잠깐 망설이고 있었다. 그러는 사이 횃불은
바로 코 앞에서 날름거리고 있었다. 화원 담벽 위에 수십 개의 등
도 일제히 켜져서 마치 대낮 같이 환했다. 병사들은 나오라고 큰
소리로 고함을 지르지도 않고 조용히 긴 창과 검을 들고 풀숲을
헤치며 눈에 쌍불을 켜고 한 발자국 한 발자국씩 접근해 오고 있

었다.

바로 이때, 갑자기 등뒤에서 누군가의 우렁찬 목소리가 들려왔다.

"류화, 바로 자네였구만! 어찌된 일이지?"

모든 것을 각오한 류화는 두 팔로 들어올렸던 명주를 천천히 내려놓더니 땅바닥에 떨어진 자신의 검을 주워 들었다. 이어서 가산(假山)의 바위 틈새에 검을 집어넣더니 두동강 내버렸다. 그리고는 웃으며 말했다.

"돌쇠! 내가 당신 성격 잘 알지. 놀란 척하지 말고 어서 오배 어른한테 날 제물로 갖다 바치기나 하오! 난 더 이상 할 말이 없으니."

위기에 직면한 사람 같지 않게 여유로운 류화의 기세에 돌쇠와 다른 야경꾼들은 도리어 기가 죽었다. 류화가 먼저 검을 부러뜨리자 돌쇠도 칼을 도로 칼집에 집어넣으며 두 손을 맞잡고 고개 숙여 인사한 다음 웃어보이며 말했다.

"과연 진짜 사내 대장부요! 내가 붙잡고 있어 봤자니까 오배 어른한테 가서 자초지종을 말씀드리셔!"

이렇게 말한 돌쇠는 곧 잠자코 서 있는 수행들을 향해 고래고래 소리 질렀다.

"뭣들 해! 우리 류 어른을 잘 모셔다 드리지 않고!"

그러자 몇 명의 병사들이 우루루 몰려들더니 류화를 결박한 채 거칠게 등을 떠밀었다.

집안도둑이 잡혔다는 말에 오배네집은 한바탕 발칵 뒤집혔다. 구경꾼들은 삽시에 구름처럼 모여들었다. 학수당 안팎에는 몇십 개는 족히 될 팔뚝만큼 굵은 촛불이 타오르고 있었다.

침대에 반쯤 기대고 앉아있던 오배는 돌쇠가 류화를 앞세우고 들어서자 호랑이의 그것처럼 이글거리는 두 눈으로 류화를 뚫어져라 노려보았다. 그러나 최악의 경우를 각오한 류화는 오히려 더욱 뻣뻣하게 머리를 쳐들고 오배의 시선을 정면으로 받았다. 그러는 류화의 모습을 말없이 지켜보던 오배가 으스스한 목소리로 웃으며 말했다.

"화원에 가끔 귀신이 출몰한다더니 알고 보니 자네였구만! 류화라 했던가?"

류화는 자신의 이름을 뻔히 알면서도 일부러 능청을 떠는 오배를 경멸하듯 입가를 한껏 치켜올리고 비아냥대며 웃어버리고는 이내 머리를 돌렸다. 너무나도 건방진 류화의 모습을 못마땅하게 노려보던 돌쇠가 갑자기 달려들더니 대뜸 귀싸대기를 세차게 올려붙였다. 그와 동시에 류화의 입가에서는 검붉은 선지 같은 피가 흘러내렸다.

"어른께서 물으시는데 너, 벙어리야?"

류화는 기왕 죽을 거면 빨리 죽여달라는 듯이 한입 가득 물고 있던 피를 돌쇠의 얼굴에 내뱉으며 물었다.

"이 사람이 어떻게 나 류화의 어른이야?"

완전히 생을 포기하지 않고서야 감히 그런 말을 할 수는 없었다. 순간 실내는 물을 끼얹은 듯 조용해졌고 몰려있던 백여 명의 사람들은 놀란 나머지 연신 숨을 들이마셨다. 그러나 류화는 가소롭다는 듯이 싱겁게 웃어보이더니 천천히 입을 열었다.

"마마께서 조정의 육품 교위(校尉)로 날 보내줬어. 그런데 내가 왜 이 사람의 종이냐구?"

흥분한 류화가 말을 이어내려 가려던 중 퍽! 하는 소리와 함께 또 하나의 주먹이 류화의 얼굴을 후려갈겼다. 이번에도 역시 돌쇠였다.

"돌쇠!"

갑자기 오배가 엄하게 제지시켰다.

"물러가!"

오배한테 쫓겨나며 돌쇠는 류화를 향해 어디 두고보자는 듯 손가락질을 해댔다. 그리고는 허리까지 오는 머리채를 짧고 굵은 목에 휙 두르면서 한켠에 물러섰다.

오배는 방금 돌쇠에게 화를 낸 사람 같지 않게 아무 일도 없었던 것처럼 껄껄 너털웃음을 웃으며 자리에서 일어나 류화의 곁으로 다가와 말했다.

"류화, 내가 자네에게 면죄부를 주지 않을 거라는 걸 잘 알 거야. 하지만 자네가 이런 의리의 사나이일 줄은 몰랐던 만큼 나도 오늘 저으기 놀랐네. 누구의 지시를 받았는지만 말한다면 절대 죄를 묻지 않을 뿐만 아니라 사품(四品)으로 진급시켜줄 용의가 있네, 어때?"

그러나 류화는 가소롭다는 듯이 "흥!" 하고 코방귀를 뀌면서 머리를 휙 돌려버렸다. 그러나 오배는 류화의 태도에는 개의치 않고 또다시 말했다.

"만약 비밀을 누설했을 경우 그쪽이 보복을 가해올까봐 신경이 쓰인다면 내가 돈을 두둑하게 줄 테니 무릉도원처럼 천하절경을 자랑하는 명승지에 가서 도연명처럼 여유작작 살아가는 것도 나쁘진 않잖아?"

그러자 류화가 "퉤! 퉤!" 하고 연신 땅바닥에 침을 내뱉으며 말했다.

"누가 지시해서가 아니라 오 어른이 멋쟁이 서생을 잡아다 화원에 가둬두고 있다고 해서 구경갔을 뿐이에요."

"그래, 보고 나니 어땠어?"

오배는 표정이 서서히 굳어지며 차갑게 물었다.

"특별한 데도 없는 보통사람이었어요."

류화가 일부러 목소리를 크게 하며 말했다.

"명주라고 불리는 황제의 시위로 백운관에서 일하는 사람이었어요!"

류화의 말에 학수당은 곧 술렁거리기 시작했다. 오배는 류화가 소문을 밖으로 내보내기 위해 일부러 말을 터뜨린 속내를 알아차리고는 끓어오르는 분노를 가까스로 참으며 냉소했다.

"소릴 질러? 그래 어디 맘껏 질러 봐라! 목구멍이 터지고 학수당이 무너진들 백운관에까지 들리나!"

화가 나 이를 악물며 이같이 말한 오배는 머리를 돌려 돌쇠에게 명령했다.

"지금부터 열두 시간 동안 특별경계령을 내려. 나의 허락이 없이는 누구도 밖으로 나갈 수 없어. 무시하고 나가는 자는 가차없이 죽여버려!"

"흥, 뛰는 놈 위에 나는 놈 있다는 도리도 모르시나?"

류화가 비아냥거리며 입을 비죽거렸다. 오배는 더 이상 못 참겠다는 듯 류화의 옆으로 다가가더니 류화의 옆구리를 툭 건드렸다.

그러자 류화는 갑자기 온몸에 감각을 잃어버리는 동시에 숨이 턱턱 막힐 정도의 심한 가려움증을 느꼈다. 오배는 뒷짐을 지고 히죽히죽 웃으며 고통으로 일그러진 류화의 얼굴을 바라보며 쩝쩝 입맛을 다시며 물었다.

"말해 봐, 우리 집에 사람이 갇혀 있다고 누가 말해 줬어? 이 안에 밀모를 주도한 자가 또 있지? 누구야! 내가 너의 선천요혈(先天要穴)을 건드려 놓았기 때문에 넌 지금 이렇게 괴로운 거야. 그러나 이건 약과지. 조금 있으면 살점이 뚝뚝 떨어져 나가고 오장육부가 뒤틀리는 아픔을 느끼게 될 걸? 그때 가선 아마 죽여달라고 나에게 간청을 하겠지!"

류화는 온몸이 마비가 된 상태로 땅바닥에 넘어진 채 가쁜 숨을 몰아쉬며 말했다.

"혈(穴)을 풀어줘요. 말…… 하면 되잖아요."

류화에게 정보를 제공한 류화의 동료들은 순간 사색이 되어 가재걸음을 치며 뒤로 물러갔다.

오배는 허리를 굽혀 손바닥으로 류화의 등을 가볍게 두어 번 두드려 보이며 말했다.

"이제 됐어. 어디 말해 봐!"

그러나 류화는 여전히 땅에서 일어날 생각은 않고 말했다.

"숨도 못 쉬게 묶어 놓고 어떻게 말해요. 난 기운이 없어 이대론 말이 안나오네요."

그러자 오배가 돌쇠에게 포승을 풀어주라는 턱짓을 보냈다. 돌쇠가 걱정스러운 듯 말했다.

"어르신, 괜찮으시겠어요?"

오배가 차갑게 웃으며 말했다.

"걱정할 정도로 날고 기는 놈이 아니니 괜찮고 말고. 또 한번 까불었다간 단칼에 보내버릴 테니까 어서 풀어줘!"

결박에서 풀려난 류화는 천천히 몸을 일으켜 손발을 움직여 보이며 성큼성큼 다가와 의자를 끌어당겨 오배 앞에 앉더니 침묵으로 일관했다.

그러자 오배가 다그쳐 물었다.

"왜 또 뭐가 문젠가?"

"여러 사람의 목숨이 달린 문젠데 이대론 긴장해서 말이 안 나오네요. 송충이는 솔잎을 먹어야 한다고, 술 있으면 나 한잔만 줘요!"

"좋아, 자백을 한다는데 뭔들 못해 주겠나!"

오배가 부하에게 지시했다.

"황제한테서 선물받은 귀주(貴州) 모우타이주를 가져오너라!"

이윽고 자그마한 술상이 차려졌다. 류화가 부들부들 떨리는 손으로 술대접을 들어 꿀꺽꿀꺽 단숨에 들이켰다. 류화의 주량에 적잖이 놀란 오배가 엄지손가락을 내두르려던 순간 갑자기 류화가 던진 술대접이 쏜살같이 오배를 향해 날아왔다.

그러나 오배는 진작 예감이라도 한 듯 당황하는 기색없이 여유작작 손을 뻗어 다섯 손가락 끝으로 대접을 순식간에 공중분해시켜 버렸다. 그러자 류화는 잽싸게 돌아서더니 소름끼치는 쇳소리를 내며 가슴께에서 두 뼘은 족히 될 서슬 푸른 비수를 뽑아들고 오배에게 달려 들었다.

순식간에 일어난 사건에 놀란 사람들이 비명을 지르며 우왕좌왕하고 오배도 얼떨결에 당황해 있는 위기일발의 순간, 눈에 힘을 주고 류화의 일거수 일투족을 주시하던 돌쇠가 미리 준비라도 한 것처럼 류화와 때를 같이하여 손가락 사이에 끼우고 있던 표창(鏢槍)을 내던졌다.

휘익!

그 표창은 일직선으로 날아가 류화의 이마에 정통으로 꽂혀버렸

다. 동시에 류화는 맥없이 칼을 떨어뜨리며 쿵! 하는 육중한 소리
와 함께 쓰러졌다. 그리고는 몸을 두어 번 비트는가 싶더니 이내
숨을 거두고 말았다.

　너무나 긴박한 상황에서 천하의 오배도 놀랐던지 얼굴이 창백해
진 채 부지런히 손바닥을 마주 비비며 억지웃음을 지으며 말했다.

　"집안도둑의 말로(末路)야!"

27. 비취의 선택

한편 자리에 누운 비취는 엎치락뒤치락하며 동녘 하늘이 희붐히 밝아오도록 잠을 이루지 못하고 있었다.

그녀의 아버지 오정훈(吳庭訓)은 명나라 숭정황제(崇禎皇帝) 3년 때 진사(進士) 시험에 합격했다. 그 당시 주시험관이 바로 유명한 대학사(大學士) 홍승주(洪承疇)였다. 홍승주는 사람이 대범하고 인품이 후덕했는지라 많은 진사들의 존경을 한몸에 받았다. 오정훈이 진사시험에 합격한 후 홍승주와 가까이 지낼 수 있었다는 것만으로도 그 당시로서는 대단한 가문의 영광이 아닐 수 없었다.

홍승주 역시 유난히 눈에 띄게 똑똑한 오정훈을 특별히 좋아했다. 틈왕(闖王) 고영상(高迎祥)이 반란을 일으키자 홍승주는 병부상서(兵部上書) 겸 중원과 서남 내륙지방의 군사를 책임지게 되었다. 덕분에 오정훈도 홍승주 밑에서 병부의 일을 맡게 되었고, 두 사람은 지위고하와는 상관없이 두터운 우정과 피로 맺은 형제의

정을 돈독히 쌓아가며 험난한 가시밭길을 어깨를 나란히 하며 헤쳐나갔다. 여유시간을 이용해 넓은 초원에서 말달리기를 하거나 술잔을 기울이며 밤새는 줄 모르고 시를 읊기도 했다. 옆에서 지켜보는 사람들은 누구 하나 부러워하지 않는 사람이 없었다.

고영상이 패망한 다음 이자성(李自成)이 잔여 부대를 데리고 상락지구(商洛地區)로 숨어들어갔다. 중원의 포화가 좀 사그러드는가 싶더니 이자성이 다시 재기하여 세력을 넓혀 나갔다. 그 무렵 북경에서 어명이 전해졌다. 홍승주더러 최전방에 나가 반란군을 진압하라는 명령이었다. 그리하여 오정훈도 따라서 청나라 군대를 무찌르고 대명(大明)을 위해 목숨을 바친다는 각오로 송산(松山)에서 청군과 혈전을 벌였다.

그러나 얼마 후에 진압군이 패하고 홍승주가 실종되었다는 소식이 날아왔다. 그리고 수많은 장령들은 포로가 된 후에도 굴하지 않고 끝끝내 절개를 굳게 지켰다는 비보가 날아들어왔다.

소식을 전해 들은 비취의 엄마는 갓 돌을 넘긴 딸을 안고 실성한 사람처럼 거리에 나가 지나가고 오는 사람들을 막무가내로 붙잡고 물었다.

"홍승주가 아직 살아있대요? 아니면……."

그녀는 남편의 운명이 홍승주의 사활과 직결돼 있다는 사실을 너무나도 잘 알고 있었다. 홍승주가 죽었는데도 자기 남편이 무사하리라고는 생각해 본 적이 없기에 그녀는 필사적으로 홍승주의 생사를 확인하기 위해 동분서주했다. 그러나 전쟁터에서 일어난 일을 정확히 아는 이는 거의 없었다.

얼마 후 조정으로부터 영웅 칙서와 함께 위로금 명목으로 은 3백 냥이 전달됐다. 그녀의 남편 오정훈이 홍승주와 더불어 전사(戰

死)했다는 비보와 함께.

여인은 가슴 터지는 고통을 삼키며 어린 딸을 업고 황야에 나가 종이 인형을 태우며 깊은 탄식과 함께 짐승의 그것을 연상케 하는 통곡소리를 내며 몇 날 몇 밤을 지샜다. 종이 인형뿐만 아니라 죽은 자의 영혼을 위로할 수 있는 종이로 만든 집, 당시 전사한 병사들을 추모하기 위해 많이 사용했던 종이로 만든 말도 같이 태웠다. 물론 홍승주의 몫도 함께 말이다.

하루아침에 남편을 잃은 설움이야 이루 다 말할 수 없지만 운명에 순종하고 팔자소관을 믿는 여느 현숙한 여인네처럼 비취의 엄마는 곧 슬픔과 비애를 툭툭 털고 일어났다. 자신의 남편은 이 나라를 위해 용감무쌍하게 싸우다가 목숨까지 바친 열사(烈士)라는 점을 위안으로 삼으며 그녀는 남편의 분신인, 사랑하는 이가 남긴 유일한 재산인 딸 비취를 잘 키우리라 굳게 다짐했다.

숭정황제도 홍승주의 장례를 성대하게 거행함으로써 여러 장령들의 투지를 불러일으키고 충신들의 애국심을 한껏 고조시키려는 깊은 뜻에서 제단(祭壇)을 높이 쌓고 홍승주의 사당(祠堂)을 북경성 밖에 으리으리하게 지었으며, 친필로 제문(祭文)을 적어 사당 안팎을 장식했다. 비취의 어머니는 숭정황제의 이같은 성은에 감지덕지하며 남편의 빈자리보다는 신격화된 홍승주를 따라 전사한 남편에 대한 자부심으로 가슴이 벅차올랐다. 그녀는 이제 막 방실방실 웃기 시작하는 어린 딸아이를 가슴에 안고 웃으며 말했다.

"아가야, 너의 아빠는 자랑스런 이 나라의 영웅이요, 너는 그이의 둘도 없는 딸이니 엄마가 아무리 고생스럽더라도 널 훌륭하게 키울 거야!"

남편에 대한 애절한 그리움에 커다란 눈물방울이 순식간에 양볼을 타고 내려왔지만 그녀는 여전히 웃고 있었다.

그러나 현실은 왜 이다지도 냉혹하기만 한지? 나라가 떠들썩할 지경으로 추모를 받았던 그 영웅 홍승주가 살아서 돌아온 것이 아 닌가! 명나라 조정에서는 뭐라고 공식적인 발표는 없었지만 멀쩡 하던 사당이 하루아침에 무너뜨려지고 여기저기에 붙어있던 제문 들도 흔적없이 사라지는가 하면 공들여 만들었던 제단도 밀어버 렸다. 홍승주에게 무슨 불미스런 일이 있는 게 분명했다.

그리고 어느 폭설이 내리던 날 저녁, 죽었다던 오정훈도 돌아왔 다. 땟국물이 흐르는 얼굴이며 머리, 그리고 한데 엉켜붙은 턱수염 사이로 눈[雪]이 녹은 것인지, 눈물인지 모를 것이 흘러내리고 있 었다. 순간 비취 어머니는 놀란 나머지 어린아이를 땅바닥에 떨어 뜨리고 말았다.

오정훈은 쓰디쓴 웃음을 지으며 고이 모셔져 있는 자신의 영정 을 말없이 바라보더니 무너지듯 땅바닥에 주저앉아 버렸다. 여인 은 실성한 듯한 남편의 모습을 바라보며 살아 돌아온 것에 대한 기쁨은 추호도 없었다. 그녀는 갑자기 오장육부가 뒤집히는 듯한 괴성을 지르며 넋두리를 해대기 시작했다.

"조정에서 당신을 영웅으로…… 추대하고…… 그런데…… 이게 웬일이에요. 살아서 돌아오다니!…… 네? …… 뭐라고 말씀 좀 해 보세요!"

오정훈은 옷자락을 부여잡고 사정없이 흔들어대는 여인의 절규 에도 아랑곳없이 멍하니 앉아만 있었다. 그의 무서운 침묵과 평온 함은 그녀로 하여금 가슴을 진정하게 했고 도리어 궁금하게까지 했다. 그녀가 조용해지자 오정훈은 그제야 아내의 어깨를 잡으며 조용히 그러나 무게있게 말했다.

"당신이 날 믿는 걸 잘 아오. 그러나 홍승주가 죽지 않았는데 내가 어찌 혼자 죽어서 영웅행세를 하겠소? 어쨌거나 나에겐 은인이 아니오? 그를 끝까지 지켜줘야 한다고 생각했소! 물론 우리의 인연은 이미 끝났지만 말이오."

사실 명나라의 운명은 이미 바람 앞의 촛불과 같다는 것을 오정훈은 알고도 남음이 있었다. 상락(商洛)에서 재차 봉기를 일으킨 이자성이 낙양성(洛陽城)을 함락시키고 개봉(開封)을 공략한 후 군대를 거느리고 북상하고 있었다. 송산에서 승리한 만주인(滿洲人) 녹영병(綠營兵)들은 산해관, 희봉구(喜峰口) 일대에 집결하여 호시탐탐 중원(中原)을 노려보고 있었다.

명나라가 망하고 대청제국이 일어서는 것은 시간문제라고 생각한 오정훈은 가족을 데리고 북경성을 떠나 남경(南京)에서 은거하기로 했다. 다행히 장령 시절에 주머니 두둑하게 관록을 받아 저축을 해두었던 터라 경제적인 어려움은 없이 꽤나 풍족한 생활을 할 수 있게 되었다.

낮이 되면 그는 청량산(淸凉山)과 석두성(石頭城)을 거닐며 사색을 즐겼고, 저녁에는 말을 배우기 시작하는 어린 딸에게 글자를 가르치면서 친구도 없고 가슴 아픈 추억이 떠오르는 곳도 멀리 하는 생활을 했다. 오차우와 명주가 풍씨원(風氏園)에서 찾아낸 시구(詩句)들은 이런 적막한 시절에 오정훈이 영곡사(靈谷寺)의 허물어져가는 담장 벽에 적었던 글들이었는데, 누군가에 의해 여기저기로 옮겨졌던 것이다. 명주는 물론 비취마저도 이 시의 내력까지 알 리는 만무했다.

여기까지 생각한 비취는 몸을 움직여 돌아눕더니 베개 밑에서 서슬이 번뜩이는 작은 칼 한 자루를 꺼냈다. 그것은 아버지 오정훈이 순치황제 10년의 어느날 밤에 건네준 칼이었다. 12살 때의 일이지만 마치 어제 같이 생생한 기억이었고, 아직도 따근따근한 아버지의 손의 온기가 남아있는 것만 같았다. 당시 아버지는 두 손으로 이 칼을 받들어 사랑하는 딸에게 넘겨주며 눈물을 한가득 머금고 말했었다.

"아가야, 아빠는 자나 깨나 십일 년 전에 받았던 정신적인 수모를 잊을 수가 없단다. 죽음엔 의연하나 모욕엔 참을 수 없는 게 영웅의 본색이야. 너한테 많은 것을 말할 순 없지만 하나만은 부디 명심하거라. 아빠는 그때의 원수를 갚지 않고는 하루라도 살 수 없다는 것을! 내일 나의 인생을 송두리째 빼앗아간 그 사람이 남경에 나타난다고 하니 무슨 일이 있더라도 꼭 가봐야겠구나! 너한테, 사랑하는 내 딸한테 마땅히 남겨줄 것은 없고 이거라도 갖고 있으면서 아빠를 많이 생각해 줘!"

그러자 잠자코 듣고 있던 비취 엄마가 소리내어 흐느끼면서 말했다.

"그 사람은 이젠 청나라를 위해 일하는, 만인(滿人)들과 한통속이란 말이에요. 칼날 잡은 사람이 이기는 걸 봤어요? 무모한 짓 하지 말고 우리 아무데나 멀리멀리 떠나 산속에 들어가 은거하며 살면 되잖아요. 당신이 청나라가 싫으면 그만이지 찾아가서 불나방 신세를 자초할 건 없잖아요. 우리의 선택에 저승에 계신 마마께서도 손을 들어주실 거예요."

"늦었소."

오정훈이 담담하게 웃으며 이같이 말했다.

"전에는 영웅의 아내라는 칭호가 좋아서 내가 살아온 것에 불만이더니 이제는 내가 없는 빈자리가 두려운 거요? 님도 보고 뽕도 따는 일은 흔한 게 아니오!"

오정훈의 이같은 단호함에 여인은 대성통곡했고, 비취도 "앙!"
하고 울음을 터뜨리며 아버지의 목을 껴안았다.

"아빠! 가지 마세요, 네? 가지 마세요! 엄마가 이제 막 남동생을
낳았는데."

딸의 애절한 눈빛을 외면하며 오정훈도 눈물을 비오듯 흘리며
깊은 탄식과 함께 입을 열었다.

"그래, 너희를 위해서 한번만 참아보자!"

입으로는 이같이 말하던 오정훈은 그러나 곧 머리를 흔들며 말
했다.

"홍승주가 내일 남경 정벌에서 전사한 청나라 병사들을 위한 제
사를 성대하게 치른다고 해서 한번 구경가려고 했었는데……."

이 일은 이렇게 끝나는 줄 알았다. 그러나 오정훈은 반드시 홍승
주를 만나야 한다는 운명적인 그 무엇이라도 있듯 예기치도 않은
일이 발생했다.

사흘째 되던 날 아침, 오정훈이 막 아침상을 물리고 났을 때 밖
에서 하인이 들어오며 아뢰었다.

"김 어르신의 아드님인 김양채(金亮采)가 찾아왔나이다!"

"김 어른이라니?"

오정훈은 남경에 온 이래 거의 두문불출을 했는지라 누가 찾아
왔다는 말에 잠시 어리둥절해졌다.

"김정희(金正希) 어르신요!"

오정훈은 그제야 이마를 툭 치며 이같이 말했다.

"그래? 어서 들어오시라고 하게!"

김정희라면 전에 홍승주 밑에서 같이 일하던 시절에 피를 나눈

의형제였다. 성격이 괴팍하고 외곬으로 빠지는 게 단점이라면 단점이었다. 송산 전투에서 죽은 시체들 사이를 비집고 겨우 빠져나온 오정훈이 북경으로 돌아왔을 때 항간에서는 김정희도 전사했다는 소문이 있었다. 그런데 그의 아들이 찾아오다니!

오정훈은 놀랍고 설레었다. 소리 높여 부인을 부르며 밖으로 뛰쳐나온 오정훈은 서재를 나서자 맞은편에서 걸어오는 스무 살 가량의 젊은이와 정면으로 부딪쳤다. 누군지 모르고 무작정 미안하다고 허리를 굽적이던 그 청년이 오정훈을 알아보더니 그만 통곡을 하며 불렀다.

"아저씨……."

순간 가슴이 쩡해진 오정훈은 급히 무릎을 꿇으려는 조카뻘 되는 청년을 일으키며 말했다.

"조카, 이러지 말고 어서 일어나게!"

"아저씨께서 우리 아빨 구해주시지 않으시면 전 안 일어날 거예요!"

"너의 아빠?"

오정훈은 깜짝 놀라며 이같이 외쳤다.

"살아계신다는 얘기야? 어디 계신데?"

"지금 대리사(大理寺)에 갇혀 계세요. 하지만, 하지만 내일이면……."

"그게 무슨 말이야?"

오정훈은 청년의 손을 잡고 뚫어지게 쳐다보았다.

"홍승주가 내일 전사한 청병(淸兵)들의 제사 자리에서 아빠를 희생양으로 삼아 자기네들의 의지를 다지려는 모양이에요!"

청년의 이 믿기지 않는 말을 들은 오정훈은 터져오르는 분노에 온몸의 털이 곤두서는 느낌을 받았다. 그는 백지장처럼 창백한 얼굴을 하고 떨리는 목소리로 말했다.

"홍승주 그 자식은 너의 아빠와 호형호제하던 막역한 사이였는데, 그렇게 몰인정할 수가 있단 말이지!"

알고 보니 오정훈과 마찬가지로 송산전투에서 도망나온 김정희는 조정의 보복이 두려워 북경으로 돌아오지 못하고 이름과 성씨를 바꿔 금릉(金陵)에 있는 친척집에 기거하고 있다가 남경이 함락되자 역시 송산 전역에서 청나라의 포로가 된 왕년의 부하 하성덕(夏成德)에게 붙잡혀 투옥당한 것이었다.

이번에 '초무남방총독군무대학사(招撫南方總督軍務大學士)'의 신분으로 금릉에 내려온 홍승주는 김정희가 여기에 잡혀있다는 말을 듣고 하성덕을 시켜 자신과 만나줄 것을 요청했었다. 그러나 김정희는 '홍승주'라는 이름 석 자를 듣는 순간 귀를 세우며 눈을 스르르 감더니 말했다.

"그놈은 전에도 거짓말만 일삼고 다니더니 강산도 변한다는 십년 동안 어쩌면 달라진 건 하나도 없이 여전히 그 모양 그 꼬라지냐? 도둑을 애비삼는 너만큼이나 홍승주도 낯짝에 철판을 깔기라도 했다는 말이냐?"

하성덕은 어쩔 수 없이 있는 머리 없는 머리를 굴려가며 홍승주를 만나서 좋은 점을 입이 닳도록 열거했다.

그러나 김정희는 여전히 머리를 저으며 말했다.

"그 사람처럼 황제의 은혜를 많이 받은 사람도 없을 걸! 제대로 된 인간이라면 어찌 자기를 키워준 주인의 발뒤축을 그렇게 사정없이 물어버릴 수가 있단 말이냐!"

설득에 실패한 하성덕이 홍승주를 찾아가 김정희의 말을 전해주자 홍승주는 마치 벌에 쏘인 것처럼 뜨끔해 하더니 이내 얼굴에 웃음을 지어내며 말했다.

"노인네, 그놈의 똥자존심은 여전하구만. 날 안 만나는 게 소원이라면야 얼마든지 도와줄 수 있지!"

그 일이 있고 난 뒤 얼마 안 지나 김정희가 곧 제물로 희생된다는 소문이 파다하게 퍼졌다.

청년의 말을 들은 오정훈은 부끄러움과 분노가 한꺼번에 몰려왔다. 김정희의 충절과 행동에 비하면 자신은 더없이 부끄러웠다. '군주의 우려는 대신의 치욕이요, 군주의 치욕은 대신의 죽음[主憂臣辱, 主辱臣死]'이라고 배워왔고 또 실천해왔다. 그런데 군주는 이미 매산(煤山)에서 자결하여 불귀의 객이 된 지 오래건만 충성을 자신했던 자신은 무슨 면목으로 여태껏 살아있단 말인가? 그리고 자신이 친형처럼 믿고 따랐고 존경했던 홍승주가 이런 추악한 몰골로 변신에 변신을 거듭할 줄이야! 여기까지 생각이 미친 오정훈은 갑자기 숨이 가빠오고 온몸의 피가 거꾸로 흐르는 느낌에 사로잡히고 말았다.

그는 곧 김양채를 일으켜 세우며 손을 잡고 말했다.

"걱정하지 마라. 아저씨가 가 볼게!"

이같이 말하며 오정훈은 부인과 비취가 기다리고 있는 서재로 들어갔다.

그는 자신이 아끼던 칼을 비취에게 건네주고는 머리를 돌려 아내에게 말했다.

"비취를 데리고 고향에 내려가 농사나 지으며 살게. 김정희를 구해내지 못하면 나도 돌아오지 못하는 걸로 알고 있고, 천만다행으로 구출해 낸다면 상황이 달라지겠지만 말이야."

비통한 심정으로 이같이 말한 오정훈은 뒤도 돌아보지 않고 떠나갔다.

여기까지 생각한 비취는 이미 눈물범벅이 되어 있었다. 손에 꼭 쥐고 있는 칼자루에 뚝뚝 떨어지는 눈물 사이로 15년 전에 헤어진 남동생과 엄마의 모습이 차례로 떠올랐다. 주막에서 잠자다가 쥐도 새도 모르게 죽어간 김양채까지 떠올린 비취의 눈에서는 눈물 대신 분노의 불길이 지펴 올랐다. 그러고 보니 엊그제 잡혀간 명주까지 포함해 자신의 주변 사람들은 한결같이 불행에 처해 있거나 불행한 종말을 고했다는 사실에 비취는 상심을 금할 길이 없었다.

더이상 잠을 청할 수 없는 비취는 자리에서 벌떡 일어났다. 놀랍게도 그녀는 남장(男裝)을 하고 가흥루를 나와 사자(獅子) 거리로 호궁산을 찾아나섰다. 호궁산에게 부탁하여 명주를 구출해 내려는 것이었다.

비취는 남장차림을 한 채 가흥루를 나와 호궁산을 찾아갔다. 마침 호궁산이 집에 없어 그의 서재에서 기다려야 했다. 가족이 없는 호궁산은 집이 따로 없고 태의원 부근에 자그마한 집을 구해 네댓 명의 하인들과 함께 살고 있었다. 비취가 하도 들락거린 탓에 하인들은 차츰 안주인 대접을 하기 시작했으며 한집 식구처럼 편안하게 대했다.

그녀는 등불 앞에 앉아 한동안 사색에 잠겼다. 오늘 저녁 호궁산과 사소한 의견충돌이 있은 건 전혀 뜻밖이었다. 무슨 감정이 있었던 건 아니었다.

곰곰이 생각해 보면 과거가 됐든 어쨌든 그나마 뼈대있는 집안의 귀한 딸인 자신이 도사(道士) 출신인 호궁산과 의남매를 맺었다는 사실에 그녀는 가끔 수치심 비슷한 것을 느낄 때도 있었다. 아버지 원수를 갚아드린다는 의도하에 호궁산과 의남매를 맺었지 결코 좋아하는 감정은 추호도 없는 비취였다.

날로 더해가는 호궁산의 구애작전에 참다 못한 비취는 그곳을 떠나 홀몸으로 북경에 왔다. 그러나 마땅히 생계를 꾸려갈 대책이 없자 청루(靑樓)에 들어와 술시중을 들게 되었던 것이다. 가홍루에 있으면서 지체높은 사람들을 많이 사귐으로써 자신이 홍승주를 찾아 아버지의 원수를 갚는 데 도움이 될까 했었는데, 북경까지 쫓아온 호궁산은 그녀와 함께 '복명(復明)'에 일조하겠다던 의지가 날로 약해져가고 있었다.

한편 그날 강희를 만난 이후로 호궁산은 마치 정신나간 사람처럼 끊임없이 입속으로 뭔가를 중얼거리고 다녔다. 그러던 어느날 비취가 그에게 물었다.

"왜 그래?"

호궁산은 비취의 말에 약간 어정쩡해 하더니 곧 이같이 대답했다.

"그 오삼계에 비하면 이 사람이 백번 났지!"

"이 사람이라니? 누군데?"

비취가 거두절미한 호궁산의 말에 머리를 갸우뚱하며 이같이 물었다.

"응…… 그게 말이야, 비취……."

호궁산이 의자에 비스듬히 기대어 앉아 눈을 살짝 감고 사색에 잠기는 듯하더니 이같이 말했다.

"사실은 나 오늘 황제를 만났거든."

"피! 완전히 돌아버렸구만. 말이 되는 소릴 해야지."

"난 〈마의(麻衣)〉〈유장(柳莊)〉 등 관상(觀相)을 보는 책을 수도 없이 많이 읽었잖아."

호궁산은 비취의 비아냥거림에는 전혀 개의치 않고 이같이 말을 이어갔다.

"지난번 오삼계의 관상을 봐줄 때는 점괘와는 상관없이 좋은 말들만 골라서 오삼계의 귀를 즐겁게 해주었었어. 하지만 이 어린 황제는 내가 보기에 정말 대성할 사람이야. 기품이 철철 흘러 넘치고 애초부터 태어나길 용(龍)의 기질을 가지고 태어났다구. 천상 제왕(帝王)감이더라구. 그런데 한 가지 이상한 것은 그의 책상머리에는 상주문더미 대신에 〈춘추(春秋)〉니 〈전국책(戰國策)〉이니, 〈사기(史記)〉니 하는 책들만 수북하게 쌓여 있는 거 있지."

이같이 말하며 호궁산은 그날 강희와의 대화에서 오고 갔던 말들을 기억나는 대로 들려주었다.

비취는 침묵에 잠겼다. 아직도 반청(反淸) 감정에 사로잡혀 있는 자신에게 청나라 황제의 탄복할 만한 면면을 높이 치하한다는 것은 어딘가 어불성설 같아 보이지만 그래도 사실은 사실대로 인정하는 수밖에 없었다.

한참을 기다렸어도 호궁산은 집으로 돌아오지 않았다. 그러자 비취는 긴 한숨을 내쉬며 자조적인 어투로 내뱉었다.

"아빠, 아빠 딸은 왜 이다지도 운명이 기구한가요?"

들릴 듯 말 듯하게 그렇게 말하고는 책꽂이에서 잡히는 대로 아무 책이나 한 권 뽑아들었다.

제목부터가 어려운 책인 것 같아서 막 제자리에 꽂아 넣으려는 순간 책갈피 속에서 뭔가가 적혀 있는 종이 한 장이 떨어졌다. 정면에는 아버지인 오정훈이 지어 이미 많이 알려진 시들이었고, 뒷면에는 빽빽하게 호궁산이 끄적거린 시들이 있었다.

"픽!"

웃음을 흘리며 심심풀이 삼아 읽어볼 요량으로 종이를 들고 촛불 밑으로 간 비취는 읽어내려 갈수록 놀라움을 금치 못했다. 자신이 세상에서 가장 못 생겼다고 생각해 온 이 남자가 가슴 속에는 이토록 아름다운 사랑의 꽃을 가꾸고 있을 줄은 정말로 몰랐다. 그냥 치마만 둘렀다 하면 침을 석자나 흘리고 다니는 어떤 부류의 남자들처럼 호궁산을 생각했었는데 말이다.

거칠고 께름직할 만큼 못 생긴 남자에게 자신을 향한 이토록 섬세하고 풍부한 감정이 숨겨져 있었다는 것을 안 순간 비취는 콧마루가 찡해 졌다.

바로 그때였다.

"올 줄 알았어! 안 왔으면 찾으러 갈려고 했었는데."

소란스런 말소리와 함께 등뒤에서 호궁산이 성큼 들어서는 것이었다.

이와 때를 같이하여 비취가 일부러 눈을 흘기며 애교스레 말했다.

"이젠 시인 다 됐네. 정말 감동해서 눈물 콧물이 마구 나오는 거 있지!"

그러나 호궁산은 여느 때와는 달리 쓴웃음을 지으며 자리에 앉더니 말했다.

"지금은 농담할 때가 아니야. 그거 알아? 내일 황제가 비명에 갈지도 몰라!"

호궁산은 이같이 기절초풍할 소식을 정작 담담한 어투로 말했다. 비취는 순간 등골이 오싹해지며 뭐라 형언할 수 없는 감정에 사로잡혔다.

"오배가 명주를 붙잡아 가서 자백을 받아냈나 봐. 오차우가 백운 관 산고재에서 강희에게 강의를 해준다는 사실을 알아내곤 내일 백운관을 덮칠 거라고 했어."

"이렇게 중대한 기밀을 오빠는 무슨 재주로 알아낸 거예요?"

비취가 또 한번 깜짝 놀라며 물었다.

"지금 오배네 집에서 오는 길이야. 위동정과 형, 아우 사이로 절 친하던 류화가 죽었고, 명주도 아직 갇혀 있으니…… 큰일났네, 소 식을 전해줄 사람이 없어서! 갑자기 대책이 안 서네!"

"대책 안 설 것이 뭐가 있어요?"

비취가 생각할 필요도 없다는 듯이 이같이 말했다.

"오차우더러 자리를 피하라고 귀띔해주고 어서 명주를 구출해내 면 되죠. 그리고 난…… 오빠한테 시집가는 거고!"

진위를 가리기 어려운 말이지만 비취의 입에서 자신에게 시집 오겠다는 말이 나온 건 이번이 처음이었는지라 호궁산은 깊게 패 인 세모눈에 눈물인지 불빛인지를 반짝이며 한동안 말을 잇지 못 했다.

한참 후에야 호궁산은 천천히 몸을 일으켜 비취에게로 다가갔 다. 그리고는 그녀의 어깨를 가볍게 두어 번 두드리더니 계면쩍은 듯 고개를 돌리며 말했다.

"오차우도 구해내고, 명주도 구해내야 하지만 황제도 꼭 구해내 야 해! 이 일을 성공리에 끝내고 난 곧바로 아미산(峨嵋山)으로 들 어가야겠어."

비취는 강희를 살려야겠다는 뜻을 분명히 밝힌 호궁산을 이번에 는 반박하지 않았다. 예전의 투철한 '반청복명(反淸復明)'의 의지를 지니고 있는 자신에게 이런 말을 했다면 호궁산을 영영 보지 않았을 것이었다. 하지만 어려서부터 아버지한테서 받아온 이런 세뇌교육도 이제는 점차 퇴색해가고 있는 비취인지라 이런 말을 듣고도 별다른 내색을 하지는 않았다. '오랑캐'의 후예가 화하(華夏)를 거머쥐고 있는 것에 심한 적개심을 품고 있었지만 그녀는 명나라에 대해서도 좋은 감정은 거의 없었다. 지조없이 변절한 홍승주며, 맥없이 청나라에 먹힌 명나라에 대한 애착은 이제 거의 사그라지고 말았다.

어떤 때는 자신이 이것도 저것도 아닌 중간에 붕 떠있는 듯한 외로움을 느끼기도 했던 비취였다. 그러다가 2년 전 처음으로 용공자를 만나면서 그녀는 '오랑캐'의 후예라지만 호궁산이나 명주와 차림새만 다를 뿐 검은 머리카락에 검은 눈동자, 황색 피부는 똑같구나 하는 사실을 처음으로 가슴 뭉클하게 느꼈었다.

게다가 그 용공자는 어린 나이에도 남들보다 몇 갑절 더 비상한 지혜와 기품을 지니고 있었던 것이다! 자신은 명주를 사랑하고, 호궁산은 자신을 좋아 따라다니는데 이 두 남자는 하필이면 둘다 강희에게 푹 빠져있는 게 아닌가? 비취는 가끔씩 혼란을 느끼기도 했다.

그런데, 자신도 호감을 갖고 있는 그 멋진 소년이 내일이면 이 세상에서 사라진다니! 순간 비취는 가슴이 심하게 뛰고 얼굴이 발그스레 상기되며 중대한 기로에 놓인 긴장감을 스스럼없이 내비쳤다.

예전의 '복명사상(復明思想)'대로라면 이 시각 그녀는 박수치고 환호성을 질러야 마땅했다. 하지만 환호성은커녕 마음 한구석이 아려오는 느낌을 그녀는 실감하지 않을 수 없었다. 한참 후에야 그녀는 띄엄띄엄 입을 열었다.

"밤을 타 자금성으로 잠입을 하여 소식을 전하면 되지 않겠어요?"

"그건 불가능한 일이야."

호궁산이 머리를 저으며 말했다.

"경비가 얼마나 삼엄한데. 어명이 없이는 이 시간에 날개가 돋지 않은 한 들어갈 수가 없어."

이같이 말하며 호궁산은 자리에서 일어서며 단호한 어투로 비취에게 말했다.

"내일 비취 네가 백운관으로 가는 길목에서 지키고 서 있다가 황제 일행을 막고 나서라구. 그 사이 내가 산고재에 가서 눈치껏 어떻게 해볼게."

28. 위기일발

한편 오배네 집에서는 류화의 사건이 있은 뒤로 경계가 한층 강화됐다.

"백운관이 위험하다"라는 급보를 전해주기 위해 류화의 옛 부하인 제(齊)군이 여러 번 밖으로 나오려고 시도해 보았지만 번번이 실패하다 밤이 깊어서야 간신히 위동정에게 소식을 전달했다.

소식을 접한 위동정은 강희가 내일 아침 산고재(山沽齋)로 간다는 말을 들은 기억이 나는지라 당황한 나머지 혼자서 나는 듯이 말을 달려 황궁으로 향했다.

그런데 공교롭게도 당직이 아닌 날이라 패찰을 지니지 않은 채였다. 그 바람에 그는 서화문(西華門)을 지키던 군사들에게 발목을 묶이고 말았다. 위동정을 알아본 병사는 난감하다는 듯이 뒤통수를 긁적이며 웃어보이더니 말했다.

"위 어른, 잠시만 기다려 주십시오! 황궁에서 위 어른을 모르면

간첩이지만 최근 우리 윗사람이 바뀌어서 통행증 없이는 곤란합니다. 경비대장께서 주무시고 계시니 좀 있다가 깨시면 소인이 잘 말해서……."

다급해진 위동정은 갑자기 눈썹을 무섭게 치켜올리더니 손을 쳐들었다.

"퍽!"

그 병사의 얼굴에 귀싸대기를 올려 붙인 위동정은 욕설을 퍼부었다.

"자식이 뒈질려고 환장을 했구만. 어느 떡이 큰지도 모르는 바보 같은 녀석, 썩 물러가지 못해? 잠시 후에 나와서 두고 보자!"

이같이 거친 욕설을 퍼부으며 안으로 들어가려던 찰나, 대문 옆의 방에서 체구가 큰 꺽다리가 나타나더니 위동정 앞을 떡 가로막고 차갑게 웃으며 말했다.

"위 어른, 지나친 것 같지 않소?"

어쩐지 익숙한 목소리에 머리를 든 위동정은 순간 숨을 들이마시며 놀라지 않을 수가 없었다. 새로 왔다는 경비대장은 다름아닌 위동정의 영원한 숙적인 류금표였기 때문이었다.

류금표는 5품 시위 제복을 차려입고 두 손을 허리께에 갖다 대고는 콧김을 연신 내뿜으며 으시대며 말했다.

"당신이 비록 건청궁 시위이긴 하지만 여기는 건청궁이 아니니 규칙을 잘 지켜야 하지 않겠소? 미안하지만 어쩔 수 없군!"

이같이 말한 류금표는 뒤를 돌아보더니 부하들에게 손을 휙 저으며 말했다.

"어서 와서 위 어른을 옆방으로 모셔라!"

"뭣이!"

위동정이 눈을 부라리며 말했다.

"난 마마의 특별허가를 받았기에 어디든지 맘대로 드나들 수 있는 특권이 있단 말이오!"

"난 그런 말 들어본 적이 없소."

류금표가 속으로 쾌재를 부르며 말했다.

"오늘 무단입궁 하려고 했던 죄를 묻지 않으면 앞으로 내가 일을 할 수 없소. 때문에 미안하게 됐지만 일벌백계(一罰百戒)를 해야겠소. 뭐하고 있나, 어서 끌어내지 않고."

이대론 안되겠다고 생각한 위동정은 혼찌검을 내줄 심산으로 허리춤의 칼을 빼내려고 했다. 그러나 허리춤엔 아무것도 만져지는 것이 없었다! 너무 급히 나오다 보니 보검조차 빠뜨리고 왔던 것이다.

류금표의 지시를 받은 두 명의 병사가 위동정을 향해 덮쳐들려던 찰나, 임기응변에 강한 위동정이 기합소리를 내며 기를 넣은 손가락 끝을 두 명의 병사를 향해 펴 보였다. 그러자 둘은 "어이쿠!" 하는 비명소리와 함께 저 먼발치에 나가 엉덩방아를 찧고 말았다. 그 모습을 지켜보던 위동정이 껄껄 냉소하며 말했다.

"왜? 꼭 변변찮은 애들을 불러 이렇게까지 해야겠소?"

"안 그러면 순순히 물러나든지!"

류금표는 이같이 내뱉으며 당문을 지키고 있던 30여 명의 병사들을 손짓해 불러들였다. 그들은 '쏴악!' 소리와 함께 일제히 칼을 뽑아들고 부채꼴 대형을 이루어 한 발씩 한 발씩 목표를 좁혀오기 시작했다.

빨리 소식을 전하는 게 급선무인 위동정으로서는 여기서 시간을 마냥 끌 수만은 없다는 판단 아래 뒤로 물러나 말 위에 날렵하게 올라타고 빠져나갈 준비를 했다. 그러나 나모 일행이 어느새 나타났는지 이미 앞을 가로막고 있는 게 보였다. 위동정이 잠시 머뭇거리는 사이 나모가 큰소리로 말했다.

"뭣들 하는 거야, 어서 잡아들이지 못하고!"

그러자 서너 명의 병사들이 굶주린 호랑이처럼 덤벼들어 위동정의 두 팔을 비틀어 뒤로 가져갔다. 아무리 무예가 뛰어난 사람이라 하더라도 꼼짝없이 당할 수밖에 없는 상황이었다. 이때 나모가 다가와서 웃으며 말했다.

"난감하구만, 명색이 어전시위이니 함부로 어떻게 할 수도 없고 말이야. 하지만 법은 법대로 해야 하니 말해 보지. 누구의 지시를 받고 이 시간에 제멋대로 황궁에 들이닥쳤는지?"

위동정은 여러 사람에게 짓눌려 몸은 일으킬 수 없지만 오히려 더욱 큰소리로 말했다.

"어명을 받고 마마를 만나뵈러 가던 중이오!"

"어명이라?"

나모가 소름끼치게 웃으며 말했다.

"오배 어른이 가짜 어명을 전한다고 쉬쉬 하더니 당신들도 보고 배웠구만! 알았어, 조사해 보고 올 테니 기다려!"

이같이 말하던 나모는 이내 목소리를 낮춰가며 말을 이었다.

"마마께선 오늘 사복차림으로 백운관을 다녀오기로 했는데, 흥! 어명은 무슨!"

이같이 씨벌렁거리며 손을 저어대자 졸병들은 결박당한 위동정의 입에 냄새가 풀풀 나는 양말짝들을 쑤셔 넣어 골방에 가두었다.

"잘 지켜, 내무부에 가서 어떻게 처리해야 하는지 잘 알아보고 올 테니!"

나모가 졸병들에게 이같이 말하고 자리를 떴다. 그러는 사이 날
은 벌써 희붐히 밝아오고 있었다.

사실 위동정은 한발만 늦게 도착했어도 궁안에 들어갈 것도 없
이 문밖에서 강희를 만날 수 있었다. 골방에 갇힌 지 얼마 안 지나
강희를 태운 가마가 서화문을 빠져나가고 있는 게 위동정의 눈에
들어왔다.

다급한 나머지 위동정은 고함을 질렀다. 그러나 입이 틀어막힌
위동정이 아무리 몸부림을 쳐도 허사였다. 목소리가 나오지 않았
던 것이다.

눈을 뻔히 뜨고 강희가 위험지대로 향하고 있는 것을 막지 못하
는 위동정은 입술이 말라터지고 가슴 속에서 활화산이 타오르는
것 같은 초조함에 휩싸였다. 약간의 위안이라면 서화문을 지키고
있는 병사들의 얼굴들이 낯선지 눈치빠른 소마라고가 휘장을 살
짝 걷고 여기저기 두리번거리며 살피는 것이 보였다.

그 시각 강희는 마음이 착잡한 채로 가마에 앉아 스쳐가는 창밖
에 시선을 고정시켰다. 교외가 가까워질수록 인적은 드물고 겨울
이 다가오는 소리가 더욱 가까이 들리는 것 같았다. 초겨울의 찬
바람에 시달리던 몇 개 안 남은 나뭇잎이 땅바닥에 떨어져 여기저
기 뒹굴고 있었다. 약간은 스산한 날씨였지만 나름대로 운치있는
광경이었다. 그러자 소마라고가 창밖을 바라보며 나지막한 한숨소
리와 함께 입을 열었다.

"벌써 겨울이네. 하늘색도 변하고 겨울냄새가 물씬한 게 어쩐지
쓸쓸하네요. 그런데 오늘 우리 너무 일찍 나온 게 아니에요? 마마,

춥지 않으세요?"

"괜찮네. 난 밖에서 좀 바람을 쐬고 있다가 나중에 산고재로 갈 거요."

생각에 잠겨 있던 강희가 소마라고의 물음에 이같이 답했다.

두 사람이 이같은 대화를 주고 받고 있을 때 갑자기 가마가 기우뚱하더니 급정거를 하였다. 강희와 소마라고는 심한 충격에 몸을 앞으로 숙였다가 차체가 중심을 잡자 그제야 안도의 숨을 내쉬었다.

밖에서는 장만강이 목이 터져라 소리를 지르고 있었다.

"뭐하는 사람이야, 죽고 싶어?"

소마라고가 휘장을 약간 들고 보니 하인 차림의 남자가 장만강을 향해 잘못했노라며 허리를 굽신거리며 용서를 빌고 있었다.

"너무 오래 걸어오다 보니 지치고 졸려서 그만 어르신의 수레를 발견하지 못했나이다. 진심으로 사과드리겠나이다. 그런데, 저기까지만 태워주실 수 없을까요?"

염치불구한 그 남자의 말에 화가 난 소마라고가 머리를 내밀고 큰소리로 말했다.

"정말 못 말리는 사람이군. 보시다시피 여기는 너무 비좁아서 탈 수가 없네요. 게다가 모르는 남자와 같이 타고 갈 순 없지."

이같이 똑부러지게 못박으며 소마라고는 장만강에게 분부했다.

"뭐하는 거예요, 어서 재촉하지 않고! 갈 길이 급해요!"

그러자 그 남자는 급히 두 팔을 벌리고 가로막고 나서며 말했다.

"마님, 자리가 비좁은 줄은 아오나 불쌍히 여겨 한번만 태워주세요, 네?"

이같이 말하며 그 사람은 대담하게 소마라고를 바라보며 말했다.

"남자라서 못 태워준다면서 옆에 앉아 계시는 분은 남자분이 아닌가요?"

그 사람의 말에 소마라고는 버릇없고 무례한 행동에 화가 나긴 했으나 또한 쑥스럽기도 했다. 정말 재미있는 남자라는 듯 소마라고 쪽으로 몸을 가까이 한 강희가 창 너머로 그 사람을 내다 보았다. 강희는 어딘선가 많이 본 듯한 얼굴이라고 생각했으나 뚜렷하게 떠오르는 건 없었다.

이들 일행이 다시금 떠나려고 하자 당황해진 그 남자는 급한 일이 있어 백운관으로 간다면서 또다시 간절하게 부탁을 해왔다.

사실 이 '남자'는 다름아닌 비취였다. 몇 년 전 낙우점에서 한번 만난 적은 있었지만 강희로선 그 노래 잘하고 조리있게 말하던 여자아이가 바로 이 사람일 줄은 전혀 생각조차 못하고 있었다. 그러나 비취는 명주를 통해 이 '용공자'가 얼마나 종잡을 수 없는 귀인인지 익히 알고 있었다. 그 이후에도 가끔 먼발치에서나마 강희를 본 적이 있었기에 비취는 강희가 머리를 내밀자마자 금방 알아볼 수 있었다.

한편 난데없이 나타나 백운관으로 가는 길이라며 꼭 태워줄 것을 간청하는 이 사람을 어쩔 수 없다고 생각한 강희가 장만강더러 가마를 한켠으로 대라고 명령하고는 가마에서 뛰어내렸다. 소마라고도 걱정스레 따라 내려 강희의 뒤에 조용히 서 있었다.

비취의 눈에 비친 강희는 평상복 차림에 몸이 약간 마른 소년이었다. 2년 전 낙우점에서 만났을 때와 별반 다를 바가 없는 용공자를 비취는 반색을 하며 앞으로 다가가 조심스레, 그러나 흥분을 감추지 못하고 큰소리로 불렀다.

"용공자 맞죠?"

'용공자'란 이름은 강희가 오차우와 있을 때만 사용하는 이름이었다. 길에서 우연히 만난 사람 입에서 이 이름을 들은 강희는 그가 오차우를 시중드는 하인인 줄 알고 물었다.

"어쩐지 얼굴이 낯설지가 않더니, 이제 보니 소어투 어른댁에서 일하는 사람이구만!"

'소어투 댁에 하인만 해도 삼, 사백 명인데……'

비취는 이같이 생각하며 속으로 웃으며 아예 소어투의 하인으로 자처하고 나섰다.

"소어투 어른댁의 하인이 한두 명도 아닌데, 어떻게 절 기억하고 계시는지요? 사실은 오늘 소 어른의 지시를 받고 오차우 선생님에게 편지를 전해주기 위해 가던 길에 지쳐서 닥치는 대로 차를 세웠는데 여기서 어르신을 만나뵙다니 반갑네요!"

"그래요? 소어투 어른댁에 말 한 필도 없을 리는 만무하고 웬일로 걸어다니는 거요?"

"그럴 일이 또 있어요."

비취는 순간 당황하며 말을 길게 했다간 들통이 날 것 같아 일부러 쌀쌀맞게 이같이 말했다.

"어르신께서 그래도 못 태워주시겠다면 이 편지를 오차우 선생님께 전해주실 순 있겠죠?"

비취는 이같이 말하며 편지봉투를 두 손에 받쳐 내밀었다.

언행이 거칠고 무례한 이 사람의 행동거지에 약간 거부반응을 느끼고 화를 내려던 순간 강희는 투명하게 들여다 보이는 글자들을 보았다. 그와 동시에 화난 표정을 거두고 급히 종이를 펴보았다.

가는 길이 험하고 자고새가 슬퍼우니 즉각 멈출 것.

어안이 벙벙해진 강희가 입을 열어 물어보려는 순간 비취가 읍을 하며 말했다.

"그럼 이만!"

말을 마친 비취는 곧바로 돌아서려고 했다.

무즈쉬를 따라 사용표한테서 몇 가지 무예를 익힌 강희는 눈앞의 잘생긴 청년이 말끝마다 불경스럽게 나오자 불현듯 이상한 생각이 들어 부랴부랴 쫓아가 그 청년의 뒷덜미를 잡았다. 그리고는 그의 어깨를 힘껏 잡아 뒤로 돌려세웠다. 그러자 놀란 비취가 얼굴을 붉히며 악을 바락바락 썼다.

"배은망덕도 유부수지, 뭐하는 짓이야! 경박한 인간 같으니라구!"

"경박하다니?"

강희는 처음 들어보는 이같은 말에 놀라며 저도 모르게 틀어쥐고 있던 그 사람의 옷자락을 놓아 주었다. 그러자 비취는 투덜대며 옷자락을 여미더니 곧 엎드려 신발을 고쳐 신었다. 아까 집에서 나올 때 너무 성급했던 차라 짝이 안 맞는 신발을 끌고 나왔던 것이다.

신발을 고쳐 신고 떠나가려는 비취를 소마라고가 급히 불러세웠다.

"이보게 아가씨, 잠깐만요!"

소마라고는 비취가 신발을 고쳐 신는 순간 그녀의 전족(纏足)을 보았던 것이다. 갑작스런 소마라고의 이같은 외침에 강희와 장만강은 제쳐두고라도 비취 자신도 깜짝 놀란 나머지 머리를 돌려 능청스레 되물었다.

"뭐라고 했어요, 방금?"

소마라고는 그녀의 물음에는 아랑곳하지 않고 그녀의 앞으로 바싹 다가서며 뚫어지게 쳐다보았다. 그럴수록 소마라고는 자신의 판단을 확신하며 그녀의 손을 잡고 말했다.

"이럴 게 아니라 잠깐 차에 올라가서 얘기해요, 우리!"

이같이 말하며 장만강에게 턱짓을 보내자 장만강이 알아듣겠다는 듯이 머리를 끄덕이며 강희를 부축하여 차에 올라탔다. 잇따라 소마라고도 비취의 손을 이끌고 차에 올랐다.

비취는 거의 들통 난 거나 다름없는 상황에서 얼굴을 붉히며 조용히 앉아 애꿎은 손톱만 물어 뜯으며 감히 마주앉은 강희를 정면으로 바라보지 못했다. 그러자 잠자코 비취의 모습을 지켜보고 있던 소마라고가 갑자기 지시를 내렸다.

"말을 돌려 궁으로 돌아가게, 어서!"

장만강이 "네, 알겠습니다!" 하고 대답하며 노련한 솜씨로 말고삐를 홱 나꾸어 채며 말을 돌렸다. 오랜 시간 생사고락을 함께 해온 말답게 강희 일행을 태운 말은 주인의 말귀를 알아듣기라도 한 듯 네 다리를 쭉쭉 뻗어 힘차게 달리기 시작했다. 물론 오던 방향으로 말이다.

이때 소마라고가 비취의 모자를 벗기자 길고 윤기나는 머리채가 허리께까지 드리웠다. 그제야 모습을 완전히 드러낸 비취가 쑥스러워 어쩔 줄 몰라하며 머리를 깊숙이 숙였다.

"이렇게 엉성하게 변장해가지고 나의 눈을 피해갈 수 있다고 생각했다면 오산이지."

소마라고가 흘러내린 자신의 머리카락을 위로 쓸어넘기며 웃어보이더니 말했다.

"전족을 드러내 보이질 않나? 귀걸이를 한 채 모자를 쓰고 있질 않나? 누굴 바보로 알았남? 그건 그렇고 이 편지 내용은 뭐고 어떻게 우리한테 가져오게 된 거지?"

그러자 강희도 못내 궁금하다는 듯 비취에게 물었다.

"우리한테 무슨 볼일이라도 있는 거요?"

비취는 머뭇거리다가 가볍게 입을 열었다.

"호궁산 태의께서 무슨 수를 써서라도 이 편지를 전해드리라고 했나이다. 지금쯤이면 아마 백운관 산고재는 물샐틈없이 포위당했을 거예요!"

비취의 짐작은 한치의 오차도 없이 들어맞았다. 그 시각 목리마는 도둑을 잡는다는 명목 아래 한 개 부대를 총출동시켜 나모와 돌쇠를 데리고 산고점을 겹겹이 둘러싸고 수색을 하고 있었다. 비밀이 새나갈 것을 우려해 주변 5리 이내에는 계엄령을 내렸다. 위동정은 비록 만일의 사태에 대비해 백운관을 비롯한 여러 곳에 사람을 풀었으나 자신이 꼼짝없이 갇혀버린 터라 소식을 전할 수도 전해받을 수도 없는 처지에 놓여 안타까움에 두 발만 동동 구를 뿐이었다.

먼저 정탐을 떠났던 돌쇠가 마당에 세워져 있는 가마를 발견하고는 강희가 도착한 줄 알고 급히 달려와서 알렸다. 그러자 목리마의 부대는 썰물처럼 그쪽으로 밀려갔다.

한편 산고점에서 제일 먼저 이상한 낌새를 챈 사람은 노새였다. 오차우는 용공자가 연 며칠 모습을 드러내지 않자 병이 난 줄 알고 걱정하고 있던 터에 명주마저 발길을 뚝 끊고 있자 분명히 무슨 일이 생겼다며 소어투 어른댁에 몸소 다녀오겠노라고 했다. 무즈쉬네가 아무리 말려도 막무가내였다. 어쩔 수 없이 무즈쉬가 한 발 물러서 타협을 했다.

"정 그러시면 오후에 날씨가 따뜻해지길 기다렸다가 가시도록 하세요."

하계주도 옆에서 한마디 거들었다.

"어제 우리애들이 꿩 두 마리를 잡아왔는데, 푹 고고 있는 중이니 괜찮으시다면 같이 드셨으면 하는데요."

여러 사람들이 극구 말리는 바람에 오차우는 어쩔 수 없이 눌러앉아 술을 마시며 기다려보기로 했다.

오차우는 성격이 활달하고 통쾌하지만 아무래도 조용한 편을 더 좋아하는 서생인지라 술을 거칠게 퍼 마시고 마구 망가져 있길 원하는 무즈쉬네와는 격이 맞지가 않았다. 무즈쉬 일행 역시 오차우가 불편하기는 마찬가지였다. 황제의 스승인 데다가 신분이 자신들과는 비교도 안되는 사람이 멀쩡한 얼굴로 자신들을 지켜보고 있으니 술이 제대로 넘어갈 리가 없었다. 그리하여 술자리는 무르익을 줄 모르고 흐지부지해가고 있었다.

어색한 분위기를 눈치챈 오차우가 자리를 털고 일어서더니 웃으며 말했다.

"여러분들은 어떡하든 날 붙잡아두고 내일 보내려고 하는 것 같은데, 그러기로 결정을 했으니 걱정 말고 술들이나 들게. 아무래도 내가 여기 계속 앉아있으면 자네들이 맘대로 즐기지 못할 것 같아서 그만 일어나네."

오차우의 말에 넷째가 자리에서 일어나 술잔에 술을 철철 넘치게 따라 오차우에게 건네며 웃으며 말했다.

"저희들은 비록 배운 게 없고 무식하지만 스승님의 도덕과 문장을 대단히 숭배합니다. 스승님께서 계셔서 술을 맘대로 못 마시는 게 아니라……."

그는 한참 끙끙대더니 멋진 말을 찾아내지 못한 듯 말을 이었다.

"스승님 같이 고결하신 분들은 우리가 노는 모습이 눈에 거슬리실까 봐 신경이 쓰일 뿐입니다. 괜찮으시다면 이 한 잔만 드시고 가시는 게 어떠실는지?"

실수를 안하려고 안간힘을 쓰는 넷째의 모습에 다른 사람들은 입을 감싸쥐고 키득키득 웃고 있었지만 오차우는 아무렇지도 않은 듯 말했다.

"고맙네. 자네들의 깊은 마음 잘 알고 이 술 한 잔을 받겠네!"

말을 마친 오차우는 술잔을 받아 단숨에 쭉 들이키고는 자리를 떴다.

오차우가 떠나가자 한결 자유로워진 이들은 그제야 맘대로 웃고 떠들며 본색을 드러내기 시작했다. 하계주가 먼저 웃으며 말했다.

"도련님은 지금 머릿속에 온통 마마와 명주 걱정뿐이니 술인들 맛있게 마실 수 있겠나."

하계주는 역시 오랜동안 같이한 아랫사람답게 오차우의 마음을 정확히 읽었다. 그러나 노새는 그의 말이 귀에 거슬린다는 듯 침을 퉤! 하고 뱉으며 말했다.

"마마라면 걱정하시는 건 당연하다지만 그깟 명주가 뭔데?"

그러자 무즈쉬가 재빨리 노새의 말을 가로막았다.

"이보게 아우, 벌써 위 어른의 부탁을 잊었나? 우리는 마마의 사람이니만큼 마마께서 좋아하는 모든 것은 우리도 좋아해야 하네. 이 말은 결코 농담이 아니야."

그러자 넷째가 몰래 입을 삐죽이며 웃더니 술 한 잔을 따라 단숨에 마셔버렸다.

하계주는 무즈쉬의 말을 듣고 잔뜩 얼굴이 굳어진 노새를 보며 다가가 술을 따라주며 말했다.

"명주 어른은 그래봬도 학문은 깊잖아요."

그러자 노새가 말도 안된다는 듯이 벌컥벌컥 술을 대접째로 들이붓고는 대접을 탁자가 흔들릴 정도로 소리나게 내려놓으며 말했다.

"학문은 무슨 얼어죽을 학문이오! 오 선생님 발뒤축에도 못 따라가는 주제에! 기생년이나 품으라면 둘째 가라면 서러워 하겠지만!"

"야, 아우!"

갈수록 거칠어지는 노새를 무즈쉬가 큰형 신분으로 제지시키고 나섰다. 그러자 넷째도 얼굴이 붉으락푸르락해지더니 무즈쉬를 도와 한마디 거들고 나섰다.

"명주가 뭐가 되든지 왜 그렇게 난리들이야. 그 사람이 우리보고 밥 달래 술 사달래?"

큰형격인 무즈쉬의 이같은 불호령에 장내는 갑자기 웃음보가 터뜨려지고 언제 그랬냐 싶게 술상 분위기는 다시 무르익어갔다. 노새가 웃으며 일어나더니 넷째를 향해 손가락질을 하며 악의없는 말투로 한마디 했다.

"넷째, 잘 났다, 잘 났어. 자네 팔뚝 굵은 거 내가 인정할께. 나중에 어디 한번 일대 일로 붙어봐야지!"

그 말을 던지고 노새는 밖으로 나갔다. 그러자 무즈쉬가 가벼운 한숨을 내쉬며 말했다.

"다들 밖에서 맘대로 굴러먹던 습관이 있어서 욱하는 성격 못 버리고 그러는데 이래서야 되겠나?"

그의 말에 넷째가 웃으며 입을 열었다.

"명주가 오품 시위로 진급하고 마마의 사랑을 받으며 잘 나가니 까 괜히 시샘이 나서 그러겠죠!"

그러자 하계주도 한마디 거들었다.

"그러고 보면 명주 어른도 좀 안 좋은 데가 있어요. 자상하고 부 드러운 건 좋은데 어딘가 모르게 사람 무시하는 경향이 있다구 요."

하계주가 평소에 자신이 명주에게 가졌던 생각을 털어놓으려는 순간, 갑자기 급한 발자국 소리와 함께 노새가 뛰어 들어오며 말 했다.

"왔어요, 왔어요!"

그러자 넷째가 의자를 손바닥으로 두드리며 말했다.

"걱정할 거 없어. 앉아 봐. 술이나 한잔씩 더 마시자구!"

하계주도 웃으며 말했다.

"자, 한잔 받으시죠!"

그러나 노새는 거칠게 하계주를 밀어내더니 달려가 벽에 걸린 보검을 내려 서슬 푸른 칼날을 '쐐악' 하고 꺼내 보이더니 밖으로 뛰쳐나가려 했다.

놀란 하계주는 얼굴이 하얗게 질린 채 몸을 웅크리고 꼼짝 못하 고 있었다. 눈치 빠른 넷째도 의자를 발로 차서 쓰러뜨리며 벽 쪽 으로 가서 역시 칼을 뽑아들고 밖으로 나가려고 했다. 역시 경험 이 많은 무즈쉬가 무슨 일이 났다는 것을 직감하면서도 냉정하게 노새를 잡아당기며 말했다.

"아우, 무슨 일인가?"

그러자 노새는 길게 설명할 겨를이 없다는 듯 거두절미하고 크게 말했다.

"모두들 칼 들고 나오세요!"

여러 사람은 말없이 노새를 따라 밖으로 뛰쳐나와 낮은 담벽에 몸을 숨기고 밖을 내다보았다. 그러자 저 멀리에서 뿌연 먼지를 일으키며 수백 명은 족히 될 것 같은 녹영병(綠營兵)들이 파죽지세로 산고점을 향해 달려오는 게 보였다.

순간 하계주는 놀란 나머지 얼굴이 파랗게 질린 채 혼자말처럼 중얼거렸다.

"세상에! 이게 웬일이야?"

무즈쉬는 무슨 일이 일어날지 잘 알겠다는 듯이 말했다.

"불 보듯 뻔한 일이오! 어서 오 선생님을 서쪽 방향으로 피신시켜야겠소. 저녁에 우리 향산(香山)에서 만나지!"

그리고는 굳어진 얼굴을 하계주에게로 돌리며 말했다.

"하 선생, 자네는 장사하는 사람이니 아무것도 모르는 척 앞에 나가 손님 맞을 준비를 하라구. 명심하게, 단순무식한 장사꾼이기에 아무것도 모르는 거요! 넷째, 그리고 서 있지 말고 어서 가서 사용표 어른한테 알리지 않고 뭐해?"

넷째는 이마의 식은땀을 훔치며 서둘러 사용표에게로 갔다. 하계주도 부들부들 떨며 가게 안으로 들어갔다.

병석에 누워있던 사용표는 다급한 넷째의 소식을 접하고 상서롭지 못한 일임을 깨닫고는 자리에서 벌떡 일어나 밖으로 나왔다. 그리고는 순식간에 몸을 날려 지붕 위에 올라 사방을 둘러보고는 말없이 들어왔다.

방안에 들어서자마자 그는 긴 머리채를 둘둘 감아 얹고는 침대 밑에서 강회가 특별히 선물한 금사(金絲) 회초리를 꺼내 들었다. 그리고는 담담하게 입을 열었다.

"사방이 다 포위당했어! 우리는 그런대로 괜찮은데 오 선생이 걱정이네! 다행히 주변에 몸을 숨길 만한 바위들이 많으니 잠시 거기에 숨어 있으면 물불이 들이닥친들 당분간은 두려울 게 없네! 넷째, 자네는 지금 아직은 봉쇄가 허술한 틈을 타 밖에 나가 호신에게 이 소식을 전해야 한다구! 정 안되면 소 어른을 찾아서라도 꼭 알려야 해. 낮시간만 잘 견뎌내면 밤에는 괜찮으니 어떻게든 낮시간에 잘 숨어 있어야 해!"

넷째가 잘 알겠다는 듯이 머리를 끄덕여 보이고는 날렵하게 담을 넘어 서쪽 방향으로 향했다. 햇볕이 가장 강한 낮이라 칼을 들고 담을 넘는 넷째를 발견한 사병이 소리를 질러댔다.

"진짜 도둑굴이네! 빨리 잡아라. 도둑이 담을 넘었다!"

순식간에 어지러운 발자국 소리가 여기저기에서 들려오고 방금 살기등등했던 정적과는 반대로 더욱 무서운 공포가 엄습해 왔다.

하도 떠들썩하기에 영문 모르고 밖에 나온 오차우는 뒤에서 다가온 노새와 무즈쉬에게 꼼짝없이 두 팔을 묶인 채 질질 끌려 지심도(池心島) 한가운데에 있는 동굴 안에 와서야 놓여났다. 오차우가 무어라고 물어보기도 전에 무즈쉬가 먼저 목소리를 낮춰가며 말했다.

"오 선생님, 오배 그 놈이 선생님을 잡으러 왔네요! 우리가 목숨이 붙어있는 한 털끝 하나 못 다치게 잘 지켜드릴 테니 걱정 마시고 여기 계세요. 넷째가 구원병을 부르러 갔으니 어두워질 때까지만 버티면 오배가 아니라 그의 할배가 찾아와도 우릴 어쩔 수 없을 거예요!"

이때, 하계주가 비틀거리며 뛰어오더니 발을 동동 구르며 말했다.

"어르신! 여기는 들어가기는 쉬워도 빠져나오기가 힘들어 안돼요!"

그러자 노새가 이를 악물며 하계주를 끌어당겨 땅바닥에 눌러 앉히며 큰소리로 혼내켰다.

"당신이 뭘 안다고 그래? 재수없게. 한번만 더 징징거렸다간 오늘이 제삿날이 될 줄 알어!"

그러자 오차우가 급히 말리고 나섰다.

"무슨 그리 심한 말을 하오! 급하다고 아무말이나 해서야 되겠소? 아무래도 이 사람은 주인인데 아무렇게나 지껄이겠소?"

그제야 노새는 자신의 실수를 인정했다.

"농담이었어요."

그러자 하계주가 투덜대며 반박했다.

"농담도 가려가면서 해야지!"

그러자 무즈쉬가 귀찮다는 듯이 두 사람을 째려보며 말했다.

"그만두지 못해?"

그러나 사용표는 이들의 입씨름에는 아랑곳하지 않고 지세(地勢)를 살펴보더니 물었다.

"하씨, 이 연못의 수심(水深)이 얼마나 되오?"

그러자 당황해진 하계주가 머뭇거리며 말했다.

"글쎄요. 한…… 한…… 석 자 정도?"

"좋아!"

무즈쉬가 두 손을 허리춤에 지르고 말했다.

"우리라고 앉아서 당하고 있을 수만은 없어! 자식들, 한바탕 붙어보자, 그래!"

이같이 말하는 사용표의 눈에서는 불이 이글거렸다. 이때 녹영병 사병들의 고함소리는 코 앞에서 귀청이 떠나갈 듯 들려왔고, 산고점을 둘러싸고 있는 담벽들은 순식간에 와르르 무너져 내렸다. 삽시간에 산고점 어디라 할 것 없이 햇빛에 번뜩이는 칼날들이 살기를 더해갔다.

산고점을 물샐틈없이 포위해 놓고 난 목리마는 흡족스러운 표정으로 말에서 뛰어내리더니 득의양양해서 큰소리로 외쳐댔다.

"수색 시작!"

이때 지심도에 있는 가산석(假山石) 뒤에서 한 노인이 걸어나왔다. 그는 긴 머리채를 머리 위로 둘둘 감아올리고 두루마기자락 한쪽 끄트머리를 허리춤에 쑤셔넣고 흰 턱수염을 날리면서 태연자약하게 걸어나오더니 목리마를 향해 정중히 읍하며 물었다.

"수색하고 자시고 할 것도 없소, 다들 여기 있으니! 그런데 궁금한 건 장관(長官)께서 이 별볼일없는 가게에 이렇게 많은 사병들을 풀어 도대체 뭘하겠다는 거요?"

노인의 말에 목리마는 저으기 놀랐다. 6년 전 서시장에서 사감매를 잡아가려고 했을 때 한번 만난 적이 있던 사용표를 목리마는 알아보지 못했다. 그는 머리를 돌려 나모를 쳐다보았다. 그러나 나모 역시 잘 모르겠다는 듯이 머리를 저었다. 그제야 목리마는 큰소리로 물었다.

"이리로 와! 뭐 하는 사람이야!"

그러자 사용표도 큰소리로 말했다.

"난 이 가게의 주인인 사용표요. 평생 법을 어기는 게 어떤 건지 모르고 정직하게 살아온 걸 이 일대의 백성들치고 모르는 사람이 없소! 그런데 뭣 때문에 하늘이 시퍼렇게 내려다보는 천자의 발밑에서, 그리고 훤한 대낮에 이런 짓을 일삼는 거요? 대체 〈대청법률(大淸法律)〉의 어느 조항에 따른 거요?"

나모는 결코 호락호락하지 않은 노인의 이같은 말에 진작에 화가 났던 터라 침까지 튕기며 큰소리로 고래고래 소리질렀다.

"집구석에 죄질이 무거운 범인을 숨겨두고 있으면서도 무사할 줄 알았어?"

29. 구원병

　한편 비취가 차에 오르자 강희는 그녀가 여기서 기다리고 있었던 이유를 다그쳐 물었다. 비취가 머리를 숙이고 대답을 하지 않자 소마라고가 웃으며 이같이 말했다.

　"언니가 어떤 사람인지는 중요하지 않아요. 오늘 우리가 그쪽으로 가는 것을 막았다는 자체만으로도 언니는 우리의 은인이에요. 보아하니 굳이 속일 필요도 없겠네요. 이 분은 우리의 천자이신 오늘날 대청제국의 강희황제이시구요, 난 마마의 시녀인 완낭이라고 해요. 가마 안이라 격식을 차려 인사드릴 수는 없지만 내가 먼저 마마를 대신하여 깊이 감사드리겠어요!"

　비취는 황제 주변에 이토록 경우가 바르고 사리판별에 능한 시녀가 있다는 것에 감탄하며 슬그머니 강희의 얼굴을 훔쳐보았다. 그러자 강희가 시무룩하게 웃어보이며 머리를 끄덕였다. 황제라는 지위가 가지고 있는 무게감과 위엄에 짓눌려 잔뜩 기가 죽어있던 비취는 해맑은 미소의 황제를 보며 갑자기 두려움과 쑥스러움이 깡그리 사라지는 것 같았다. 한참 후에 비취가 대담하게 말했다.

"사실은 노비가 어려운 일이 있어 위험을 무릅쓰고 마마를 뵙고자 했던 것이옵니다."

"무슨 일이오?"

강희가 흥미진진하게 물었다.

"명주 어른 때문이옵니다."

비취가 명주의 이름을 거론하자 강희는 흠칫 놀라는 표정이 되었다. 그리고는 얼굴을 돌려 의미심장한 눈빛으로 소마라고를 바라보았다. 두 사람의 눈이 충분히 교감을 이루었을 때 강희가 비취를 바라보며 물었다.

"명주는 나의 근신(近臣)인데, 행방불명이 됐소! 그가 지금 어디 있소?"

"오배네 집에 있는 줄로 아옵니다!"

비취가 차갑게 대했다.

"뭐요?"

강희가 깜짝 놀라는 기색을 보이더니 이내 표정을 부드럽게 하며 웃어보였다.

"아, 맞아! 내가 오배한테 볼일이 있어서 보냈었지, 참."

강희의 이같은 능청스런 대답에 소마라고와 비취는 둘다 똑같이 의아쩍어하며 강희를 바라보았다. 잠시 후에 비취가 다급히 물었다.

"마마께서는 그런 호랑이굴로 명주를 혼자 보내다니요?"

"뭐라구?"

강희가 놀란 듯 이같이 반문했다. 마차가 흔들려서인지 아니면 놀라움에서인지 하마터면 자리에서 앞으로 넘어질 뻔 했다. 그러자 소마라고가 비취에게 다그쳐 물었다.

"언니는 어떻게 알았나요?"

비취는 손가락으로 옷자락을 돌돌 말며 한참동안 말이 없었다. 오랜 망설임 끝에야 그녀는 나직이 입을 열었다.

"저도 뭐라고 딱히 말씀드릴 수가 없네요. 명주 어른이 살아서 돌아오면 직접 물어보세요."

멀리 서편문(西便門)이 바라보이자 소마라고는 그때서야 이 여자를 데리고 입궁할 수는 없다는 생각을 하게 되었다. 경사방 쪽에 뭐라고 신분처리를 하기도 곤란하고 태황태후가 알면 한바탕 난리가 날 게 뻔했기 때문이다. 신중하게 생각한 끝에 소마라고가 입을 열어 물었다.

"사시는 데가 어딘지 말씀해 주시면 우리가 모셔다 드릴게요."

"아니, 괜찮아요."

비취가 가벼운 한숨을 내쉬더니 소리를 높였다.

"여기서 내릴게요. 세워 주세요!"

너무나 큰 목소리에 수레 안에서 무슨 일이 일어났는 줄 알고 깜짝 놀란 장만강이 급정거를 했다. 강희와 소마라고에게 간단하게 고개 숙여 인사를 건넨 비취는 두 사람의 반응은 아랑곳하지 않고 밑으로 뛰어내렸다. 그리고는 아까처럼 모자를 눌러쓰고 밖으로 나온 머리카락을 잘 쓸어 모자 안으로 넣고 나서 강희를 향해 읍을 하고는 뒤돌아섰다.

"잠깐만!"

씩씩한 청년 같은 비취의 뒷모습을 바라보던 강희가 그녀를 불러세우며 말했다.

"또 무슨 다른 말 못할 사연이 있는 것 같은데!"

그러자 비취가 정색을 하며 말했다.

"죽여버리고 싶은 원수가 있는데 지금 찾아가려고 하나이다."

"그래? 그게 누군데?"

강희가 물었다.

"마마께 말씀드려도 도움을 받을 수 없는 일이라고 생각하옵니다."

강희는 그 원수라는 사람이 분명히 오배일 것이라고 판단하고는 머리를 저으며 웃었다.

"황제인 내가 아무럼 그런 일도 못 도와줄까 봐 그러오?"

"정말이옵니까? 그럼 노비가 실례를 무릅쓰고 말씀드리겠나이다!"

비취가 머리를 똑바로 쳐들며 이를 악물며 말했다.

"홍승주! 바로 그자이옵니다. 마마께서 그 자를 처단하여 노비의 한맺힌 마음을 풀어주실 수 있겠는지요?"

"안될 것도 없지!"

강희가 이같이 말하며 잠시 생각에 잠기더니 웃으며 말을 이었다.

"그러나 그는 이미 이년 전에 죽었소. 그러니 아가씨 혼자서 미워한 격이 됐네."

비취는 홍승주가 2년 전에 이미 저세상 사람이 되었다는 강희의 말에 마치 된방망이에 얻어맞은 듯 비틀거리며 떨리는 목소리로 물었다.

"정말이옵니까?"

그러자 강희가 웃으며 말했다.

"명색이 황제인데 설마 자네를 속이겠나? 그 사람은 충성심이 부족하고 쌓아놓은 공덕이 미미하여 사후(死後)에도 영웅대접을 못 받았소. 조용히 쓸쓸히 혼자서 죽어갔으니 모를 수도 있지."

순간 비취는 얼굴이 하얗게 질리며 나뭇가지를 붙잡고 휘청거리더니 하늘을 향해 처량한 웃음소리를 냈다.

"하하…… 하하…… 죽었어, 죽었다니!"

그토록 증오하던 원수가 죽었다는 사실에 기뻐하고 너무도 쉽게 너무도 편안하게 죽어갔다는 사실에 통분하는 것이었다. 비취는 마치 땅과 하늘이 한덩어리가 되어 돌아가는 듯한 어지러움증을 느끼며 자리에 주저앉았다. 그 사이에 강희와 소마라고를 태운 마차가 서서히 움직이는 게 보였다. 비취는 멀어져가는 마차를 바라보며 실성한 듯 중얼거렸다.

"당신들은…… 갈 길이 급하면…… 가세요!"

비취는 물 먹은 솜 같은 몸을 이끌고 비틀거리며 앞으로 걸어갔다.

한편 쓸쓸한 풍경을 뒤로 하고 앞으로 앞으로 달리고 있는 차 안에서 소마라고는 잔뜩 굳어있는 강희의 얼굴을 보며 그가 살의를 느낀 줄 알고 급히 해명에 나섰다.

"그녀는 우리를 살려준 은인이옵니다. 말이 거칠고 버릇이 없지만 용서받을 자격이 있다고 생각하옵니다."

"자네가 그 여자를 언제 봤다고 편을 들어주려고 그래? 그 여자의 속마음을 어찌 알겠소!"

강희는 이같이 말하며 소마라고를 힐끗 쳐다보더니 말했다.

"그러나 아무튼 참 묘한 일이오. 사실은 나도 평소부터 홍승주를 없애버리고 싶었거든!"

이 말을 소마라고가 직접 듣지 않았더라면 절대로 강희의 입에서 나왔다는 걸 믿지 않았을 것이다. 홍승주는 비록 명나라의 대신으로서 청나라 조정에 귀의했지만 늘 명나라에 대한 미안한 마음을 가지고 있었다. 그리고 누가 뭐래도 대청제국으로선 혁혁한 공을 세운 공신이었다. 태황태후조차 "오삼계, 홍승주가 없었더라면 대청제국의 오늘이 없다"라고 드러내 놓고 말할 정도로 그는 태황태후의 신임을 한몸에 받아왔다. 그런데 효자인 강희가 태황태후와 엇나가며 한 비운의 여자의 사적인 감정에 치우쳐 공신을 살해할 수는 없지 않는가? 이같은 생각을 하던 소마라고가 입을 열어 물었다.

"물론 마마의 대사(大事)에 감 놔라 배 놔라 건방지게 하는 건 죽을 죄를 짓는 거라는 걸 잘 알고 있사옵니다. 하지만 홍승주는 필경 대청의 공신인데 죽일 것까지는 없지 않겠사옵니까?"

"대신들마다 전부 홍승주를 따라 배운다면……."

강희가 냉소하며 말을 이었다.

"황제로서의 존엄이 뭐가 있겠소?"

이같이 말하고 강희는 입을 다물고 말았다. 눈앞에는 흙먼지가 시선을 뿌옇게 흐려 놓았고 서북풍이 을씨년스럽게 휘몰아치는 가운데 저 멀리 보이는 서편문은 오늘따라 으스스하게 느껴졌다. 거리가 좁혀지자 몇 명의 시위들이 추위에 몸을 웅크린 채 덜덜 떨고 서 있는 게 보였다. 한줄기 찬바람이 안으로 불어닥치자 강희가 흠칫 몸을 떨며 장만강에게 지시했다.

"오늘은 아예 일찌감치 궁으로 들어가는 게 나을 성 싶네. 돌아가자구!"

"네, 마마!"

장만강이 급히 대답하며 숙련된 솜씨로 말을 돌려 달리기 시작했다. 바로 이때 등뒤에서 요란한 말발굽 소리가 들리더니 서편문 안에서 말을 탄 사람이 뛰쳐나와 강희 일행을 향해 달려오고 있다. 순간 겁을 집어먹은 장만강은 달리는 말에 채찍질하며 정신없이 앞으로 달렸다.

　그러나 홑몸으로 달리던 말은 속력을 더욱 높이더니 곧 앞을 가로막았다. 장만강이 놀라 숨을 들이마시는 사이, 한 사람이 말에서 미끄러지듯 내려왔다. 그 사람은 다름아닌 웅사이였다.

　늘 입던 두루마기와 모자가 심하게 구겨지고 헝클어진 채 수행을 하나도 거느리지 않고 땀범벅이 된 채 가쁜 숨을 몰아쉬고 있는 웅사이를 보며 강희가 굳어진 얼굴로 물었다.

　"무슨 일인데 이렇게 수선을 떨고 그래? 대신이면 대신다운 침착함이 있어야지!"

　"천만지당한 말씀이옵니다, 마마!"

　웅사이가 이같이 말하며 강희한테로 다가오더니 흘러내리는 땀을 훔치며 아뢰었다.

　"그런데 마마, 위동정이 서화문(西華門)에서 잡혀있나이다!"

　"뭐라구?"

　일순 대로한 강희가 자리에서 벌떡 일어섰다. 그 바람에 강희의 머리가 가마의 천장에 심하게 부딪쳤다. 흥분한 탓에 가마에 앉아 있다는 사실마저 깜빡했기 때문이었다. 그는 터져나오는 화를 주체할 길 없어 크게 소리를 질렀다.

　"어서 말해 봐, 어떻게 된 건지."

　웅사이는 자기도 차바퀴께에 머리를 큰소리가 나도록 세 번 부딪쳐 보이고는 말했다.

"정확하게 알지는 못하옵니다만 시위한테 듣기로는 위동정이 함부로 궁안에 들이닥쳤다고 죄를 물어 내무부로 압송한다고 들었나이다. 지금 소인의 부하가 보살피고 있사옵니다."

웅사이의 말이 끝나기 바쁘게 강희가 큰소리로 말했다.

"자네, 먼저 가. 내 곧 뒤따라 갈 테니!"

그리고는 장만강에게 명령했다.

"서편문을 통해 서화문으로 가게. 아무래도 그쪽으로 가는 게 빠를 테니!"

사실 웅사이가 방금 전 자신의 부하와 류금표가 한참 승강이하는 걸 보고 다가가 보았을 때는 이미 위동정은 류금표에게 잡혀있는 상태였다.

류금표의 말대로라면 겉으론 내무부로 보낸다고 하지만 보안을 위반했다는 핑계로 순찰대에 보낼 게 뻔했다. 그 쪽의 책임자가 오배와 죽이 맞아 지내는 사이고 보면 그럴 법도 했다. 순찰대에 들어가기만 하면 살아서 나오기 힘든 건 모르는 사람이 없을 정도였다. 류금표가 씩씩거리며 위동정을 끌고나오는 순간 내각(內閣) 대학사(大學士)인 웅사이와 맞닥뜨렸다.

"거기 못 서!"

웅사이가 큰소리로 이같이 소리지르자 부임한 지 갓 한달밖에 안 되는 류금표는 눈에 확 띄는 제복에 늠름한 자태로 여러 친병(親兵)들을 거느리고 다가온 웅사이의 기세에 짓눌려 급히 다가가 큰절을 하며 말했다.

"어르신, 사실은 방금 잡은 도둑이옵니다! 예."

"퉤!"

류금표의 말이 끝나기도 전에 위동정이 그의 얼굴에 침을 뱉으며 욕설을 퍼부었다.

"너야 말로 도둑놈이다, 이 망할 자식아! 웅 어른, 이놈 말 듣지 말고 손전신 아니면 경사방 조병정에게 전해주세요! 이 자식을 혼내주게!"

위동정의 말에 일리가 있다고 생각한 웅사이가 즉시 부하에게 명령했다.

"무슨 일이 있더라도 여기서 위 어른을 잘 모셔. 이 사람들이 데려가게 해서는 안돼. 내가 갔다가 바로 올게."

그러자 사태가 돌아가는 상황을 짐작이라도 하듯 류금표가 반부얼싼과 이 어른은 절대로 한솥밥을 먹는 사람이 아님을 확신하고 안으로 들어가려던 웅사이를 막고 나섰다.

"어르신, 어명이라도 받으신 건가요?"

"난 황제를 만나러 가는 게 아니야."

웅사이가 말했다.

"내부무 장관 조병정을 만나러 가는 거지."

"그래요?"

두 눈에 뵈는 게 없는 류금표가 옆에 그림자처럼 따라다니는 부하의 안내로 웅사이에게로 다가가더니 길을 막고 말했다.

"그렇다면 더더구나 들어가실 필요가 없을 듯 하네요. 그 어른이 안에 없으니깐요!"

그러자 화가 난 웅사이가 큰소리로 말했다.

"왜? 지금 나한테 걸고 넘어지는 거야?"

"흥!"

류금표가 코방귀를 뀌며 냉소했다.

"찾는 사람이 없어서 들어가지 말라는데 그게 어째서 걸고 넘어지는 건가요? 난 무식하고 단순한 놈이오. 개띠라서 주인의 발치를 졸졸 따라다니는 재주밖에 없다구요. 다른 사람은 몰라 봐요, 그래도 들어가셔야겠다면……."

그는 입가에 음험한 웃음을 걸고 말했다.

"정 그렇다면 어르신도 함께 가두는 수밖에 없네요!"

북경 사람들의 호기심은 알아줘야 했다. 모자에 빨간 끈을 드리운 높은 사람과 신참인 듯한 시위가 밖에서 손짓발짓을 해가며 언성을 높이자 구경꾼들은 하나둘씩 모여들기 시작했다.

사실 웅사이는 강희가 백운관 산고재로 간다는 소식을 전해 듣고 걱정스러워 몇 명의 부하들을 거느리고 멀찌감치 따라나서려던 중이었다. 그런데 길에서 호궁산을 만나 위동정의 처지를 듣고는 잠깐 달려가서 오해나 풀어주고 위동정을 데리고 나오려고 했다. 그런 생각에서 서화문에 갔다가 그만 발목을 잡히고 말았던 것이다. 그런데 어쩌다 보니 자신마저도 휘말려 들어가게 됐다고 생각한 웅사이가 한참을 생각 끝에 입을 열었다.

"보아하니 직무에 충실한 보기 드문 일꾼인 것 같은데 잠시만 기다려 보게. 내가 말발이 좀 설만한 사람을 찾아올 테니, 그때 가서 다시 보자구."

말을 마친 웅사이는 류금표의 대답은 들을 생각도 않고 말을 달려 서쪽 방향으로 향했다.

그러자 류금표가 "흥! 별꼴이야!" 하고 내뱉으며 부하들에게 큰소리로 말했다.

"저 자를 데리고 가자!"

대기중이던 류금표의 부하들이 달려들어 위동정을 끌고 가려고 했다. 그러나 곧 두 줄로 나뉘어 빽빽이 늘어선 웅사이의 부하들에 의해 저지당하고 말았다.

"이보게 형씨, 뭘 그리 서두르오?"

그 중의 한 사람이 팔짱을 낀 채 앞으로 나서며 "푸하하!" 하고 침까지 튕기며 웃어댔다.

"형씨나 나나 다들 윗사람 눈치보며 사는 처지가 아니오? 우리 어른 체면도 좀 생각해 줘야지. 그러지 말고 좀 기다렸다 가는 게 어떤가?"

그러자 류금표가 별꼴이라는 듯이 목에 핏대를 세우며 바락바락 악을 써댔다.

"당신의 어른이라니? 그 사람이 뭔데 내가 그 사람을 기다려 줘?"

이같이 말하며 류금표는 계속 앞으로 밀고 나갔다. 그러자 웅사이의 부하 하나가 더는 참을 수 없다는 듯이 얼굴을 일그러뜨리며 말했다.

"당신이 개라면 나는 늙은 개요! 주인 발뒤꿈치 핥으며 다닌 지 얼마나 됐소? 이마에 피도 안마른 것이 눈깔만 잔뜩 높아가지고. 에라, 이 자식아, 영정하(永定河) 거북이보다 못한 자식 같으니라구! 뒈질려고 남의 어른을 얕잡아보고 그래!"

나라마다 특색이 있는 욕이 있다. 그런데 중국에서는 거북이와 관련된 욕이 제일 심하다. 때문에 류금표는 그 말에 화를 발끈내며 가로막고 있는 웅사이의 부하의 팔을 거칠게 밀쳐버렸다. 그리고는 주먹을 들어 그의 면상을 향해 날렸다. 그 부하는 비록 류금표와 힘겨루기를 하면 자신이 없었지만 눈치가 빠른지라 이내 몸을 낮춰 잽싸게 피했다.

그러자 더욱 화가 난 류금표가 이번에는 달려오더니 웅사이 부하의 아랫배를 힘껏 걷어찼다. 밀물처럼 밀려든 구경꾼들은 모처럼 생긴 재미난 볼거리를 놓칠세라 응원까지 해댔다.

이윽고 이대론 결판이 날 것 같지 않은지 류금표가 손가락을 입 안에 집어넣어 신호를 보냈다. 그러자 서화문 밖에서 경비를 서던 병사들이 우루루 몰려왔다. 웅사이의 부하도 질세라 속주머니에서 비수를 꺼내들고 있었다.

바로 이때였다.

"이 개자식들 못 꺼져!"

특유의 목소리와 함께 장만강이 붉은 칠을 고급스럽게 한 가마에서 내리며 류금표를 향해 눈을 부라리며 다가왔다. 이 양심전의 총관태감은 한 손에 금화살과 다른 한 손에는 역시 금으로 만든 도끼를 들고 팔자걸음을 하고 걸어오고 있었다. 그 옆에는 문화전 대학사인 웅사이가 공손히 따라왔다.

류금표는 비록 순찰대로 온 지 얼마 되지는 않았지만 이 두 가지 물건은 웬만한 사람한테는 꿈도 못 꿀 귀한 신분의 상징임을 잘 알고 있었다. 이 두 가지가 변방을 잘 지키고 공로를 인정받은 관리에게 특별히 하사하는 물건임을 아는 류금표는 급히 무릎을 꿇으며 머리를 조아렸다.

"노비 류금표가 성안(聖安)을 올리옵니다!"

그러자 다른 병사들도 일제히 무릎을 꿇었다. '성안을 올린다'는 말을 들은 구경꾼들 중의 한 노인이 소리를 질렀다.

"마마께서 행차하셨는데, 어서 무릎을 꿇지 않고 뭐해!"

사실 북경성에 살면서도 이런 장면은 흔치 않았던 백성들은 하나같이 풀썩풀썩 무릎을 꿇으며 외쳤다.

"만세! 만세!"

"황제 마마 만세!"

한편 장만강과 웅사이와는 간발의 차이로 도착해서 가마에 앉아 지켜보던 강희는 난데없는 "황제 만세!" 소리에 소마라고를 바라보더니 백성들을 만나러 나가려고 했다. 그러자 소마라고가 다급히 머리를 흔들고 손을 가로저으며 말렸다. 그러나 강희는 씨익 웃으며 말했다.

"손 어멈이 그러시는데 '사람은 지위고하를 막론하고 마음은 거의 다 비슷하다'고 하셨소. 황제가 자기네를 접견하러 나갔는데 설마 날 해코지하기야 하겠소?"

말을 마친 강희는 곧 몸을 일으켜 가마에서 내려 다가가더니 맨 앞에 앉은 노인의 팔을 잡아 일으키며 말했다.

"어! 연세가 꽤나 들어보이는데 어서 일어서세요. 여기 모여앉아 뭐하시는 거예요?"

노인은 말로만 듣던 멋진 청년황제가 나타나 이같이 겸손하게 말하자 어쩔 줄을 모르며 얼버무렸다.

"마마…… 사실은 심심해서…… 구경 나왔사옵니다. 여기, 여기……."

그러자 기회를 놓칠세라 류금표가 잽싸게 노인의 말을 받았다.

"노비, 마마께 아뢰옵니다. 사실은 건청궁 시위 위동정이 함부로 입궁하려 하다가 소인에게 잡혔사옵니다."

강희는 한켠에 묶여있는 위동정을 진작에 보았던 차라 속으론 이 류금표가 괘씸하기 그지없었다. 하지만 억지로 분노를 억누르고 웃어보이며 말했다.

"자네 정말 열심히 하는구만. 이름이 뭐야? 여기서 일한 지 얼마나 됐지?"

그러자 류금표가 시커먼 눈을 움찔움찔하며 대답했다.

"소인 류금표는 여기서 일한 지 꼭 한 달이 되었사옵니다."

"오, 그렇구나!"

강희가 알겠다는 듯이 이같이 말하며 웃으며 덧붙였다.

"신참이라도 새파란 신참이군. 그러니까 뭘 잘 모르지. 이 위동정은 내가 데리고 있는 어전 시위인데 오늘 어명을 받고 왔다가 급한 김에 통행증도 안 가져온 모양이군. 하지만 사람이 가끔 이렇게 실수할 수도 있지 않겠나? 어전 시위이고 초범인 것을 감안해 이번에는 없었던 일로 하게."

그리고는 장만강에게 말했다.

"일 열심히 하는 사람인데, 잘 좀 해주게. 오늘 좀 있다가 황금 열 냥을 상으로 주게."

"네, 마마!"

장만강이 급히 대답했다. 강희의 명령에 위동정을 지키고 서 있던 병사들이 불에 덴 듯 황급히 위동정을 풀어주었다. 그러자 위동정은 즉각 강희 앞에 꿇어앉으며 말했다.

"성은이 망극하옵니다."

자초지종을 알게 된 백성들은 강희의 결단성있는 태도에 한결같이 박수를 보냈다.

일을 마치고 가마에 올라 휘장을 지르려던 강희가 갑자기 멈춰서며 말했다.

"위군, 자네도 같이 가지. 웅사이, 자넨 내무부에 가서 돈을 찾아다가 오늘 자리에 같이 있었던 백성들에게 한 사람 앞에 은전 두 냥씩 나눠주게."

말을 마치자마자 강희는 휘장을 내리고 다시 입궁을 재촉했다. 얼마 후에 강희를 태운 마차는 서화문으로 들어갔다.

한편 비취와 헤어지자마자 호궁산은 바로 위동정을 찾아갔으나 헛물을 켜고 말았다.

"위 어른은 방금 궁에 들어갔어요. 서화문에 가서 기다리시면 금방 만나실지도 모르겠네요."

위동정네 집에서 일하는 하인이 이같이 말해주었다. 호궁산은 곧 서화문으로 향했으나 위동정이 결박당해 있는 게 보였다. 그러나 무모하게 나설 자리도 아니고 그렇다고 보고만 있을 수는 없던 호궁산은 먼저 백운관에 가서 상황을 보고 결정하리라 마음먹었다.

호궁산은 급히 태의원으로 돌아와 웅사이의 아들이 경풍(驚風)을 일으켜 부인이 사람을 시켜 자신을 찾으러 왔다며 당직 관리에게 둘러대고는 아무 말이나 잡아타고 무작정 채찍질을 가했다.

반쯤 달려갔을 때 서화문 쪽을 향해 맞은편에서 오고 있는 웅사이와 만났다. 사복 차림의 웅사이 뒤에는 하인들과 사병들이 모두 사복차림으로 따라오고 있었다. 이 모습을 본 호궁산이 말을 멈춰세우고 인사를 올리고는 말했다.

"웅 어른, 잠시만요. 소인이 긴히 드릴 말씀이 좀 있습니다!"

호궁산을 발견한 웅사이도 반갑게 웃으며 맞아주었다.

"누구 아들이 경풍을 일으켜서 급히 가봐야 한다는 사람이 이렇게 노닥거려도 되겠나?"

"지금은 농담할 때가 아니에요!"

호궁산이 말했다.

"위동정이 서화문에서 잡혔소. 웅 어른, 어서 가 보십시오!"

"뭣이?"

대경실색한 웅사이가 급히 말을 달려 서화문으로 향했다. 그러자 호궁산이 말고삐를 잡은 채 한마디했다.

"아무리 바빠도 옷은 제대로 차려입고 가야지! 아니면 요새 애들은 사람대접 잘 안한다고!"

말을 마친 호궁산도 서둘러 백운관 방향으로 달려갔다.

등골에 땀이 배어나올 정도로 한참을 달려 백운관을 1리 정도 남겨놓고 보니 산고점을 에워싸고 있던 담벽들은 전부 허물어져 있었다. 아우성과 고함소리는 들리지 않았지만 번뜩이는 무기들을 들고 있는 병사들의 모습이 심심찮게 보였다. 어떻게 할까 하고 잠시 생각하는 사이, 나무 뒤에 숨어있던 병사가 갑자기 뛰쳐나오더니 호궁산의 앞을 막으며 소리질렀다.

"뭐하는 사람이오? 앞에서는 지금 도둑을 잡느라 정신이 없으니 우리 오 어른의 특별허가가 없는 한은 누구도 안으로 들어갈 수 없소."

"개 뼈다귀 핥아먹는 소리 좀 작작해라, 이 뒈질 놈아!"

호궁산이 빈정대고 웃으며 이같이 욕설을 퍼부었다. 그리고는 미리 준비해서 손에 끼고 있던 표창(鏢槍)을 날려보냈다. 그러자 두 병사는 끽소리도 못하고 이마에 표창이 꽂힌 채 널부러지고 말았다.

호궁산은 두 구의 시체를 발로 툭툭 걸어차서 길가에 있는 흙탕물에 밀어넣었다. 그런 다음 길 옆에 있는 나무에 말고삐를 매 놓고 갓길을 이용해 숲에 몸을 숨겨가며 천천히 산고점에 접근했다. 거의 다 갔을 때 맞은 편에서 모자에 붉은 천을 드리우고 꿩무늬가 새겨진 제복을 입은 태감이 정신없이 말을 달려 이쪽으로 오고 있었다.

바로 이때 숲속에 숨어있던 호궁산이 갑자기 뛰쳐나가 길 한가운데에 버티고 섰다. 전속력으로 달려오던 말의 주인은 다급하게 말고삐를 당겼으나 놀란 말이 걸음을 즉각 멈추지 못하고 앞발을 높이 치켜 들고 그 자리에서 몇 바퀴를 돌았다. 말 다루는 솜씨가 뛰어난 사람이었기에 망정이지 하마터면 말 위에서 떨어질 뻔 했다.

가까스로 정신을 가다듬은 태감이 보니 키가 5척도 되나마나 한 못 생긴 황달병 환자이거나 아니면 거지 같은 사람이 길 중앙에 서 있는지라 대로하며 뭐라고 알아도 듣지 못할 욕을 해댔다. 만주어(滿洲語)인지 아니면 몽고어(蒙古語)인지 알아들을 수가 없었다.

"지금 뭐라는 거야! 이 사람아, 알아듣게 말해야지."

호궁산이 오히려 큰소리치며 말했다.

"거지 같은 자식, 뒈지고 싶냐구 했다, 왜?"

그 태감이 이번에는 한어(漢語)로 욕을 해대며 채찍을 날렸다. 호궁산은 눈을 감고 일부러 얼굴을 바싹 들이대어 채찍세례를 자청했다. 그러나 채찍이 한바탕 갈기고 지나간 호궁산의 얼굴은 줄 하나 가지 않고 멀쩡했다. 깜짝 놀란 태감이 또다시 치기 위해 채찍을 들었던 팔을 맥없이 내리며 물었다.

"당, 당신은 사람이오? 귀신이오?"

"헛소리 하지 말고 내려와, 임마!"

호궁산이 다섯 손가락으로 말의 앞다리를 두어 번 툭툭 쳤다. 그러자 말은 금세 다리에 쥐가 올라 "쿵!" 하고 쓰러졌다. 놀란 태감이 땅바닥에서 일어나기도 전에 호궁산이 다가가 발로 그의 허리를 짓밟으며 웃으며 말했다.

"너같은 놈 백 명이 달려들어 봐라, 어디 눈 한번 깜빡 하나? 말해! 앞에서 무슨 일이 일어났으며 넌 지금 어디로 가던 중인지 말이야."

그 태감은 입에 흙고물을 잔뜩 바르고 애써 일어나보려고 안간힘을 썼다. 하지만 상대가 별로 발에 힘을 가하지 않은 것 같은데도 전혀 허리를 펼 수가 없었다. 이 못 생긴 사람의 괴력을 느낀 태감은 겁에 질려 엎드린 채 헉헉거리며 말했다.

"어르신, 발만 치워주시면…… 말…… 말하겠나이다."

버벅거리며 한참을 얘기하는 태감의 말을 대충 알아들은 호궁산은 산고점 주변에 5백 명이 진을 치고 있고, 산고점 식구들은 전부 지심도에 갇혀있다는 사실을 알게 되었다. 그리고 목리마도 생포됐다는 사실도. 이 태감은 지금 나모의 명을 받고 오배에게 소식을 전하러 가고 있었던 것이다.

호궁산은 일희일비하지 않을 수가 없었다. 오배가 이번에 한번 대청소를 해버릴 요량으로 덤빈 것 같은데 성격상 속전속결을 원할 게 분명했다. 만약 제때에 구원작전을 펴지 못한다면 지심도에 있는 사람들의 생명은 장담을 할 수 없을 게 거의 확실시됐다. 게다가 위동정이 묶여 있으니 혼자서 마냥 독불장군 노릇을 할 수는 없었기 때문이다. 불행 중 다행이라면 목리마가 생포당해 있다는 거였다. 때문에 당장에 무슨 일이 벌어지지는 않을 거라는 기대감도 컸다.

이런저런 생각에 잠겨 잠간 방심하는 사이에 발밑에 깔려있던 태감이 갑자기 힘껏 솟구치더니 개구리처럼 빠져나가 저 멀리 숲

속으로 도망가 버렸다. 그러나 호궁산은 마치 병든 쥐 붙잡아오는 고양이처럼 아무렇지도 않게 그 태감을 다시 잡아들여 물었다.

"너는 한인이야? 아니면 만인이야?"

"저……."

한어(漢語)에 서투른 그 태감이 한참 생각하더니 대답했다.

"저는 한인인데요!"

"거짓말!"

호궁산이 말했다.

"그럼 방금 한 만어(滿語)는 또 뭐야!"

"진짜, 진짜입니다."

태감은 호궁산의 발에 짓밟혀 발의 통증이 뼛속까지 스며드는 아품을 느끼며 말했다.

"만어를 하면…… 사람들이 날 무서워……."

태감의 말에 화가 치민 호궁산이 한 손으로 그 태감을 번쩍 들어 머리 위에 치켜올리며 말했다.

"도망가다가 나무에 부딪친 셈 치는 게 좀 덜 억울할 거다!"

이같이 말하며 호궁산은 그 태감을 힘껏 내던졌다. 나무에 머리를 심하게 부딪친 태감은 뇌수가 터져서 나무에 기댄 채 즉사하고 말았다.

그쪽의 상황을 알았으니 도움을 줄 수 없을 바엔 쫓아가서 화를 자초할 수 없다고 생각한 호궁산은 몸에 붙은 먼지를 툭툭 털며 매달아 놓았던 자신의 말을 찾으러 왔다. 그런데 남루한 차림에 머리가 마구 헝클어진 자가 악을 쓰며 나무에 비끌어 맨 말고삐를 풀고 있는 게 아닌가!

"잘 만났다, 이 도둑놈아!"

호궁산이 이같이 소리지르며 그 자를 붙잡아보니 안면이 있는 사람이었다. 알고보니 그는 산고점의 '일꾼'인 넷째였다. 순간 호궁산은 깜짝 놀라며 다그쳐 물었다.

"아우, 자네 어떻게 된 건가?"

"호 어른!"

넷째도 호궁산을 알아보고 반가운 듯 말했다.

"그러는 어르신은 여기에 어쩐 일이세요?"

그러자 호궁산이 웃으며 말했다.

"왜? 이런 곳에 자네만 다니란 법이라도 있나? 근데 자네는 왜 이렇게 됐나?"

"말도 마세요! 재수 옴붙었어요. 엊저녁에 도박판에서 돈을 잃고 홧김에 술이 떡이 됐다는 거 아니겠어요."

"나보다 거짓말 더 잘하는 사람도 있으니 다행이군."

호궁산이 껄껄 웃으며 말했다.

"나, 다 알아. 위동정을 찾아 구원병을 요청하려고 했었는데 잘 안됐지?"

호궁산과는 평소에 적잖이 왕래를 했었지만 이런 장소에서 만나니 왠지 께름직했던 터라 넷째는 대단한 통찰력을 지닌 호궁산의 물음에 어떻게 대답해야 할지 몰랐다. 한참을 망설이다가 천천히 물었다.

"근데 내가 구원병을 부르러 간 건 어떻게 알았어요?"

호궁산은 그의 어깨를 툭 치며 웃으며 말했다.

"그래, 솔직히 얘기하니 이제야 아우답다! 이렇게 사실대로 얘기해야지 내가 돕든가 말든가 하지."

넷째는 진퇴양난의 시점에서 호궁산의 이같은 말이 그렇게 반가

울 수가 없었다. 그는 갑자기 땅바닥에 풀썩 무릎을 꿇어앉으며 눈물로 호소했다.

"호 어른께서 만약 저기 갇혀 있는 우리 두 형을 구해주신다면 전 영원히 호 어른의 노예가 되더라도 이 은혜를 꼭 갚을게요!"

"허튼소리 작작하고 어서 일어나!"

호궁산이 웃으며 말했다.

"자네의 영악함은 내가 알지. 갇혀있는 사람 가운데는 두 명의 형들 뿐만 아니라 황제의 스승인 오차우도 포함되어 있는 거지? 내 말 틀려? 그리고 자네가 제일로 걱정스러운 건 오차우의 안위일 테고. 어때?"

너무나 투철하게 꿰뚫고 있는 호궁산의 말에 넷째가 웃으며 말했다.

"사실대로 실토하는 수밖에 없겠네요. 호 어른 같은 산신령 앞에서는요. 그런데 무슨 좋은 대책이라도 있는 거예요?"

그러자 호궁산이 준비해 두기라도 한 듯 술술 방안을 꺼내놓기 시작했다.

"내가 미리 알아봤는데 목리마가 사용표에게 잡혀 지심도에 있는 게 분명하다구. 그러니 우리측의 안위도 아직은 그렇게 걱정스러운 단계는 아니오. 지금 나랑 같이 오배네 집에 가서 목리마와 명주를 맞바꾸는 방안을 논의해야겠소. 천하의 오 어른이 피를 나눈 형제의 사활에 대해서는 어떻게 생각하는지도 알아보고 말이오."

그러자 넷째가 잠시 주저하며 말했다.

"그게…… 괜찮을까요?"

호궁산은 말없이 웃기만 했다. 그는 자신의 말고삐를 풀어 넷째에게 넘겨주었다. 그리고 자신은 마구간에 가서 아무 말이나 발로 툭툭 차서 일으켜 세워서 잡아타고는 앞서가는 넷째를 따라 잡았다. 말없이 각자의 생각을 품고 달리던 중 호궁산이 갑자기 깊은 탄식을 하며 말했다.

"넷째, 자네는 눈썰미도 좋고 내가 보기엔 성격도 나랑 잘 맞는 것 같은데 이 기회에 날 따라 입산하여 도나 닦는 게 어때?"

"네?"

넷째는 호궁산이 농담하는 줄 알고 말했다.

"저, 다 알아요. 시치미 떼고 계시지 마세요. 마마께서 어르신을 크게 기용하려고 하신다던데요, 뭘!"

그러나 호궁산의 굳어진 얼굴을 보고 넷째는 재빨리 입을 막았다. 그 순간이었다.

"큰일났어요. 저기 보세요!"

넷째의 다급한 외침에 호궁산이 머리를 들어 바라보니 저멀리에서 약 백여 명은 되어보이는 기병(騎兵)들이 희뿌연 먼지를 일으키며 이쪽으로 달려오고 있었다.

"분명히 오배가 또 증원병을 보내오는 게 틀림없어요!"

호궁산은 말없이 멍하니 바라보더니 한참 후에야 실소를 하며 말했다.

"맨앞에서 달려오는 사람은 다름아닌 자네의 형 위동정이네!"

그제야 용기를 내어 찬찬히 뜯어보던 넷째는 펄쩍펄쩍 뛰며 좋아서 어쩔 줄 몰라했다.

"틀림없네요. 어르신께서는 방금 위형이 서화문에 갇혀있다고 했잖아요. 그런데 어떻게 이렇게 빨리 나온 거죠?"

그러나 호궁산은 넷째의 말은 듣는 둥 마는 둥 이맛살을 찌푸리며 말했다.

"적들은 오백 명도 더 되는 것 같던데 위군이 백 명밖에 안 데려와서 될까?"

말하고 있는 동안 기병대는 벌써 코앞까지 다가왔다. 넷째는 급히 말에서 미끄러져 내려 땅바닥에 엎드려 울며 말했다.

"형, 얼마나 기다렸다구요. 형! 우리 어서 저자식들 혼내주러 가요!"

위동정은 넷째와 호궁산이 이런 장소에 함께 있다는 것에 의아쩍어하며 말에서 내려 넷째를 일으켜 세우고 말했다.

"상세한 얘기는 나중에 하도록 하자. 가게 안은 도대체 어떤 실정이야?"

한참 동안 넷째의 하소연을 듣느라 경황이 없던 위동정이 그제야 몸을 호궁산 쪽으로 돌리고 읍하며 말했다.

"저희들의 일로 심려를 끼쳐드려 대단히 황송합니다!"

호궁산도 급히 맞인사를 하며 방금 넷째와 둘이서 사람을 맞바꾸기로 의논했던 부분을 다시 한번 설명해 주었다. 그러자 위동정이 턱을 잡고 한참 생각에 잠기더니 웃으며 말했다.

"역시 호 어른이십니다. 여기는 제가 지키고 있을 테니 두 분은 어서 오배를 만나러 가십시오."

30. 협상

　날이 점점 어두워지자 오배는 안절부절하며 당황하여 어쩔 줄
몰라했다. 시간이 흐를수록 불안감은 더해갔던 것이다. 개선가를
부르며 돌아올 이들을 위로하기 위한 진수성찬을 미리 마련해 놓
았으나 벌써 식어버린 지 오래였다. 반부얼싼도 영롱하고 앙증맞
은 옥잔을 손에 잡고 이리저리 돌리며 생각에 잠겼고 제세도 뒷짐
을 지고 벽에 걸려 있는 서예작품에 시선을 두고 있었다. 태감인
거주하는 태필도와 둘이서 소곤소곤대며 얘기를 나누고 있었다.
　"반 어른은 어떻게 생각하오?"
　오배가 참지 못하고 물었다.
　"이쯤되면 누구라도 와서 소식을 전해줘야 하는데 말이오. 왜 안
오지?"
　반부얼싼은 이맛살을 찌푸리고 깊은 생각에 잠겨 있다가 오배가
물어오자 잠시 머뭇거리더니 입을 열었다.

"셋째가 오늘 백운관에 간다는 사실은 조 태감이 보내온 소식이오. 그리고 서화문을 지키던 류금표도 직접 나가는 걸 확인했구요. 잘못 될 리가 없소. 하지만…… 반나절이 넘도록 아무 소식도 없고 류금표도 행방불명이 된 걸 보면 분명 무슨 일이 있는 건 거의 확실하오."

그는 자리에서 일어서며 말을 이었다.

"날씨가 어두워지면 우리한테는 불리하다구. 그러니 사람을 보내 정확히 알아보게 하는 것이 좋겠소."

반부얼싼의 말에 제세가 얼굴을 돌려 반부얼싼과 오배를 번갈아 바라보았고, 태필도와 거주하도 하던 말을 멈추고 정색하여 오배를 쳐다보았다.

태필도는 오배의 시선이 자신에게 쏠리자 급히 말했다.

"오 어른, 목리마 형이 아무튼 이번에는 무예에 일가견이 있는 최고 실력의 친병들을 데리고 갔으니 조금만 더 기다려보죠."

그러자 제세가 입을 열었다.

"이기면 당연히 두말할 것 없이 좋지만 만약 실패하더라도 깨끗하고 철저하게 망해버리면 그것도 불행 중 다행이라구. 왜냐하면 누가 시켜서 한 일인지도 모를 테고, 우리는 무작정 발뺌만 해버리면 불똥은 여기까지 올 수가 없다는 거죠. 그런데 문제는 이것도 아니고 저것도 아닌 게 골치 아픈 거예요. 목표는 백일하에 드러난 데다가 상대를 제거하는 데는 실패했고, 그럴 때는 또다시 다른 작전을 펴야죠."

"맞았어, 바로 그거야!"

반부얼싼이 찬성을 하고 나섰다.

"태필도 아우, 자네는 병부의 당관(當官)이니 병부의 날인이 찍힌 공문을 순천부로 보내 그들더러 병사들을 파견해 백운관에 가 보게 하게. 그쪽에 큰도둑이 들었다고 하면 되잖소!"

"안돼요!"

태필도가 뭐라 대답하기도 전에 제세가 큰소리로 말했다.

"순천부의 사람들 가운데서 누군가가 셋째를 알아보는 날엔 그 야말로 큰일난다구요!"

그러자 반부얼싼이 껄껄 웃으며 말했다.

"만약 일이 생기면 모든 걸 다 순천부에 덮어씌워버리면 되잖겠 소?"

그러자 태필도가 반박하고 나섰다.

"그들은 병부에서 내려받은 공문서 같은 것을 잘 챙기는 애들이 라구. 나중에 자기네가 덮어쓰게 되면 그걸 가지고 나한테 와서 따지면 어떡할거냐, 이거죠."

태필도의 말에 오배도 공감을 표했다. 원숭이도 나무에서 떨어 질 때가 있다더니 반부얼싼이 오늘 그짝 났네 하고 오배는 생각했 다.

그러나 반부얼싼은 오배와 태필도의 태도에는 전혀 개의치 않고 "흥!" 하고 가벼운 코방귀를 뀌더니 손에 들고 있던 옥잔을 내려 놓으며 말했다.

"내가 그 정도도 예기치 못하고 말할 것 같아! 순천부에 공문을 보낼 때 도둑을 잡으라고 하면 되지. 누가 도둑인지는 모르게 돼 있잖소? 정말 우리 뜻대로 셋째를 못 알아보고 셋째가 도둑인 줄 알고 잡아들였다면 더할 나위 없이 좋지. 그렇게 안된다고 해도 나중에 순천부에서 찾아오면 우리 역시 할말이 있는 거요. 당신더 러 '도둑을 잡아 황제의 신변을 보호하라'고 했지, '엉뚱하게 황제를 잡아두고 도둑을 도와줬냐'고 억지로 밀어붙이면 자기네들이 입이 열 개라도 변명을 할 수가 없게 될 것이 아니겠소? 이건 정말 우리로선 절호의 상책이오. 어때? 그래도 내가 머리가 나쁜 사람인가?"

반부얼싼의 말을 들은 오배는 너무나 절묘한 나머지 넋이 나간 사람처럼 연신 "좋아! 좋아!"를 반복하며 말했다.

"태필도, 당신이 가서 이번 일을 처리하고 오게. 모든 책임은 내가 떠맡을 것이니!"

오배가 책임을 떠안는다고는 했지만 만약에 추궁이 들어오면 일차적인 책임은 자신이 떠맡을 게 분명하다고 생각한 태필도는 잠시 주춤하더니 말했다.

"네, 그러죠."

그리고 돌아서던 태필도는 갑자기 뭔가 생각난 듯 오배에게 말했다.

"지금은 워낙 늦은 시각이라 병부(兵部)의 인감(印鑑)을 책임진 사람도 자리에 없을지 모르오. 그러니 오 어른께서 친히 명령문을 적어주시면 제가 병부를 거치지 않고 곧바로 순천부로 달려가 병사들을 내놓으라고 하는 게 훨씬 빠를 것 같아요."

태필도의 의중을 오배는 잘 알고 있었다. 혹시 있을지 모르는 불리한 결과에 대해서 오배 자신이 책임지겠노라고 했지만 사건의 전개가 아직 오리무중이므로 태필도로선 그걸 믿을 수가 없다는 것이었다. 때문에 오배더러 반드시 글로 써서 증거를 남김으로써 무모한 희생은 피하겠다는 태필도의 생각을 들추어본 오배는 그러나 태필도의 말에도 일리가 있다고 생각하고는 통쾌하게 대답했다.

"좋아, 그렇게 하지!"

이같이 말하며 오배는 붓과 종이를 가져오게 했다.

바로 이때, 밖에서 문지기가 들어오더니 두 손을 공손히 드리우고 아뢰었다.

"밖에 태의원의 호궁산 어른이 대령하였나이다!"

"안 봐!"

오배가 신경질적으로 손을 홱 저으며 이같이 말하자 겁에 질린 문지기가 "네!" 하는 소리와 함께 밖으로 나가려고 했다. 그러자 반부얼싼이 문지기를 불러 세웠다.

"이리로 와 봐!"

반부얼싼이 오배 쪽으로 얼굴을 돌리고 말했다.

"내가 알고 있기로는…… 이 사람은 평서왕의 사람인데 셋째와의 관계도 무난한 것 같고, 우리하고도 아직까지 그리 밀접한 왕래는 없었소. 계급으로 따지면 별볼일없지만 이 친구는 결코 만만한 사람이 아니오. 만만하지 않은 사람이 만만하지 않은 시국에서 만만하지 않은 장소를 방문했다면 필히 뭔가를 가지고 온 게 아닐까요?"

오배가 방금 전까지와는 달리 머리를 끄덕여 보이자 반부얼싼이 문지기에게 명령했다.

"들여보내라!"

한참 후에 호궁산이 두루마기자락을 날리며 가슴을 쭉 펴고 씩씩하게 걸어들어왔다. 그는 방 한가운데 서더니 먼저 오배에게 인사를 하고 나머지 사람들에게도 차례로 읍을 했다. 그리고는 침착하게 입을 열었다.

"여러분들이 이렇게 한 자리에 계시니 오히려 더 잘됐네요. 실은

소인 호궁산이 백운관으로부터 여러 어르신들에게 상의드릴 일이
있어서 왔습니다."

오배로선 호궁산을 만나는 게 두 번째였다. 지난번 소어투 집에
서 잠깐 봤을 때 한 무예 하게 생겼다고 생각을 했으나 애기는 별
로 나눠보지 않았었다. 이번에는 말 좀 시켜보려고 했으나 오배는
서두르지 않았다. 그는 눈앞에 서 있는 이 못생기고 '만만치 않은
사람'을 아래위로 훑어보았다.

백운관. 지금의 오배로선 이 세 글자만 들어도 가슴이 벌렁거릴
정도로 초조하고 불안한 상태였다. 하지만 그는 일부러 태연자약
한 척하고 담담한 미소를 지으며 말했다.

"말씀 많이 들었소. 백운관에서 왔다는데 나한테 무슨 볼일이라
도 있는 거요?"

호궁산도 오배를 훑어보았다. 진붉은색 두루마기를 입고 검은색
비단으로 만든 신발을 신고 한 손에는 새카맣고 윤기가 흐르는 염
주를 돌리면서 멋진 자태를 보이려고 애쓰는 흔적이 역력했다. 그
러나 의자의 등받이에 걸쳐진 다른 한 손은 불끈 쥐어져 있었다.

호궁산은 한눈에 오배의 불안한 마음을 읽을 수가 있었다. 자신
에게 무슨 볼일이 있느냐는 말에 호궁산은 마른웃음을 지으며 대답
을 하지 않았다. 그러자 오배가 말했다.

"이 자리에 있는 사람들은 나라의 중신(重臣)들이고, 나와 개인
적으로 친한 친구들이니 할말 있으면 주저말고 해 보오."

"그러죠."

호궁산이 차갑게 말했다. 나지막하지만 힘과 무게가 느껴지는
목소리였다. 대청 안에서는 호궁산의 말소리가 메아리쳤다.

"목리마 어른이 잡혀서 목숨이 경각에 달려 있어요!"

호궁산다운 단도직입적인 화법이었다. 이 한마디에 제세, 태필도, 거주하는 저마다 사색이 되어 숨도 제대로 쉬지 못했다. 하늘이 무너진대도 눈 하나 깜빡 하지 않을 자신이 있노라고 은근슬쩍 자신의 수양을 자랑하던 반부얼싼도 몸을 흠칫 떠는 것을 호궁산은 놓치지 않았다.

오배는 처음엔 멍하니 있더니 이내 크게 웃으며 말했다.

"목리마는 누가 뭐래도 명색이 어전 시위이고 무예 실력 또한 누구 못지 않소. 게다가 친병을 거느리고 도둑 몇 명 잡으러 간 자리에서 도둑에게 잡히다니? 말도 안돼! 별볼일 없는 태의인 주제에 누구 앞이라고 감히 망언을 터뜨리고 그래?"

그러자 호궁산도 질세라 큰소리로 말했다.

"조정의 묘당(廟堂)도 아니고 예의와 격식을 갖춰야 하는 중요한 자리도 아니면서 그래서 너나 할것없이 사복차림을 하고 있으면서 무슨 태의인 주제니 뭐니 하며 따질 게 뭐 있소. 진짜 잘 나가는 사람들이 보면 입 싸쥐고 웃어요, 웃어! 상다리 부러지게 진수성찬을 차렸으면서도 먹지도 못하고 얼굴에 수심이 가득한 사람들이 말은 번지르르하게 잘하시네."

"뭣이!"

거주하가 거침없고 여과 없는 호궁산의 말에 화가 난 나머지 자리에서 발딱 일어났다.

"가! 가! 듣고 자시고 할 것도 없어!"

"당신은 뭐하는 사람이오?"

호궁산이 도전적인 눈매로 쏘아보며 말했다.

"내가 만나러 온 사람은 오배 어른이지 당신 같은 무식한 사람이 아니오! 난 워낙 아무나 하고 얘기를 잘 안 하오! 이래뵈도 명나라의 홍광(弘光), 청나라의 예친왕이나 평서왕 오삼계같이 쟁쟁한 사람들을 자주 만나고 다닌 사람이오. 이러고 다니니 우습게 보이나 본데 그쪽 생김새도 나보다 별반 나을 게 없으니 까불지 말게!"

호궁산이 말한 이 세 사람 가운데는 오삼계가 오배와 직급이 비슷한 걸 빼면 나머지 두 사람은 역사의 한 페이지를 장식할 만큼 영향력이 대단한 인물들임을 모르는 이는 없었다. 그들의 이름을 아무렇지도 않게 거론하는 호궁산의 태도에 자리에 앉은 사람들은 놀라지 않는 이가 없었다. 특히 거주하는 창피하고 멋쩍은 정도가 아니었다.

누구 하나 도전을 해오는 사람이 없자 호궁산은 성큼성큼 진수성찬이 차려진 탁자 옆으로 가서 앉더니 공작새의 모양을 본딴 요리에 젓가락을 갖다댔다. 그리고는 대뜸 공작새의 머리 부분을 뜯어 입에 넣고는 질겅질겅 씹어 먹었다. 게다가 의자에 벌렁 드러눕다시피 기대어 앉아 다리를 꼬고 입을 크게 움직이며 안하무인격으로 먹으면서 연신 엄지를 내둘렀다.

"맛 한번 끝내준다! 음식은 원래 나눠먹는 거요, 이렇게."

호궁산은 이같이 말하며 또 젓가락이 휘어질 정도로 집어서 입에다 쑤셔넣었다.

오배와 반부얼싼은 잠시 시선을 교환하는가 싶더니 오배가 '옥호춘(玉壺春)'이라는 술을 잔에 철철 넘치게 따라 호궁산에게 건네주며 처음으로 웃어보이며 말했다.

"영웅을 못 알아봐 실례가 컸습니다!"

그러나 호궁산은 오배의 얼굴은 쳐다보지도 않고 술을 받아 꿀꺽 단숨에 마셔버리고는 웃으며 말했다.

"그럼 그렇지, 오배 어른은 큰일 할 사람인데 그렇게 속 좁은 졸 장부가 아니지!"

이같이 말하며 호궁산은 보란 듯이 먹다 남은 뼈다귀를 땅바닥에 아무렇게나 집어던졌다. 오배가 내려다보니 그 뼈다귀는 청석(靑石)에 박혀 견고한 돌이 둘로 쩍 갈라졌다. 순간 오배는 경악을 금치 못하며 어색한 웃음을 애써 지어내며 말했다.

"실로 쿵푸 실력이 대단하십니다."

반부얼싼도 다가와 말했다.

"호 선생, 우리는 초면이 아니죠!"

이같이 말하며 반부얼싼은 술 한 잔을 따라 정중하게 건넸다. 호궁산은 사양하지 않고 단숨에 잔을 비워버렸다.

"호 선생……."

오배는 호궁산이 연신 술 석 잔을 비우는 모습을 보고서야 입을 열었다.

"내가 호 선생을 믿지 못해서가 아니라 정말 궁금한 것은 내 동생 목리마가 오백 명도 더 되는 병사들을 거느리고 갔는데 잡히기까지 했단 말이오?"

"그건 장담 못하오. 도둑 잡으러 갔다가 도둑한테 얻어맞고 오는 경우가 허다하거든!"

호궁산이 탁자보를 잡아당겨 입을 쓱 문지르고는 나무에 머리가 박혀 죽은 그 태감의 몸에서 수색한 편지를 꺼내주었다.

한편 불빛을 빌어 편지를 읽어보고 있던 오배의 얼굴은 갈수록 굳어져만 갔다. 반부얼싼이 다가와 보니 틀림없는 나모의 친필편지였다.

편지에는 무예가 뛰어난 어떤 노인이 화살에 맞아 죽고 셋째 삼

촌인 목리마는 적들에게 잡혀있다고 했다. '셋째'가 잡혔다는 말
은 없었다.

"호 선생……."

반부얼싼이 눈빛을 반짝이며 물었다.

"호 선생이 보기에 지심도에 갇혀있는 사람들은 대체로 어떤 사
람들이었소?"

호궁산은 닭다리를 뜯으며 아무렇지도 않게 대답했다.

"내가 산고점을 자주 드나들어서 잘 아는데 주인 하계주를 포함
해서 몇몇 법 없이도 살 애들만 갇혀서 오도가도 못하고 있더라
구. 내가 보기에 도둑이 누군지는 몰라도 그 안에는 없는 것 같았
어, 느낌이."

그러자 오배가 입을 열었다.

"그런데 그들은 왜 내 동생 목리마를 죽이지 않았지?"

정곡을 찌른 오배의 말이었다. 오배는 살기가 번뜩이는 두 눈을
희번덕거리며 말했다. 만약 강희가 그 속에 들어있지 않다면 이들
은 목리마를 죽이고 도망을 갔어야 했다. 그런데 목리마도 죽이지
않고 도망도 가지 않았다는 사실이 어쩐지 석연치가 않았던 것이
다.

"목리마 어른이 값 좀 나가게 생겼으니 그러겠지!"

호궁산이 기름기가 번드르르하게 묻은 입을 열어 오배에게 말했
다.

"걔네들의 속셈은 모르긴 해도 자기네의 명주와 목리마를 맞바
꾸자는 뜻이 아닐까요?"

놀라운 말들이 거침없이 쏟아져 나오는 자리였다. 주위는 갑자
기 적막감이 흐를 정도로 고요해졌다. 이때 제세가 침묵을 깨고

굳어진 얼굴로 말했다.

"호 선생은 어쩌면 그렇게 모르는 게 없어요? 누가 파견해서 온 사람이오?"

"셋째 밑에서 일하는 위군이 부탁해서 왔소!"

호궁산이 생각해 볼 겨를도 없이 이렇게 대답했다.

"셋째?"

오배가 다급히 물었다.

"셋째라니 어느 셋째 말이오?"

"에이, 나보다 더 잘 알면서 왜 모르쇠를 놓으시나?"

호궁산이 여유만만하게 웃으며 말했다.

"'셋째'란 바로 첫째, 둘째의 동생이 아니겠소? 대문 밖에 '넷째'도 왔는데 안 들어오겠다고 해서 기다리라고 했는데…… 오 어른과 여러분들이 늘 입에 달고 다니는 '셋째'를 내가 한번 불러봤다고 해서 문제될 건 없겠지?"

당황해진 오배네는 정말 할말을 잃고 말았다. 역시 거주하가 달려와 다짜고짜 호궁산의 멱살을 거머쥐더니 말했다.

"그런 것은 어디서 들었어? 당신은 도대체 누구야?"

호궁산은 별 웃기는 자식 다 봤다는 식으로 쩨려보더니 갑자기 거주하의 왼쪽 무릎 안쪽을 손가락으로 꼭 집었다가 놓았다. 그러자 거주하는 맥없이 풀썩 땅바닥에 쓰러지고 말았다. 그러자 호궁산이 다가가 부축해 일으키며 말했다.

"존귀하신 어른께서 이런 큰절까지 다 하시고. 공연히 그렇게까지 할 건 없어요! 괜히 별볼일없는 태의원 호궁산이 놀라서 졸도할라!"

그리고는 거주하의 등을 툭쳐서 혈(穴)을 풀어주었다. 제세는 거주하의 눈물 흘리는 모습을 보고 놀랍기도 했지만 터져나오는 웃음을 참느라 헛기침을 해대고 난리법석을 피웠다.

눈치빠른 반부얼싼은 아무리 해봤자 호궁산에게서 더 이상의 것을 바란다는 것은 무리라는 것을 깨달았다.

"호 선생이 보기에 이 일은 어떻게 하면 마무리가 될까요?"

"당신은 머리가 좋은 사람이니까 장황하게 설명할 필요는 없을 것 같고, 한마디로 명주와 목리마를 맞바꾸는 수밖엔 없소."

"명주는 이미 죽었소."

반부얼싼이 안색을 바꾸며 차갑게 말했다.

"그럼 목리마 어른도 죽는 수밖엔 뾰족한 수가 없네."

호궁산이 일어서서 기지개를 켜며 말했다.

"잘 알았소. 넷째가 밖에서 기다리고 있으니 난 그만 가봐야겠소."

"잠시만요, 잠시만요!"

호궁산이 일어서서 그대로 돌아서려고 하자 다급해진 반부얼싼이 얼른 호궁산을 막아나서며 말했다.

"호 선생과 농담을 한 것 가지고 뭘 그러세요. 명주랑 목 어른이랑 바꾸자면 그렇게 하는 수밖에 더 있겠어요?"

"그럼, 그렇겠지. 머리 좋기로 소문난 오배 어른과 반 어른이 설마 '명주는 이미 죽었소' 라는 미련한 짓을 했을 리가 있겠소?"

호궁산이 다시금 자리에 앉으며 말했다.

"시간도 없고 저쪽에서 곤욕을 치르는 목 어른도 괴로울 텐데 우리 괜히 서로 떠보고 그러지 말고 통쾌하게 끝냅시다."

"명주를 지금 딸려보내면 내가 걱정스럽고…… 어떡하지?"

오배가 한참 후에 겨우 핵심을 말했다.

그러자 호궁산이 대청마루가 떠나가라 크게 웃었다. 그 웃음소리는 마치 한밤중에 야산에서 들려오는 이름모를 맹수의 소리처럼 소름끼치게 들려왔다.

"과연 난세에 태어난 영웅답소. 오 어른의 용단에 탄복하오!"

호궁산이 웃음을 멈추고 이같이 말했다.

"오 어른이 믿을 만한 사람을 따라보내면 되잖겠소? 내가 앞에서 걷고 그 사람이 명주를 데리고 뒤에서 따라오면 되지. 그러다가 내가 수작을 부릴 것 같으면 뒤에서 단칼에 보내도 되고. 어려울 게 뭐가 있소?"

호궁산의 이같은 말에 반부얼싼과 오배는 신속히 시선을 교환했다. 오배가 두 눈을 껌뻑거리며 승낙을 표했다.

바로 이때, 중문이 활짝 열리더니 거주하가 열몇 명의 병사들을 거느리고 나타났다. 저마다 눈부신 장검을 빼들고 기세등등하게 문 앞에 떡하니 버티고 서 있었다. 거주하가 두 손을 맞잡고 인사를 하며 말했다.

"호 선생은 무예가 뛰어나시다고 들었는데, 그냥 가시지 말고 몇 수 가르쳐 주시고 가세요. 선생이 없어도 목리마 어른은 얼마든지 구해낼 수 있으니깐요!"

거주하의 이같은 말에 자리에 앉은 사람들은 삽시간에 놀라 어안이 벙벙해지고 말았다.

호궁산도 전혀 뜻밖의 일인지라 잠시 머뭇거리더니 곧 웃으면서 말했다.

"사내가 아까 그 일 가지고 지금 나한테 보복하겠다는 건가?"

그는 등짐을 지고 여유만만하게 실내를 거닐며 이같이 말했다. 그의 두 발이 닿는 곳마다 청석이 소리없이 꺼져 내려갔다.

오배는 거주하가 호궁산의 상대가 되지 않을 뿐만 아니라 전부 다같이 덤벼도 자신이 없었기에 괜히 성질을 건드려 위기를 자초할 게 뭐 있느냐고 생각하고는 화를 벌컥내며 소리 질렀다.

"자식, 건방지게! 어디서 배운 돼먹지 못한 짓이야. 썩 꺼지지 못해? 호 선생은 귀한 손님이야!"

오배의 호통에 거주하의 얼굴이 벌겋게 달아올라 있는 모습을 안쓰럽게 쳐다보던 반부얼싼이 웃으면서 다가가서 말했다.

"남자가 그깟일 가지고 속좁게 그러지 말고 자네가 몇 사람 데리고 같이 명주를 데리고 가서 일처리를 하고 오게!"

"그렇지!"

호궁산이 오배를 향해 웃으며 말했다.

"반 어른이 말 잘했소. 남자가 복수를 하려면 십년 후라도 늦지는 않다는 말이 있잖소? 그러니 거주하 어른도 너무 감정적으로 나올 것 없이 잘 생각해 보오!"

그러자 오배가 손을 내저으며 말했다.

"그럼 그렇게 하도록 하지!"

31. 영웅의 최후

　사용표는 껄껄 웃으며 무지개 모양의 돌다리 위에 선 채로 물었다.

　"우리 가게에 범인이 숨어 있다고 주장하는데, 어디 물증은 있소? 사람을 잡아가고 가게를 수색하려면 순천부(順天府)의 허가가 있어야 하는 줄로 알고 있는데, 순천부의 화패(火牌)라도 있소?"

　나모에게 그런 것이 있을 리가 만무했다. 말문이 막혀 버린 나모는 화가 나서 욕설을 퍼붓기 시작했다.

　"어디서 굴러온 개뼈다귀야. 뒈질려고 환장을 했나, 이 늙다리가! 누가 네놈하고 입씨름하자고 했어? 잡아서 혼찌검을 내줄 테니 기다려라, 어디!"

　이처럼 악을 바락바락 쓰며 나모는 손바닥을 쫙 펴서 사용표의 눈을 찌르려고 달려들었다.

　'이 한 수면 죽지는 않는다 하더라도 땅바닥에 데굴데굴 뒹굴며

살려달라고 애걸복걸 하겠지!'

　나모는 이렇게 생각했다. 하지만 사용표는 가소롭다는 듯이 웃으며 나모의 손을 피할 생각조차 않고 똥파리 내쫓듯 휘이휘이 하며 천천히 입을 열었다.

　"황궁에서 나왔어도 어느 부서의 누가 무엇 때문에 왔다는 게 다 있어. 그런 상식도 몰라?"

　"주제에 꼴값 떠네."

　나모가 그렇게 말하며 다시 손을 내밀어 사용표를 내리치려는 순간이었다. 사용표의 쇠집게 같은 손이 어느새 나모의 손목을 꽉 잡았다가 슬며시 놓았다.

　그러자 나모는 사람 죽는다고 소리치며 땅바닥에 쓰러졌다. 이를 악물고 인상을 있는 대로 찌푸린 채 나모가 말했다.

　"이 늙다리가 요술을 피우는 거야?!"

　나모가 불리해지자 몇 명의 사병들이 칼을 휘두르며 동시에 덮쳐들었다. 이번에도 사용표는 사병들이 가까이 올 때까지 떡 버티고 서 있다가 곧 손을 뻗어 양손에 두 명씩 목덜미를 쥐어서 들어올렸다. 그런 다음 한번 흔들고는 연못으로 휙 내던지는 것이었다. 물속에서 허우적대는 이들의 모습을 잠시 지켜보던 사용표가 웃으며 말했다.

　"내가 무슨 요술을 부릴 줄 알아서가 아니라 당신네들이 약한 거지! 어지(御旨)도 없고 순천부의 화패도 없이 사람을 잡아가겠다니? 내가 오히려 당신들을 도둑 취급해야겠네. 감히 여기가 어딘 줄 알고 시퍼런 대낮에 감히 이런 무례한 행동을 범하느냐! 무식하면 용감하기라도 해야지, 원!"

　더이상 상대가 없어보이자 사용표는 보란 듯이 두 손을 비비며 돌아서서 성큼성큼 걸어왔다.

그때, 먼발치에서 굿판 구경하듯 보고만 있던 목리마가 화가 나 씩씩거리며 달려왔다. 그가 칼을 뽑아 걸어가는 사용표의 등을 향해 던지려는 순간이었다. 바로 이 위기일발의 찰나에 가산석(假山石) 위에서 이 광경을 지켜보고 있던 오차우가 놀란 나머지 소리를 질렀다.

"사 어른, 조심하세요!"

그러나, 그 한마디가 오히려 운명을 가를 줄이야! 사실 사용표는 칼을 뽑아드는 소리도 들었고, 또 목리마가 틀림없이 따라올 것이라는 것을 알고 있었다. 때문에 다리 중간 부분까지 유인하기 위해 일부러 뒤도 안돌아 보았던 것이다.

하지만 오차우의 다급한 목소리를 들은 사용표는 무슨 일이 있다는 것을 직감하고 몸을 180도로 홱 돌리면서 허리춤에서 금실을 꼬아 만든 채찍을 뽑아 목리마의 허리를 향해 휘둘렀다. 갑작스런 금채찍이 마치 독사의 혀처럼 날름거리며 달려들자 일순간 당황해진 목리마가 몸을 뒤로 뺐다. 그러나 미처 도망가지 못한 목리마의 한 쪽 다리는 꼼짝없이 금채찍에 휘감기고 말았다. 목리마는 칼로 금채찍을 자르려고 애를 썼지만 금채찍은 금조차 가지 않을 정도로 견고했다.

이때 사용표가 잽싸게 몸을 날려 목리마의 손을 걸어찼다. 순간 그의 손에 들려있던 칼은 저 먼발치에 날아가 꽂혔다. 이와 때를 같이하여 사용표는 목리마의 두 팔을 비틀어 짐짝 둘러메듯 어깨에 둘러메고는 다리 저 편을 향해 걸어갔다.

순간 당황해진 나모는 손목의 아픔도 잊은 채 왼손으로 칼을 주워 들었다. 그리고는 한 손에 금채찍을 들고 다른 한 팔로 목리마를 둘러멘 사용표의 뒤를 쫓아갔다. 사용표의 등에 거꾸로 매달린 목리마는 필사적으로 발악을 했다. 사용표의 잔등이며 팔을 꼬집고 깨물고 악을 써댔다. 뒤에서 누군가가 쫓아오고 있다는 것을 눈치챈 사용표가 큰소리로 구원을 청했다.

"무즈쉬, 얼른 와서 나 좀 도와줘라!"

가산석 북쪽 다리를 지키고 있던 무즈쉬와 노새는 사용표의 구원요청을 듣고 서로 번갈아 보았다. 그러자 무즈쉬가 급히 말했다.

"아우, 여길 잘 지키고 있어!"

말을 마친 무즈쉬는 순식간에 사용표 쪽으로 건너왔다. 무즈쉬가 다가오자 너무나 기쁜 나머지 사용표는 "예, 있다. 받아라" 하는 말과 함께 무슨 사냥물을 던져주듯 목리마를 무즈쉬에게 힘껏 던졌다.

그와 동시에 목리마는 뒤통수를 돌멩이에 힘껏 찧으며 땅바닥에 큰 대자로 너부러지고 말았다. 평소에 내공(內功)을 다졌으니 망정이지 하마터면 그 자리에서 황천객이 되었을 것이었다!

한편 사용표는 코앞까지 겁없이 쫓아온 나모를 보고 웃으며 욕설을 퍼부었다.

"개 같은 자식, 너도 물 한번 배터지게 처마시고 싶어 발광이 난 거냐?"

말을 마친 사용표는 발을 힘껏 굴렀다. 그러자 대충 만들어 놓은 나무다리가 우지직! 하는 소리와 함께 가운데가 두 동강 나면서 무너져 내렸다.

다급해진 나모는 어쩔 줄 모르고 외마디 소리를 질렀지만 이미 때는 늦었다. 나모는 물속에 빠져 물을 꿀꺽꿀꺽 마시며 허우적거렸다. 하지만 그와 함께 사용표도 따라서 물에 빠져 버리고 말았다. 다리를 건넌 다음 그것을 허물어 버리고 공격을 막겠다는 그의 계획이 수포로 돌아가는 순간이었다.

위에서 관망하고 있던 사병들은 사용표가 목리마를 둘러메고 갈 때나 나모와 한 덩어리가 된 지금이나 활을 쏘려고 여러차례 시도했으나 목표를 잘못 명중할까 봐 두려운 나머지 우왕좌왕하고 있을 뿐이었다. 물에 빠진 두 사람이 비슷한 모양새로 허우적거리며 밖으로 나올 기미를 보이지 않자 돌쇠가 신경질적으로 소리를 질렀다.

"이 멍청한 자식들아, 활 안 쏘고 뭐해?"

수영을 할 줄 아는 두 명의 병사가 물에 뛰어들어 나모를 건져 올리자 나머지 사병들은 연못 가운데에 있는 사용표를 향해 맹렬하게 화살을 날리기 시작했다.

수십 발의 화살이 비오듯 쏟아졌다. 게다가 물속이라 피한다는 것은 불가능했다. 결국 사용표는 꼼짝없이 당하는 수밖에 없었다. 그의 몸에는 마치 고슴도치를 연상케 하듯 화살이 여기저기 꽂혔다.

가산석 뒤에 몸을 숨기고 이 처참한 광경을 지켜본 오차우는 눈물을 비오듯 흘리며 밖으로 뛰어나갔다. 그는 나모를 비롯한 병사들을 향해 큰 소리로 말했다.

"당신들, 날 잡아가려고 그러는 거 아니오? 그렇다면 내가 당신들을 따라가지!"

그러나 말을 마친 오차우는 뒤따라 달려와 등 뒤에 서 있던 하계주에 의해 눌러 앉혀지고 말았다. 오차우가 이런 용단을 내릴 줄은 꿈에도 생각하지 못했던 하계주는 놀란 나머지 어린애처럼 엉엉 울면서 말했다.

"도련님, 이러시면 안돼요! 절대로 무모한 희생을 할 수는 없어요!"

사용표의 죽음을 눈 뜨고 바라볼 수밖에 없었던 무즈쉬는 이성을 잃었다. 그는 분노로 이글거리는 눈으로 화살을 들고 있는 목리마의 병사들을 무섭게 노려보더니 금채찍으로 목리마를 칭칭 감아 가산석 꼭대기에 올려놓고는 악에 받친 목소리로 고래고래 소리 질렀다.

"야, 개새끼들아, 한번 맘껏 쏴 봐라!"

한편 두 사병의 도움으로 연못에서 겨우 빠져나온 나모는 거의 발악에 가까운 몸짓으로 시뻘건 두 눈을 부라리며 길길이 날뛰었다.

"불 싸질러! 이 도둑소굴을 잿더미로 만들어버려!"

나모의 모습을 지켜보던 노새가 갑자기 좋은 수가 생각난 듯 무즈쉬의 귓가에 대고 살며시 말했다.

"형, 우리 이 다리를 허물어 버리고 저 자식들을 유인해 와서 날이 어두워질 때까지 데리고 놀아보는 게 어때요?"

그러자 무즈쉬가 기특하다는 듯이 말했다.

"아우, 참 좋은 생각이야! 저녁 때까지만 잘 버티고 있으면 큰형이 사람을 데리고 와 우리를 구출해 줄 거야. 빈 깡통이 요란하다고 했듯이 나모 저 자식이 저렇게 길길이 날뛰어도 속으론 겁난 구석이 있을 게 분명해. 밤늦게까지 있으면 자기들한테 불리한 줄을 알 테니까 조만간에 철수할지도 몰라."

말을 마친 두 사람은 곧 칼을 휘두르며 달려가 나무다리를 찍어 부수기 시작했다. 저 편에서 수십 발의 화살이 소름끼치는 소리를 내며 날아왔지만 무즈쉬가 휘두르는 칼에 의해 반으로 부러진 화살 잔재들이 타타탁! 하며 불꽃 튕기는 소리를 내며 천지 사방으로 날아갔다.

그러나 두 사람은 연신 뒤로 후퇴하면서도 나무조각으로 이은 다리를 하나씩 제거해 나갔다. 하계주는 합장을 하고 연신 "아미타불"을 중얼거리며 빌고 또 빌었다. 노새는 어느새 지쳐서 파김치가 되었다.

오차우는 이들이 왜 이다지도 자신을 쫓아다니며 괴롭히는지 통 알 수가 없었다. 그리고 가게의 친구들은 또 무엇 때문에 자신을 지키기 위해 목숨 걸고 도와주는지도 의아쩍기는 마찬가지였다. 자신을 희생시켜서라도 날 보호해 주려고 최선을 다하는 모습을 그냥 인간적인 의리로 받아들여야 하는가? 오차우는 궁금하기 그지 없었다. 그리고 오배는 일개 서생인 자신을 이렇게까지나 없애 버리려고 하는데, 과연 그 한편의 〈탈지난국론(奪地亂國論)〉'이 그렇게 큰 괘씸죄를 산 건가? 생각할수록 머리가 복잡해진 오차우는 머리를 저으며 이런 혼란스런 생각들을 몰아내고자 했다.

얼마 후에 여기저기서 불길이 치솟았다. 돌쇠가 사람들을 데리고 다니며 가게 안팎으로 태울 수 있는 물건에는 전부 불씨를 심었기 때문이었다.

때마침 건기(乾期)라 시뻘건 불길이 활활 치솟으며 파죽지세로 번져나갔다. 연못 주위는 순식간에 벌겋게 물들었고, 짙은 연기 속에서 가끔씩 대나무가 타서 빠개지는 소리가 마치 폭죽을 터뜨리는 것처럼 크게 들렸다. 불길은 식을 줄 모르고 더욱 높이 치솟아 시커먼 연기가 먹구름처럼 하늘에 가득 번졌다. 근처에 사는 백성들은 경계가 삼엄하고 주변이 시끌벅적하자 군부대가 지나가는 줄 알고 겁에 질려 뿔뿔이 흩어져서 도망가기에 바빴다.

신세가 고달프긴 했지만 가게가 있다는 위안을 삼으며 하루하루를 버텨온 하계주는 순식간에 잿더미로 변하는 산고점을 바라보며 가슴이 저미다 못해 미어터질 것만 같았다. 전에 낙우점을 경영할 때는 매번 시험철만 되면 과거시험으로 가슴 설레는 서생들로 북적거렸고, 도련님 행세를 전혀 할 줄 모르는 이 둘째 도련님도 가끔씩 친구들을 불러 즐거운 나날을 보낼 때가 있어 좋았다. 그러나 하루아침에 영문도 알 길 없이 가게를 봉해 버리더니 이번에는 소 어른의 도움으로 간신히 산고점을 연 지가 얼마나 됐다고 또다시 불에 타서 잿더미가 되는 불운을 겪게 될 줄이야!

하계주는 치솟는 불길 속에서 뿌지직거리며 타들어가는 가재도구들을 보며 목구멍에서 단내가 나고 입술이 바싹바싹 말라들어갔다. 땅바닥에 퍼질러 앉아 통곡이라고 하고 싶은 마음을 억지로 달래느라 하계주의 가슴은 세차게 뛰었다. 눈물이 어른거리는 그의 두 눈에서는 혀를 날름거리며 타오르는 불길이 반사되어 비치고 있었다.

넋놓고 실성한 듯 앉아있는 하계주를 안쓰러운 눈빛으로 바라보던 오차우가 못내 속상해하며 다가와 그의 어깨를 쓰다듬으며 위로했다.

"계주, 정말 면목이 없네. 다 나 때문이야. 그러니 너무 속상해하지 마. 아무리 생각해 봐도 북경성은 우리가 살기엔 적합하지가 않은 것 같아. 좀 잠잠해지면 나랑 같이 고향에 내려가자구. 내가 아버님께 말씀드려 남경(南京)에서 생계를 유지해 나갈 가게라도 하나 만들어줄 테니."

결코 오차우를 탓해본 적도 없고 보상받을 생각 같은 건 더더욱 해보지도 않은 하계주이지만 그의 정감어린 위로를 듣고는 흘러

내리는 눈물을 주체할 수가 없었다. 오차우가 더욱 걱정을 할까 봐 하계주는 연신 소맷자락으로 눈물을 훔치며 억지로 웃어보이더니 말했다.

"괜찮아요. 나에게 더 큰 복을 주시려고 구질구질한 것들을 태워버리는지도 모르죠. 인덕 많고 복 많은 도련님이 계시는데 아무려면 국물도 안 차려지겠어요? 더 큰 복이 올 것을 기대하며 살 거예요!"

두 사람이 이야기를 나누고 있는 사이 기절해있던 목리마가 바위 위에서 서서히 정신을 차리고 있었다. 그러나 몸이 꽁꽁 묶여 있어 움직일 수가 없는 데다 손가락 하나 까딱할 기운조차 없는 목리마는 얼굴을 들어 저 멀리에서 한데 엉켜있는 자신의 병사들을 바라보며 욕설을 퍼부었다.

"나모! 이 짐승보다 못한 자식아! 너만 멀쩡하면 괜찮다 이거지? 왜 공격을 안하는 거야?"

사실 건너편에서 발만 동동 구르고 있는 나모도 조급한 나머지 울상을 짓고 있었다. 수백 명의 사병들을 거느리고 이렇게 조그만 가게 하나 어떻게 제대로 하지 못해 아무런 성과를 못 올린 건 고사하고 수장인 목리마마저 빼앗겼으니 사활을 알아낼 길도 없고 돌아가서 오배 어른에게 무슨 말씀을 드린단 말인가? 그런데 갑자기 건너편에서 목리마의 목소리가 들려오자 나모는 너무나 기쁜 나머지 울음섞인 목소리로 대답했다.

"셋째 숙부! 조금만 참고 기다려 주세요! 좀 있다가 무슨 수를 써서라도 구출해 드릴 테니. 나중에 그 자식들의 심장을 오려내 술안주를 만들어서 드릴게요!"

조카와 삼촌의 이같은 대화를 들은 노새가 목리마에게로 재빨리 걸어오더니 옆구리를 확 걷어차며 욕설을 퍼부었다.

"류금표의 한쪽 눈이 어떻게 멀었는지 알어? 내가 두 손가락을 팍 집어 넣어 확 빼내버렸다는 거 아니야!"

그렇게 말하며 노새는 칼을 목리마의 턱에 바싹 들이대며 겁을 주었다.

"씨팔놈, 다시 한번 소리 질렀다간 뼈도 못 추릴 줄 알아! 이 칼 봤지? 내가 오장육부를 도려내는 데는 선수야, 선수! 시신이나마 멀쩡하게 보존하고 싶으면 내 말 들어, 알았어?"

목리마는 겁에 질려 덜덜 떨며 눈을 감았다. 이때 무즈쉬가 다가와 노새의 손을 잡으며 말했다.

"아우, 이 자는 이젠 도마 위에 놓인 생선 신세야. 뭘 그깟 일로 화까지 내고 그래? 괜히 몸만 망가지게. 그러지 말고 우리 저기 좀 가서 상의할 게 있네."

노새의 손을 잡고 가산(假山) 뒤쪽으로 가려던 무즈쉬는 하계주더러 칼을 들고 목리마를 잘 지키고 있으라고 부탁하고는 오차우와 함께 셋이서 다음 대책을 상의하러 떠나갔다.

두 사람은 자리를 잡고 앉아 한동안 침묵을 지키고 있었다. 한참만에 먼저 입을 연 이는 무즈쉬였다.

"허, 참, 갑갑하네! 넷째는 무사히 포위망을 뚫고 나가기나 했는지 모르겠구만. 우리의 계획이 차질없이 진행됐다면 지금쯤이면 위형이 사람들을 데리고 도착했을 텐데 말이오."

그러자 노새가 가망이 없다는 듯 그늘진 얼굴로 말했다.

"이것들이 먼저 선수를 치고 성 밖에서 위형을 노리지 않았는지 모르겠어요. 정말 그렇다면 큰일인데…… 그것도 아니라면 넷째가 편지를 밖으로 못 내보낸 건데, 그렇다고 할지라도 사람은 진작에 돌아왔어야 하는 시간 아니에요? 방금 그놈들이 지른 불이 성밖에서는 안보였단 말인가?"

이때 오차우가 끼어들었다.

"지금으로선 자기네들의 주인이 우리 손에 잡혀 있으니 막 나가지는 못할 거라구. 우리 눈치도 많이 볼 거고."

그러자 노새가 씁쓸한 웃음을 지으며 말했다.

"문제는 이것들이 약이 올라 물불을 가리지 않으면 어떡하느냐는 거예요. 하나를 희생하여 열을 얻는다는 각오로 덤벼든다면 말예요."

"오배가 설마 자기 친동생인 목리마의 목숨과 우리 목숨을 맞바꾸려 하겠소?"

오차우가 웃으며 말했다.

사실 오배가 어떤 결정을 내릴지는 누구도 알 수 없는 예측불허의 미지수였다. 만약 강희도 지심도에 있다는 사실을 확인했다면 오배는 친동생인 목리마를 희생시키는 한이 있더라도 지심도를 대거 공략했을 것이다. 그러나 아직은 강희의 행방이 묘연한 시점에서 오차우와 몇 명의 경호원 때문에 목리마를 희생시킬지는 누구도 단언할 수 없는 일이었다.

오차우는 강희와 자신과의 놀라울 만큼의 밀접한 관계를 전혀 모르고 있는지라 여기까지는 생각이 미치지 못했다. 그러나 무즈쉬는 속으로 구구셈을 끝낸 상태였다. 그러나 현 상태로는 딱히 뭐라고 설명할 수도 없다고 생각한 무즈쉬는 이내 웃어보이며 말했다.

"오 선생님의 말씀대로 쟤네들이 치고 들어오면 우리는 이 '말[馬]'을 단칼에 죽여버리면 되오! 말의 간(肝)에는 독(毒이) 있다고? 그럼 우린 날로 먹어버리는 거요!"

그러자 노새가 신이 난 듯 웃으며 말했다.

"오 선생님은 체통이 있는 분이시라 우리처럼 살벌하게 사람 간을 빼먹고 그러는 걸 못마땅해 하실 거예요. 칼로 도려내자마자 얼음에 살짝 얼렸다가 먹으면 얼마나 끝내주는데요!"

오차우가 오싹 소름이 끼치는지 몸을 가볍게 떨어보이자 두 사람은 껄껄 크게 웃으며 화제를 슬그머니 돌려버렸다. 사실 이들은 옆에서 엿듣고 있는 목리마를 의식하여 더욱 살벌하게 얘기하고 있었다. 여기서 살아나갈 수 없을 뿐만 아니라 시신조차 온전히 보존하기 어렵게 됐다는 생각에 목리마는 공포에 휩싸였다. 고통스레 눈을 감은 그의 눈에서 두 줄기의 흐릿한 눈물이 쏟아졌다.

바로 그때, 맞은편 언덕에서 '쏴아~ 쏴아~' 물소리가 크게 들려오더니 물보라가 높이 일기 시작했다. 병사들이 그 사이 나무 막대기를 깎아 뗏목을 만들어 타고 내려오고 있었던 것이다!

사태는 급격히 악화되고 있었다. 지심도의 가산이라고 해봤자 손바닥만한데 현재로선 무예를 어느정도 할 줄 아는 사람이 두 명밖에 없었다. 게다가 오차우와 하계주는 닭모가지 비틀 힘조차 없는지라 적을 무찌르기는커녕 자신들의 몸도 지키지 못하는 형편이었다. 네댓 개의 뗏목이 병사들을 싣고 여러 방향에서 지심도를 향해 공략해오고 있었다. 극도로 불리한 위기일발의 상황이 아닐 수 없었다.

날은 저물어가고 맞은편에서는 횃불을 지펴든 나모가 팔을 냅다 흔들며 광기어린 웃음을 지어내며 말했다.

"오씨! 하씨! 이젠 날개가 돋아도 날아갈 수 없을 걸! 무모한 객기를 부리지 말고 어서 목리마 어른을 풀어주어라. 그러면 너희들의 목숨만은 살려줄 테니!"

"나모, 이 개자식아!"

노새가 하하 크게 웃으며 말했다.

"내가 천하에 두려운 게 없는 막가파인 줄 몰랐어? 목리마인가 똥리마인가 이 자식 목숨이 파리 목숨만도 못하다면 나도 더 이상 보관하고 있을 필요가 없을 것 같아!"

이를 빠드득빠드득 갈며 이같이 말한 노새가 땅에서 부러진 화살을 주워들고 목리마의 엉덩이를 사정없이 찌르며 살벌한 목소리로 명령했다.

"쟤네들 보고 어서 물러가라고 해!"

노새는 이같이 말하며 초여드레 초승달 같은 서슬 푸른 칼날을 목리마의 목에 갖다대며 소름이 쫙 끼치는 목소리로 덧붙였다.

"내가 이 손에 약간 힘을 더 주면 네 목이 어떻게 되는지 잘 알지?"

끝까지 버티며 굽히려 들지 않던 목리마도 이쯤에서는 혼비백산한 나머지 오줌이라도 쌀 것만 같았다. 칼날이 점점 자신의 목을 위협해오고 있다고 생각한 목리마는 심하게 떨리는 목소리로 애써 소리를 질렀다.

"그러지 마…… 그…… 그러지……."

노새더러 자신을 죽이지 말아달라는 애원인지 아니면 뗏목 위에 오른 사병들더러 지심도를 공략하지 말라는 뜻인지 애매모호한 말이었다. 아무튼 목리마의 목소리를 들은 병사들은 잠시 주춤거리다가 돌아서서 언덕 위에 서 있는 나모를 바라보며 그의 명령을 기다렸다.

몇 초 동안 고민하던 나모가 굳은 결심을 한 듯 이를 악물며 깃

발을 들어 병사들에게 계획대로 밀고 나가라는 신호를 보내려고 하는 찰나, 갑자기 누군가가 나모의 어깨를 꽉 잡으며 말했다.

"잠시만!"

나모가 머리를 돌려보니 자신의 병사들과 옷차림이 같은 못생기고 지저분한 남자였다. 기분을 잔뜩 잡친 나모가 눈을 부라리며 그 남자를 향해 소리질렀다.

"뭐하는 거야?"

"너무 조급해 하시지 말고 좀 안정을 취하세요."

그 사람이 말했다.

"반부얼싼 어른의 지시를 받고 온 사람인데, 여기 반 어른의 친필 서신이 있소. 읽어보면 알 거요."

나모가 나꿔채듯 편지를 받아들고 불빛을 빌어 읽어내려가기 시작했다.

　나모 아우 앞.

　백운관 지심도 사건은 오 어른과 나 두 사람 모두 소식을 전해 들었소. 도둑 두목이 이미 현장을 빠져나간 뒤라 공격을 계속할 필요는 없소. 특별히 호궁산 선생에게 명주를 딸려 보내니 목리마 어른과 맞바꾸기 바라오.

　서한을 받는 순간 즉각 처리해주기 바라오! 부탁이오!

　편지에는 반부얼싼의 서명이 없었다. 하지만 평소에 오배를 대신하여 편지를 많이 처리하는 나모는 이 필체가 틀림없는 반부얼싼의 필체임을 알 수가 있었다.

반부얼싼의 친필 서신을 들고 넋이 나간 채 한 곳만 물끄러미 바라보고 있는 나모를 보며 호궁산이 재촉했다.

"나모 어른, 더이상 지체할 수는 없소. 위동정이 어림군(御林軍)을 거느리고 달려오고 있소. 고작해야 사리(四里) 안팎에 있으니 빨리 철수할수록 유리하오!"

호궁산의 이같은 말에 나모가 뭔가 미덥지 못한 듯 눈썹을 치켜세우며 물었다.

"어떻게 나보다 더 잘 아오?"

"내가 모르는 일이란 있을 수 없지!"

호궁산이 차갑게 말했다.

"그러나 지금은 이런 말을 하고 있을 때가 아니오. 명주를 가게 밖까지 데리고 왔는데 내가 뭔들 모르겠소. 척 하면 삼천리데. 어서 상대편과 협상에 들어가도록 하는 게 좋겠소!"

나모는 그제서야 마지 못해 편지를 안주머니에 넣고 내키지 않는 듯한 표정으로 지심도를 바라보며 소리를 질렀다.

"이 봐! 거기 잘 듣거라! 목리마 어른의 체통을 고려해 오늘은 명주와 목 어른을 맞바꾸는 것으로 끝내겠다. 다행인 줄 알고 앞으로 굽신굽신 말 잘 듣는 게 신상에 이로울 줄 알아라!"

욱하는 성미를 참지 못한 노새가 뭐라고 말하려는 순간, 무즈쉬가 그를 잡아당기며 큰소리로 나모를 향해 말했다.

"그걸 어떻게 믿어?"

노새도 가소롭다는 듯이 웃어버리며 거들고 나섰다.

"내가 반평생을 이런 짓을 일삼고 다녔어도 오늘처럼 통쾌해 보기는 처음이다!"

이같이 말하며 노새는 곧 목리마의 엉덩이에 꽂혀 있던 화살을 확 뽑아냈다. 그러자 갑작스레 살을 저미는 아픔에 목리마는 비명을 지르며 기절하고 말았다.

약간은 억지를 부리며 나모를 놀려주는 데만 열을 올리는 노새와 무즈쉬를 보며 호궁산이 손나팔을 만들어 큰소리로 끼어들었다.

"오 선생, 하 선생! 나 호궁산이 이름 석 자 걸고 보증해도 안되겠소? 당신네들의 명주 어른은 지금 가게 밖에 있소. 곧 도착할 거요! 내가 본 바로는 신변안전은 아무 걱정할 거 없소!"

그러자 나모가 병사들에게 말했다.

"그 명주인가 뭔가 하는 자식을 데려와라!"

말을 마친 호궁산은 혼자서 뗏목에 올라탔다. 그리고 병사들은 그대로 자기네쪽 언덕 위로 가게 했다.

한편 '호궁산'이란 이름을 들은 오차우는 별다른 반응을 보이지 않았다. 그러나 명주한테서 대충 그에 관한 이야기를 전해들은 하계주는 무즈쉬의 옷자락을 당기며 작은 소리로 말했다.

"우리 사람이에요."

무즈쉬도 이 호궁산이 지난번에 강희의 '병세'를 정확하게 짚어냈다는 얘기를 들은 터라 적어도 적군은 아닐 것이라는 생각은 했다. 하지만 '우리 사람'이라는 표현에는 거부감을 느꼈다. 그렇다고 해서 지금으로선 별다른 대책도 없으면서 단호하게 거절해 버린다는 것은 어딘가 지혜롭지 못한 처사일 거라는 생각이 들었다. 그리하여 무즈쉬는 머리를 돌려 오차우에게 물었다.

"오 선생님, 저사람더러 와 보라고 할까요?"

"저사람의 말을 안 받아들여 타협을 거부한다고 해도 우린 죽는 길밖에 없소. 그럴 바에는 혹시 간계에 빠지는 한이 있더라도 한번 오라고 해보세요!"

오차우의 말에 무즈쉬가 머리를 끄덕이며 손짓을 보내자 호궁산이 뗏목을 타고 미끄러지듯 지심도에 도착했다.

지심도에 올라온 호궁산은 결박당한 채로 엉덩이에 화살을 꽂힌 채 엎드려 있는 목리마를 힐끔 쳐다보며 웃으며 말했다.

"어느 분이 오 선생님인가요?"

그러자 오차우가 가산 뒤에서 나오며 두 손을 맞잡으며 말했다.

"제가 바로 오차우입니다."

"처음 뵙겠습니다!"

호궁산이 급히 맞인사를 하며 말했다.

"선생님, 많이 놀라셨겠습니다. 여기 호신 아우의 편지도 한 통 있습니다."

무즈쉬가 나뭇가지에 불을 달아 비추며 편지를 읽어내려갔다. 이때 저쪽에서 소름끼치는 "쐐악!" 하는 소리와 함께 화살 하나가 날아왔다.

항상 신경을 곤두세우고 있던 노새가 이상한 낌새를 눈치채고 달려가 오차우를 막아나섰다. 그러나 한발 앞서 호궁산이 이미 한 손에 화살을 사로잡은 뒤였다.

"저자식이 죽고 싶어 환장을 했구만, 아주."

호궁산이 가소롭다는 듯이 웃으며 홱 몸을 돌리더니 손에 잡힌 화살을 내던졌다. 그러자 거의 동시에 나모네 병사들이 모여있는 쪽에서 "아이고, 내 다리야" 하는 비명소리와 함께 병사 하나가 쓰러지는 게 보였다. 이 광경에 놀라 눈이 화등잔만해진 노새가 속으로 생각했다.

'호궁산의 무술 실력이 스승인 사용표를 능가하면 했지 못 미치

지는 않는다!'

한편 거의 꺼져가는 불빛을 빌어 편지를 펼쳐본 오차우는 너무 나도 익숙한 작은 해서체(楷書體)의 글씨를 보고 위동정이 틀림없다고 확신했다.

오차우 선생님 전상서.

사흘 동안 얼굴을 못 뵈어서 궁금했는데 이런 봉변을 당하시다니요! 모두 이 아우의 불찰로써 송구스럽기 그지없습니다. 호 선생과 반부얼싼 어른이 상의하에 목리마와 명주를 맞바꾸는 것으로 이번 일을 마무리하기로 했으니, 오 선생님께서는 마음 편히 가지시기 바랍니다!

동정 올림

오차우는 이런 살벌한 일은 처음 겪는 터라 은근히 두려웠고 마음을 졸였었다. 그러던 차에 위동정의 편지를 받고 보니 안도의 한숨과 함께 눈물이 흘러내리는 걸 주체할 수 없었다.

"동정 아우의 말대로 합시다."

오차우는 호궁산에게 말했다.

그러자 호궁산이 즉시 손을 들어보이며 저편을 향해 소리질렀다.

"나모 어른, 명주를 뗏목에 태워 보내주게. 연못 한가운데서 서로 바꾸는 게 좋을 것 같아서 말이오!"

한참 후에 저쪽에서 두 명의 병사가 명주를 들것에 실어 뗏목에 올려 놓았다. 호궁산도 목리마의 엉덩이에 꽂혀있는 화살을 잡아

빼버리고는 몸을 감고 있던 금채찍을 풀어주고 뗏목 위로 올려보 내주었다. 목리마는 내내 엉덩이가 아프고 몸이 마비되었다며 철 부지처럼 징징거렸다.

이어서 두 개의 뗏목이 연못 한가운데서 만났다. 나모와 호궁산 이 양측 대표로 각각 상대편 뗏목 위로 건너왔다. 막대기도 필요 없고 아무 것에도 의존하지 않은 채 몸을 가볍게 날려 사뿐히 뗏 목 위로 올라선 호궁산이 숨을 돌리기도 전에 갑자기 언덕 위에서 화살이 호궁산을 향해 정신없이 날아왔다.

그러나 미리 짐작이라도 하고 있었던 듯 호궁산은 "치사하고 더 러운 자식!" 하고 나모를 노려보더니 곧 여유만만하게 웃으며 금 채찍을 휘둘러댔다. 그러자 그많은 화살들이 전부 금채찍에 맞아 나가떨어졌다. 그러는 사이에 무즈쉬와 노새는 재빨리 명주가 누 워 있는 들것을 들어 가산석 뒤로 내달렸다.

한바탕 소란이 벌어진 뒤에 가까스로 조용해진 틈을 타 네 사람 이 명주에게로 다가왔을 때 얼굴이 백지장처럼 하얗게 질려있던 명주가 힘없이 벌려진 입술을 움직이며 뭐라고 말하는 것 같았다. 그러나 인사불성인 그의 말은 한마디도 알아들을 수가 없었다.

명주와 유난히 정이 돈독했던 오차우는 손가락 까딱할 기운조차 없어 하는 명주를 보며 마음이 아파 눈물을 흘렸다. 그는 조용히 다가가 명주의 손을 잡고 이름을 불렀다.

"명주 아우! 명주 아우!"

그러나 노새는 이러는 오차우와는 달리 명주에게 신경쓸 새가 없었다. 그는 부리부리한 두 눈을 딱 부릅뜨고 눈도 깜빡하지 않 은 채 나모네의 동향을 주시했다. 바로 이때, 노새의 예감이 적중 이라도 하듯 저쪽에서 나모가 손을 휘두르며 큰소리로 시비를 걸어왔다.

"위동정이 오기 전에 독안에 든 쥐부터 잡고 보자! 사수들은 화살을 쏘고 나머지는 뗏목에 올라라!"

그러자 빗발치는 화살과 함께 병사들이 시끌벅적 떠들며 뗏목 위에 올랐다. 순간 등골에 식은땀이 쫙 배일 정도로 놀란 무즈쉬가 외쳤다.

"놈들의 속임수에 걸려들었다!"

동시에 그는 신속히 가재걸음을 하여 호궁산에게로 다가가더니 다짜고짜 호궁산의 옷자락을 틀어잡고 큰소리로 물었다.

"우리와 당신 사이에 무슨 애비 때려죽인 원한이라도 있는 거요? 어쩌면 우리한테 이런 악랄한 수법을 쓸 수가 있소?"

너무나 돌발적인 사태에 놀란 나머지 오차우, 하계주, 노새도 분노의 시선을 호궁산에게로 보냈다.

그러나 호궁산은 변명도 반항도 없이 담담하게 웃어넘기는가 싶더니 갑자기 무즈쉬의 팔을 나꿔채어 꼼짝달싹 못하게 뒤로 비틀더니 말했다.

"내가 그렇게 치졸한 인간으로 보였소? 좋소, 난 못 믿는다 치고 그럼 당신들은 위동정 군도 못 믿겠다는 거요?"

그러자 무즈쉬도 질세라 반박했다.

"위형의 지원병도 아직 도착 안했는데 저쪽에서는 공격해오고 있잖소? 그러니 당신이 간계를 부린 게 아니고 뭐란 말이오?"

무즈쉬의 이같이 단호한 어투에 지심도에 있던 사람들은 누구라 할 것 없이 오배가 호궁산을 매수하여 이같은 계략을 꾸민 게 틀림없다는 확신을 하게 되었다. 목리마를 빼내가고 대신 손발이 무쇠 같은 사람을 보내 자신들을 일망타진하려고 했다는 판단 아래 무즈쉬는 자신의 무능함에 탄식하며 단칼에 죽고 싶은 충동마저 느꼈다. 이렇게 불보듯 뻔한 결과를 왜 사전에 예측하지 못했을까? 그는 분노와 절망에 사로잡혔다.

이때, 호궁산이 자신의 옷자락을 꽉 움켜잡고 있던 무즈쉬의 손을 밀치고 한켠으로 오더니 가슴 속에서 성냥을 꺼내들었다. 그리고는 땅바닥에서 부러진 화살을 주워서 손에 든 다음 불을 붙였다. 무슨 꿍꿍이를 부리나 무즈쉬네가 긴장을 하고 있을 때 호궁산이 웃으며 말했다.

"당신이 나를 의심할 법도 한 상황이니 그렇지 아니면 내가 자네를 가만 놔둘 리가 없지! 당신 말대로 내가 저쪽에서 보낸 간첩이라면 재네들이 건너올 필요도 없이 내 선에서 깨끗하게 해결해 버렸을 거네!"

이렇게 말하며 호궁산은 하늘을 향해 불이 붙은 화살을 날렸다. 어찌나 힘껏 내던졌던지 화살은 쌩쌩 소리를 내며 공중으로 한참을 솟아올랐다. 그러자 때를 같이하여 어디선가 하늘이 떠나갈 듯한 고함소리와 함께 말들이 파죽지세로 들이닥치는 소리가 들려오더니 점점 이쪽으로 접근해오는 듯했다. 그제야 호궁산은 득의양양한 미소를 지으며 말했다.

"위동정 군이 지원병을 거느리고 오는 소리요. 그래도 날 못 믿겠소?"

앞뒤의 적을 맞아 싸워야 하는 처지가 되자 다급해진 나모는 급히 부대를 집합시켜 줄행랑을 놓기 시작했다. 도망가면서도 나모는 씩씩거리며 패배를 인정하지 않고 오히려 목에 핏대를 세웠다.

"야, 이자식들아! 어디 다음 기회에 정정당당하게 한번 겨뤄 보자. 다시 한번 내 손에 걸려드는 날엔 너희들의 껍질을 벗겨버릴 테니!"

말발굽 소리가 가까워지자 두리번거리며 이같이 내뱉던 나모는 부랴부랴 말 위에 올라 도망치기 시작했다.

불과 몇 분 전까지만 해도 생명이 경각에 달린 위협을 온몸으로 느끼며 불안에 떨던 무즈쉬네는 혜성처럼 나타난 위동정의 부대에 의해 자신감과 용기를 얻었다. 몇 분 사이에 극과 극을 넘나든 것이다.

위동정은 순천부(順天府)의 깃발을 꽂은 백여 명의 군대를 이끌고 횃불을 높이 치켜들고 여기저기 샅샅이 수색하며 이쪽으로 다가오고 있었다. 순간 감격에 겨운 노새는 울먹이는 목소리로 크게 위동정을 불렀다.

"형!"

위동정은 노새의 목소리를 알아 들었지만 주위가 캄캄하여 아무 것도 볼 수가 없었다. 그는 어둠 속에서 큰소리로 화답했다.

"그래, 나야! 노새, 괜찮니? 오 선생님과 다른 사람들도 다 무사하지?"

자신의 안부를 묻는 위동정의 목소리에 코끝이 찡해진 오차우가 급히 대답했다.

"아우, 못난 형 여기 있구만!"

무즈쉬도 눈시울을 붉히며 가슴이 따뜻한 남자임을 다시 한번 확인시켜 주었다.

위동정 일행은 거의 이경(二更)이 다 되어서야 겨우 산고점의 뒷일을 마무리하였다.

목리마의 병사들이 물러간 뒤에야 그들은 비로소 화살을 수십 발 맞고 물에 가라앉은 사용표의 시체를 건져낼 수 있었다. 몸에는 어디라 할 것 없이 화살이 꽂혀 있었고 두 손은 여전히 배에 꽂힌 화살을 꽉 틀어잡고 있었다. 물속에서도 한동안은 몸부림을 쳤을 모습이 어렵지 않게 그려졌다.

무즈쉬가 비통한 심정으로 땅에 꿇어앉아 화살을 하나하나 뽑아내고 있었다. 오차우는 마치 혼신이 마비가 되는 느낌에 사로잡혀 시선을 사용표의 시체에 고정시키고 멍하니 넋놓고 바라보기만 했다.

사용표의 얼굴은 평화로웠다. 그는 반듯하게 누워 움직이지 않았다. 사람들은 그제서야 사용표가 영원히 살아움직일 수 없다는 사실을 인정할 수밖에 없었다.

무즈쉬가 노새와 넷째를 데리고 큰절을 올렸다. 그 옆에서는 하계주가 어린아이처럼 발버둥질치며 엉엉 울었다. 눈물이 비오듯 흐르는 하계주의 모습에 노새도 그제야 참았던 눈물을 쏟으며 말했다.

"스승님, 다 저 때문이에요! 제가 한발만 빨리 도착했어도……."

무즈쉬와 넷째도 아쉬움과 비통함에 무너지는 가슴을 안고 사용표의 시체 앞에 꿇어앉아 한 덩어리가 되어 울었다. 명주도 들것에 누운 채로 소리없이 눈물을 흘렸다. 몇 년 전 서시장에서 우연히 만난 이래로 서로 아끼며 살아온 세월을 떠올리며 위동정 또한 비감에 몸을 떨었다. 오차우는 눈물을 머금고 큰절을 올리며 흐느꼈다.

"아저씨…… 이젠…… 이젠…… 다시는 뵐 수 없는 거예요?"

이러기를 반나절, 위동정이 이대로는 안되겠다는 듯이 사람들을 위로하고 나섰다.

"우린 아직 이러고 울고만 있을 때가 아니에요. 원수를 갚고 다시 영전에 찾아와서 맘껏 울어봅시다."

사람들은 위동정의 말을 듣고 그제서야 천천히 눈물을 거두기 시작했다.

위동정은 서둘러 땅을 파고 사용표를 묻고는 오차우와 하계주를 호송하여 밤길을 달려 북경성으로 돌아왔다. 돌아오는 내내 누구 한 사람 말이 없었다. 그 일대는 이자성이 청나라 군사들과 몇 차례 교전을 한 지역이라 인가란 찾아볼 수 없고 별빛 아래 시커먼 구릉과 불에 타다 남은 피폐한 집들만 듬성듬성 스산함을 더했다. 저 멀리 사원(寺院)에서 종소리가 바람을 타고 들려왔다.

이윽고 호방교에 위치한 위동정의 집으로 돌아온 그들은 그제야 한숨을 돌렸다. 오늘 있었던 한차례의 악전고투를 떠올리니 마치 긴긴 악몽에서 깨어난 것 같았다. 사람들의 잠자리를 배치하고 호궁산을 찾아나선 위동정은 그가 이미 떠나갔다는 것을 알았다.

다른 사람들은 그나마 괜찮다지만 이런 살벌한 장면을 처음 목격했던 오차우는 아마 아직도 두려움과 불안에 떨며 잠을 이루지 못하고 있을 것이라고 생각한 위동정이 자기 방으로 오차우를 부르려 했다. 바로 이때, 밖에서 문지기가 들어오더니 조용히 위동정에게 귓속말로 말했다.

"소 어른, 웅 어른이 오셨나이다. 밖에 응접실에서 기다리고 있나이다!"

위동정은 오차우는 잠을 자도록 내버려두고 옷을 대충 걸치고는 밖으로 나왔다.

의자에 앉아 벽에 걸린 그림을 감상하던 웅사이가 위동정을 보자 몸을 앞으로 살짝 굽혀 인사하며 웃으며 말했다.

"오늘 자네 덕분에 하마터면 죄수복 한번 입어볼 뻔 했네!"

그러자 위동정도 웃으며 말했다.

"저로선 웅 어른과 함께 감방에 갇혀 있는 모습도 꽤나 볼만 했을 것 같은데요."

이같이 농담을 받아주며 위동정이 소어투에게 무릎을 꿇어 인사를 올리려고 하자 소어투가 급히 말리며 말했다.

"호신, 우리는 이런 거 하지 말자!"

이렇게 세 사람은 화기애애한 분위기에서 이야기를 나누었다.

"호신, 오늘 많이 놀라고 심신이 피로할 텐데 다음에 올까 하다가 그래도 오늘 오는 게 낫겠다 싶어 이렇게 왔네."

웅사이가 심각한 얼굴로 이같이 말했다.

"내일 마마께서 부르실 텐데 백운관의 일을 물으시면 어떻게 대답하지?"

"백운관에서 있었던 일은 비밀에 부치는 게 낫지 않을까 합니다."

위동정이 머리를 숙이고 한참 생각에 잠기더니 이같이 말했다.

"마마께서는 지금은 아직 오배와 얼굴을 붉힐 단계가 아니라고 생각해요. 제 생각엔 아직 오배를 안 만나시는 게 어떨가 해요. 마마께서 오배를 안 만나시면 당연히 두 분을 부르실 필요가 없지 않을까요?"

"그렇긴 하네."

소어투가 미간을 찌푸리며 말했다.

"문제는 마마께서 오배와 우리 둘을 한꺼번에 보자고 하시면 어떡하나 이거지."

그러자 위동정이 말했다.

"제 생각엔 마마께서는 당분간 아무도 안 만나실 것 같아요. 요즘 늘 '한 발 물러서서 멀리보기'를 말씀하시는 걸 보면 무리를 해서 제대로 익지 않은 참외를 따려고 하시지는 않을 것 같아요."

웅사이가 무슨 말인지 알겠다는 듯이 머리를 끄덕이며 웃어보였다.

"하지만 각별히 신경을 쓰는 것도 나쁘진 않네."

"네, 그럼요."

위동정은 급히 대답하고는 말을 이었다.

"이번 일로 저는 느낀 점이 두 가지가 있어요."

"그래? 뭔데?"

소어투가 들어볼 의향이 있다는 듯 차 한 모금을 마시고 물었다.

"뭔지 어서 말해 보게."

"소 어른 댁이 습격당한 지 며칠이나 됐다고, 오 선생님이 백운관으로 옮기자마자 이 일이 일어난 걸 보면 오배가 지금 어지간히 급하다는 걸 알 수가 있어요."

웅사이와 소어투는 연신 머리를 끄덕였다. 위동정은 자신있게 말을 이었다.

"이번에도 도둑을 잡는다는 명분을 내세웠지만 사실은 오 선생보다도 마마를 겨냥한 게 틀림없어요. 이로 미루어 볼 때 오배는 탈궁(奪宮)하려는 마음은 급한데 비해 힘이 안 따라주는 거예요. 궁중에서는 감히 어떻게 해볼 수가 없기에 멀리 백운관을 택한 거예요."

"좋은 생각이야!"

웅사이가 흥분하며 손뼉을 치며 칭찬했다.

"계속 말해 보게!"

"오배가 비록 안팎으로 군사력을 거머쥐고 있고 밖에서 힘깨나 쓰고 오배라면 목숨이라도 내놓을 수 있는 장령들은 전부 내무부로 들어왔다지만 지금 내무부 총관(總管)은 태황태후의 특별지시로 올라온 사람이기 때문에 아직 그 사람한테는 오배가 말발이 서지가 않아요. 따라서 궁안에서는 그래도 아직까지는 마마께서 대부분 병력을 장악하고 있다고 해도 과언이 아니에요. 걱정스러운 것이 있다면 상주문들이 일일이 오배의 손을 거친다는 것인데 조심해야 될 것 같아요. 오배가 사실상 궁 안의 중추부서인 건청궁관방(乾淸宮關防), 경사보병총령아문(京師步兵統領衙門), 순방아문(巡防衙門)을 장악하고 있는 상황에서 다행히 구문제독이 나의 절친한 친구이니 마마께서 출궁만 안하신다면 적어도 반년 동안은 절대 무사할 거예요. 만약 자주 출궁을 하신다면 오늘 산고재에서 있었던 일들이 자주 발생하겠죠."

"그러면 자네 생각엔 어떻게 하면 좋을 것 같아?"

웅사이가 두 손을 무릎 위에 올려놓고 몸을 앞으로 숙이며 물었다.

"제 생각에는 마마께서 잦은 출궁은 금하시는 게 급선무예요. 그러나 꼭 필요할 때는 움직이시고 임기응변할 수 있는 능력을 키우셔야 할 것 같아요!"

위동정이 말했다.

"구문총독 자리를 잘 지켜야 하오. 호신은 그 괴인(怪人)으로 불리는 제독과 친한 사이이니 필요에 따라서는 오배의 명령에 항거도 하면서 오배가 군대를 맘대로 쥐락펴락하지 못하게 해야 하오."

소어투가 말했다.

"아직 그런 정도의 교분은 못 쌓았어요."

위동정이 웃으며 말을 계속했다.

"그리고 이렇게 중요한 일을 시키면서 그냥 시킬 순 없잖아요."

"그러면?"

소어투가 흥분을 금치 못하며 말했다.

"자네가 이런 영악함이 있을 줄은 몰랐네. 이것도 오 선생에게서 배운 건가?"

그러자 위동정이 웃으며 말했다.

"오 선생님은 학문만 가르치지 이런 건 안 가르쳐 줘요. 학문을 닦다 보면 그 속에서 유용한 것들을 많이 깨닫게 된다고 말씀하시긴 했어요."

"맞는 말이오!"

웅사이가 웃으며 머리를 끊임없이 끄덕였다. 그는 정통 도학가로서 오차우의 '잡탕' 학문과는 취향이 달랐다. 근래에 강희가 오차우를 높이 평가하니 그 자신도 오차우와는 되도록 논쟁을 피하려고 했다. 그런데 오늘 위동정의 말을 쭉 듣고보니 오차우의 주장이 자신과 잘 맞아떨어지는 부분도 있다는데 기분이 좋았다. 한참 후에 그는 말을 이었다.

"그리고 하나 결코 간과할 수 없는 게 있는데 통주(通州), 풍대(豊臺), 밀운(密云), 천지(天津)는 북경성의 문호(門戶)이고 희봉구(喜峰口)는 요충지대이기 때문에 이쪽에도 힘있는 사람을 심어야 한다구. 이 일은 우리가 알아서 할 테니 자네는 열심히 마마 곁을 지키는 조자룡(趙子龍)이나 되라구!"

만주인들은 〈삼국연의(三國演義)〉를 병서(兵書)로 보지만 한인들은 패사(稗史)로밖에 치부하지 않았다. 소어투는 어려서부터 교육을 받아오면서 조자룡을 무척이나 존경해 왔다. 위동정은 농담섞인 웅사이의 말을 적당히 잘 받아들이면서 자신더러 조자룡이 되라는 말은 너무 적합한 단어의 사용인 것 같아서 웃으며 대답했다.

"명심하겠습니다!"

세 사람은 몸을 뒤로 젖히며 크게 웃었다. 그 뒤로도 한참을 이야기를 나누다가 날이 희붐히 밝아와서야 웅사이와 소어투는 자리를 떴다.

－③권에 계속